心灵窗纸

李 华 ◎ 著

河海大学出版社
· 南京 ·

图书在版编目(CIP)数据

心灵窗纸 / 李华著. -- 南京：河海大学出版社，
2024.12. -- ISBN 978-7-5630-9449-3
Ⅰ. I217.2
中国国家版本馆 CIP 数据核字第 2024RY5237 号

书　　名	心灵窗纸
	XINLING CHUANGZHI
书　　号	ISBN 978-7-5630-9449-3
责任编辑	高晓珍
特约校对	曹　丽
装帧设计	徐娟娟
出版发行	河海大学出版社
地　　址	南京市西康路 1 号(邮编:210098)
网　　址	http://www.hhup.com
电　　话	(025)83737852(总编室)　(025)83787104(编辑室)
	(025)83722833(营销部)
经　　销	江苏省新华发行集团有限公司
排　　版	南京布克文化发展有限公司
印　　刷	广东虎彩云印刷有限公司
开　　本	787 毫米×1092 毫米　1/32
印　　张	7.75
字　　数	204 千字
版　　次	2024 年 12 月第 1 版
印　　次	2024 年 12 月第 1 次印刷
定　　价	55.00 元

序

我们如何与文学友好相处

汪 政

如何看待和理解文学与生活的关系有不同的角度。一般看来，这好像是文学专业圈子内讨论的问题，它提示我们文学的第一性源头。从唯物主义的反映论来说，物质是第一性的，意识是第二性的，意识是对物质的反映，没有客观的生活就没有作为主观世界产物的文学。所以，对于文学创作而言，要保持创作的可持续发展就必须深入生活，不断从生活中获取素材，激发灵感。它还可以从文学的社会作用来理解。文学不但是对生活的反映，而且必须反映生活。文学的社会作用就是通过反映生活来推动社会的发展。其实，我们还可以将文学看成是生活的一部分。它不仅是一项技能，一种艺术类型和谋生的手段，它本身就是人们可以选择的一种精神生活。从这个角度看，文学可以是那些作家的职业行为，也可以是普通人书写世界、表达自我，尤其是陶冶性情的生活方式。写作者的职业与它没有关系，也不想通过它获得任何世俗功利的好处，如同喝茶、聊天、健身、休闲一样，是调适心情、安放灵魂的一个寄托，一个通道。

这样理解文学和选择文学的人越来越多了，这是社会的进步，是文明的发展，是人们高质量生活的具体体现。我身边这样的朋友太多了，不经意处，你就会发现以这样的方式与文学友好相处的人，他们来自各行各业，这些行业听上去与文学没有一点关系。某个机缘,你与他们聚到了一起,不知不觉间,也不知道是个什么话题,你们就聊到了文学。然后,你惊讶地发现,你对他们的行业一窍不通,但他们在文学上却能谈得头头是道,从远方刚刚发布的本年度诺贝尔文学奖的新闻,说到本城的当红作家;从中外的经典,说到一部你还没来得及阅读的作品。兴致到了,他们会打开手机,让你看看他们今天刚在朋友圈发的文章,那文字足以让你惊艳。你当然会高兴,觉得文学无处不在,并不是像圈内人一天到晚感叹的那样无人问津,同时,你也悄悄收起你因为文学失落的自卑而激起的那种没来由的无聊的自尊,变得平和而谦逊起来。

　　读到李华的作品,我又一次想到这个话题,想到人与文学的友好相处。这之前,我不认识李华,与南京的写作者接触得也不少了,还真的没听说过他。因为朋友的介绍,由他的文字而见到了他,刨根究底问过去,知道他是海军出身,在东海舰队服役过,后又在部队院校工作,而现在则是机关的公务员。这样的履历与文学工作没有丝毫的交集,但是,他的文学写作却已经有些年头了。我问他为什么写作,他回答得很简单,就是想写,就是要写。他说,还在部队的时候就开始写了,没有什么目的,就是年岁长了,经历多了。打过交道的人,经历过的事,这些人与故事在心里多了,会沉淀,会发酵,会生出情感,会让自己悟出道理,这些在心里就盛不下了,便如冰雪融化后的春水,自然地流淌了出来。

　　看李华的作品,我体会到的就是这样的自然和质朴。看着它们,仿佛看的就是作者生命的旅程,就是作者的生活经历,就是作者人生一步步走来的足迹。更确切地说,是李华的日常生活。为什么要强调日常生活?因为约定俗成,一个人的日常生活是他在公众化生活或公务活动之外的那一部分生活。所以,我们在李华的作品中看到了他的家人,他的亲戚朋友,他的邻居,乃至那些夜间不知名的劳动者。日常生活的涵义是什么?或者,一个人的日常生活意义在哪里?至少李华告诉我们,他的日常生活中有爱。这爱有两种。第一种是他的生活中有许多的爱,这爱是亲情,是友情。李华有许多的篇什写到他与妻子的生活,虽然没有正面写什么浓情蜜意,但相互之间的体贴与照顾,理解与关心,哪怕就一日三餐,依然在平淡中显示出一往情深。对子女同样如此,特别是有了外孙女之后,李华为了这隔代亲可以说是不吝笔墨。小外孙女虽然在外地,但在李华的笔下,她就在身边。一举一动,一颦一笑,已经不是什么牵动着他的心的问题,而是如在目前。没有爱,是写不出这样动人的爷孙情的。

这第二种爱是李华对日常生活的爱。有许多人对自己的日常生活是无感的,他们甚至厌倦日常生活,总觉得生活的意义在远方,当然就谈不上对日常生活的喜爱了。李华不是这样的,他是一个热爱日常生活,因而能将平淡的生活过得有滋有味的人。看他的笔下,有南京的老三宝,有南京的老电影院,家门口吃早点,商场去纳凉,窗台平台上的小菜园,小树林里的桂花香……都能进入他的笔下,连同地震中令人发笑的"糗事"也逃不过他的纸笔。他写自己的爱车,写酒事,写茶味,写养小野鱼,写旅行,写入秋后吃的腌菜帮子炖排骨汤,描述孩童的快乐,追忆逝去的青春……只有一个热爱生活的人才会如此认真地生活,也才会将它们仔细写进文章。周作人主张要艺术地生活,也就是"把生活当作一种艺术,微妙地美地生活",我看李华是做到了。所以,李华很少进行宏大叙事,说的都是日常生活中我们每个人都会做,都会遇到的事。别小看这些小事,小看日常生活的价值。殊不知,正是日常生活,构成了我们的人生。日常生活是社会的常态,离开了日常生活,社会就是虚空的,如果中断了日常生活,不论是对哪种主体,对个体、时代、民族、国家,乃至世界和人类都将是灾难性的。所以,做人的伦理是要将看似平淡的日常生活过得活色生香,而文学的最高境界也在于将日常生活写好,写真实,写出其中蕴藏的意义。李华是这样生活的,也是这样写作的,他是个有性情的人,也是一个真实的人。

日常生活是随性的,李华的文章也是随性的,你可以说他写的

心灵窗纸

是散文,也可以说他写的是随笔。是什么文体对李华来说并不重要,这正是与文学友好相处的人对文学的理解,对写作的理解。友好,确实是对李华与文学的关系最好的解释。现在"友好"已经是一个不可多得的评价性概念了,它与"和谐"一样既是一种标准,也是一种难得的一切人与事物的理想状态,比如界面是否友好,环境是否友好,等等。写作,人与文学也存在是否友好的问题。我们确实遇到不少与文学不友好的人,他们看上去是重视文学,重视那些文学的理论、规矩和技巧,重视那些经典作品的力量,但结果搞得自己疲惫不堪,他们自己累,我们看了也累。文学本来应该给人带来愉悦,结果弄得大家都很纠结,都很痛苦,那就失了做文学的本性。李华很自在,也很智慧,他始终将生活放在前头,始终忠于自己的感觉,不为难生活,不为难自己,从不为了文学去委屈自己,委屈生活,更不为文学而文学,去无病呻吟,一切有感而发,如苏东坡所言,为文"大略如行云流水,初无定质,但常行于所当行,常止于所不可不止,文理自然,姿态横生"。我看了李华的作品,一开始觉得《李木匠》《"俺老孙"主动被俘记》《生命的哭泣声》等篇有点可惜,以为这样的题材,这样的叙事框架,如果稍作加工收拾,都是不错的中、短篇小说,但反复读过李华的作品,理解了他与文学的关系后我又释然了,小说也好,散文也好,在李华这里并不重要,重要的是他的写作,是他与文学的友好相处,是他将文学融入了他的生活,成为他的日常生活方式。文学在李华这儿,是属于他的。

李华的这种对文学的理解以及文学在他身上的呈现方式是可贵的,他以自己的实践让文学回归到了它的本真状态,显现出了文学的人道情怀。我想再次重复李华写作的启示,不管在哪个层面,写作者都要思考这样的问题,那就是:如何与文学友好相处?

(汪政,著名评论家,江苏省作家协会副主席、江苏省文艺评论家协会主席、中国作家协会文学理论批评委员会副主任。)

PREFACE 前言

《心灵窗纸》为散文、随笔和短篇小说的文艺合集,分为《眼有所见》《脑有所想》《心有所悟》三个部分,收入作品 70 篇,20 余万字,系作者人生经历中对生活细节的观察和感悟,丰富细腻,富藏真情实感,蕴含人生哲理,读时朗朗上口,读后引人共鸣。其中大部分作品在《扬子晚报》《现代快报》及《青春》等各类刊物以及"人民号""紫牛新闻""金陵作家"等网络视频号上发表。《晋升"孙管干部"》点击阅读量逾 10 万人次,《北极阁上空翱翔的鹰》发表于《人民日报》"人民号",反响极好。

作者将自己的所见所想所悟,点点记录,集合成册,想通过心灵的沟通,点击心灵窗纸,产生思想共鸣,赞颂亲情、爱情、友情,弘扬社会正能量,激发昂扬向上的精神。

部分作品刊登时,因篇幅等有所删减,也因作者文字水平尚显不足有修改,其均有调整。本书仍有不成熟、不完善之处,敬请包容谅解。

CONTENTS 目录

眼有所见

二十一亩地	002
"俺老孙"主动被俘记	005
畅行在长寿之乡如皋	016
窗台上的独特风景	021
接站口的"小鲨鱼"	024
口碑无形	026
来电了	028
老早,我家门口平常的美食歹多	030
老早,南京人夏天喜欢去商场纳凉	032
那年夏天闹地震,糗事歹怪多	034
南京老三宝	037
平行线	040
深夜怪影	042
胜利在新街口,曙光在鼓楼	044
台风也想来南京"打卡"	047
饕餮盛宴	050
童心有趣	055
我们,等一等"外东"	059
夏天,隔壁老王家的床塌了	062

入秋了吃腌菜帮子排骨汤 …………………… 064
一段忐忑的旅途 …………………………… 066
以前,南京人消夏的方法歹怪多 …………… 072
在窗台外放一只苹果 ………………………… 075

脑 有 所 想

37个女朋友 …………………………………… 080
爱的测试 ……………………………………… 083
北极阁上空翱翔的鹰 ………………………… 088
不忍打扰 ……………………………………… 092
茶缘 …………………………………………… 095
到家了,请报个平安 ………………………… 098
孩童的快乐 …………………………………… 100
很远的距离 …………………………………… 102
晋升"孙管干部" ……………………………… 104
乐养小野鱼 …………………………………… 107
身份证旅行记 ………………………………… 111
生命的哭泣声 ………………………………… 114
甜美的声音 …………………………………… 120
我的"小夫人好兄弟" ………………………… 125
我家有"老外" ………………………………… 128
想有一个"好人杯" …………………………… 131
嗅出桂香中的甜味 …………………………… 135
夜里小猫叫 …………………………………… 137
一声叹息 ……………………………………… 140
一双清澈明亮的眼睛注视着我 ……………… 143
印入脑海的景色 ……………………………… 146
"油子兵"的三等功 …………………………… 149

遇见有情谊的人 …………………………………… 153
仔细地刮胡须 ……………………………………… 157

心 有 所 悟

三十二亩地里的孝顺 ……………………………… 162
半百咏怀 …………………………………………… 165
被吼出的幸福感 …………………………………… 167
别样的下酒菜 ……………………………………… 170
从"高楼"到"高楼门"的责任 …………………… 172
父爱也是细腻厚重的 ……………………………… 174
"过了河"的恭城"卒子" ………………………… 177
驾驭服饰 …………………………………………… 181
劳动咏乐 …………………………………………… 183
李木匠 ……………………………………………… 185
疗效与副作用——事物都有两面性 ……………… 197
老妈,我爱您 ……………………………………… 203
南宫一梦 …………………………………………… 205
岁月的痕迹——致敬逝去的青春 ………………… 208
拖鞋里有一把汤勺 ………………………………… 210
我爱深蓝 …………………………………………… 213
我亦闲中消日月 …………………………………… 216
向阳而生 …………………………………………… 219
向夜间劳作者致敬 ………………………………… 222
心灵窗纸 …………………………………………… 225
一串吊坠 …………………………………………… 227
用心刻一枚印章 …………………………………… 230
做一只自由飞翔的鸟 ……………………………… 233

二十一亩地

周一上班时,见一个同事手指上缠着创口贴,就问他怎么受的伤。他满怀自豪感地回答:"这个周末我在自家露台上,用泡沫盒和塑料筐种了许多菜,因为劳动过程中的一个不小心,手被划破了。但是看到21亩地里面的劳动成果和想象充满希望的丰收愿景,虽然腰酸背痛脸晒黑、汗流浃背手挂'花',却是心花怒放人舒坦、神清气闲赛神仙。""什么,你家露台上有21亩地?那将是多大的一栋楼啊?"同事粲然一笑:"我的21个筐子,就是我的21亩地。"我闻听后愕然,心里为之一震:把每一个小筐子当作一亩地来耕作经营,包含着怎样的喜爱和深情、自豪与满足啊,好一个呵护有加,好一个真情投入。

过了一段时间,同事说他的"21亩地"已经有了很大的变化:菜苗绿油油的,长势喜人,藤蔓爬栏,果蔬开花。又过了一段时间,同事开心地说:"今天收获了三个茄子,七个辣椒,还收获了四个西红柿。用它们做的菜烧的汤,真是鲜美无比。"我听了很是羡慕,也为他感到高兴。当天回家之后,我就和夫人找了几只泡沫盒放在阳台上,撒上了香菜籽,埋下了蒜头,期待着小有收获。

我的同事会不时地介绍他的"21亩地"的情况,每次都是充满自豪,掩饰不住满脸的喜悦。一段时间里,他专心学习种植技术,从改善土壤到选种育种,从种植间距到间种技巧,从温度湿度到除虫施肥,已然成了半个农技专家。我很认同他说的一句话:"我收获的不仅仅是果蔬,更多的是充实和满足。因为我洒下了汗水,倾注了深情,我付出我自豪。"

中国人淳朴勤劳,心底里崇尚通过劳作而收获,喜爱劳动带来的收获,更有收获后的幸福感,拥有一块属于自己的菜地,就是一个很好的施展身手的舞台。居住在乡村里自不必说,满眼都是果实满园、成熟丰收的喜人景色。住在城里的,也总想找些边边角角,开垦荒地、见缝插针。还有一些不太文明的,毁绿种菜,虽然有一些个人的小收获,却破坏了大众的好环境。

也不知从什么时候开始,住在高楼大厦里的人,滋生出了在自家阳台上用泡沫盒和塑料筐种菜的想法,规模很小、收获不大,却能眼见到菜苗的茁壮成长,感受到劳动带来的喜悦。一段时间的积累,能够炒出一盘菜时,个中的幸福感、成就感,总是令人欣喜的。尤其是疫情发生后,人们有更多的时间待在家里,阳台上的小劳作,既可以打发时间、充实无聊的生活,又可以有所收获,满足口腹之欲,更会有不时的惊喜和快乐。吃着自己亲手种出的菜,安全放心,怡情舒心,能够称得上是物质精神的双丰收。

在网上经常能看到在自家阳台上种上各种蔬菜的视频,青菜、菠菜、茄子、辣椒、黄瓜、苦瓜,品种多样、不一而足,甚至还有种西红柿和小西瓜的。拥有一个大露台的,可以大展手脚,没有露台的,就只能在阳台上小试身手,但个个都是全心投入、饱含深情,人人都像对待自己孩子一样呵护着菜苗,期待着在那一小片属于自己的快乐田里,不时地出现收获的小惊喜;期盼着在回归自然中,体味付出与收获、种因和收果,带来身心的愉悦。

劳动是神圣的,劳动可以使精神得到休息,劳动可以净化心灵,劳动可以陶冶情操。劳动是一种奉献,更是一种分享,分享劳动,也就是分享快乐,分享幸福,分享累累果实。

有一份劳动就一定会有一份收获,让我们一起行动起来,去耕作那一亩属于自己的田地吧。

☆已刊登于2022年11月25日《现代快报》,有改动。

"俺老孙"主动被俘记

（一）

黑龙江嫩江平原，风轻云淡，晴空万里，秋风吹过，掀起层层麦浪，又是一片丰收景色，人们脸上都露出了喜悦的笑容。可是小伙子小孙，却是眉头紧锁，郁闷不已。

改革开放初期，小孙大学毕业之后被分配到了省农垦集团。因为为人耿直豪爽、乐于助人，所以很受大家伙儿喜欢；又因为文艺才能突出、长相俊秀，所以被选调到了集团共青团委工作。年底，集团举办迎新春文艺晚会时，小孙司职助理导演，从组织晚会到编排节目，又是主持又是吹拉弹唱，参与了很多节目的表演，很是出彩，成了家喻户晓的"明星人物"。

小孙性格开朗、乐观大方，敢作敢当、不拘小节，非常崇拜孙大圣，时常学着六小龄童的动作，抬脚弯膝弓足，一只手作挠痒状，另一只手置于眉心之上作瞭望状，两只眼睛快速地眨巴着，口称："俺老孙来也。"时间久了，人们都将小孙戏称为"俺老孙"。

有不少中意小孙的姑娘找人牵线，但小孙骨子里喜欢娇小温柔的姑娘，没理由的就喜欢小鸟依人类型的。东北那旮瘩的姑娘，高大威猛，粗犷直爽，小孙始终没有遇到中意之人。一拖好几年过去了，近而立之年的小孙仍然是一个快乐的单身汉。

今天，集团一位主要领导把小孙叫到了办公室，开门见山地问小孙："我家姑娘有意于你，你意下如何？"他还暗示：如果你做了我的乘龙快婿，将前途无量。小孙脑海里呈现出那个身材高大、说话大声、做事风风火火的姑娘形象，头立马就大了。在领导威严的目光逼视之下，小孙低头不语，良久才喃喃地说："我考虑考虑。"

那天是如何回到办公室，又回到宿舍的，小孙回忆不起来了，只记得一整天头都是晕乎乎的，倍感压抑。虽然之前这个姑娘已经和自己表白过多次，因为不是自己喜欢的类型，所以始终没有答应。但是，得罪了大领导，以后的日子又将如何度过？小孙感到压力巨大。

小孙晚上在宿舍里胡乱地调着电视，央视频道改革开放前沿阵地深圳如火如荼发展的信息不断地出现。新闻报道和电视剧中，时尚弄潮儿的靓丽形象冲击着小孙。

集团里的日子，按部就班，单位、宿舍、食堂三点一线，工资不高，发展前途不明，一眼就能看到30年后的自己，自己会像父辈一样碌碌无为默默无闻，老死在这块土地上吗？本来就不安于现状的小孙脑子里灵光一现，旋即心中生出一个大胆的想法：我何不下海闯荡一番，去南方实现精彩人生？

下定决心之后的小孙，晚上反而睡了一个踏实觉，还做了一个自己西装革履站在聚光灯下接受采访的美梦。

（二）

天空乌云密布，似乎有一场大雨要降临，风吹到身上已经有了一丝寒意，小孙裹了裹自己的外衣，拉了一下衣襟，将腰板挺了一挺，眼神中充满坚毅和果敢，坚定地向领导办公室走去。

递交了辞职信后，在领导狐疑的和众人不解的注视下，小孙乘上了南下的火车，满怀憧憬又满脸迷茫，兴奋异常又忐忑不安。没有目标没有项目，没有熟人没有着落，只有一个目的地——深圳，只有一个信念——我能行。

车窗外急速向后倒去的一排排树木,像是一双双无形的手,不停地拍打着小孙的心。密闭的车厢里,空气浑浊,小孙有一种要呕吐的感觉,疲惫乏力,昏昏欲睡。

迷迷糊糊之中,小孙听到列车上播放了一首歌曲《莫愁啊,莫愁!》:"莫愁湖边走,春光满枝头。花儿含羞笑,碧水也温柔。莫愁女前留个影,江山秀美人风流。啊,莫愁,啊,莫愁,劝君莫忧愁!"曲调优美又明快,婉约而动人,歌词十分契合小孙此时的心情,像是专门为小孙而写,更像是黑暗中的一道闪电,照亮了迷途之中的小孙,小孙被深深地吸引住了,精神为之一振。歌曲很快播放完了,沉浸其中意犹未尽的小孙做了一个决定:先去莫愁湖边走一走,解除忧愁,人生从此有奔头。

在南京下车之后,小孙顺利地来到了莫愁湖公园。初秋的莫愁湖公园里,绿树成荫,花团锦簇,游客如织,还有不少附近的居民,带着孩子休闲游逛。此时的东北,已经是树叶枯黄甚至凋落,而南方却是满眼碧绿、丹桂飘香,南北方植被的差异,使小孙心头一喜:人说江南好,真是好江南。

但是天公不作美,先是淅淅沥沥地下着小雨,后来雨势越来越大,风大雨急,一时半会没有停的意思。站在莫愁女塑像旁边回廊下的小孙,沮丧不已:难道老天也不待见我,一个小小的心愿都不让我实现?雨打在脚上,就像打在小孙的心上一样。不行,就是下刀子我也要达到目的。于是小孙冲入雨中,站立在莫愁女雕像前,仰起头来与莫愁女对视着。

莫愁女袅袅婷婷,含笑地注视着前方,眼神温和而又空灵,像是看着小孙,又像是羞愧地躲避,朱唇微启,像是询问,更像是劝诫。就这样无言地交流着,浑身被淋透的小孙,心情似有好转。

"呵呵……"一阵笑声从身后传来,一把雨伞遮在了小孙头上,一个轻盈的女声款款入耳,"南京秋天的雨水有点凉,淋多了是会生病的,这把伞就送给你了。"

回头一看,一个姑娘站在身后,满脸微笑地看着自己。小孙眼睛一亮:姑娘清秀可人,说话软声细语,眼神干净温柔,身材婀娜曼妙,皮肤细腻白皙,像个仙女一样。一瞬间,小孙脑袋空白,触电一般呆立雨中:这不正是自己心目中的女神吗?难道是莫愁女下凡?

这时有同伴呼唤姑娘,姑娘将雨伞递到小孙手上,正欲转身离去,小孙猛然醒悟,忙问:"你是哪里的?叫什么名字啊?"

雨中飘来一个清脆的声音:"我是南京溧水县财政局的……"

望着姑娘远去的背影,小孙的心被一根无形的线牵走了,就像被抽去了蚕丝的茧一样,灵魂与躯壳已经分离。手紧紧地攥着雨伞,似乎还能闻到姑娘身上的清香,小孙热血沸腾,整个人都被一张无形的情网笼罩着:这就是我的意中人,这就是我的幸福,何苦还要去远方,江南也是我的梦乡,这里就是我的归宿!

撑着带着暖意的雨伞,冒着幸福的大雨,在莫愁湖边跑了两圈的小孙,仍然兴奋不已,又做了一个决定:到溧水去还雨伞,追求属于自己的爱情。

(三)

天空已经放晴,碧空如洗,空气中飘来了阵阵沁人心脾的花香,莫愁湖畔传来悠扬动听的古琴声,打扮艳丽的游客,在莫愁女雕像前竞相留影,欢快的孩童们在追逐嬉戏。秋风吹来,花儿含笑,枝叶摇曳,也吹散了小孙的浑身燥热。

溧水在南京城南50公里外,浑身是劲儿的小孙第二天一路辗转,下午才赶到县城。小孙一路打听找到了财政局,可是大门紧闭,门卫大爷的回答让小孙哭笑不得:"今天是星期天,大家都休息呀,明天才来上班呢。"

一夜辗转未眠的小孙精心打扮了一番,早早地一手捧着鲜花一手拿着雨伞站立在财政局门口,双眼像探照灯似的满怀希望地扫描着进出的人群。烈日当头,经过的人都好奇地打量着这个身板挺直但又行为怪异的小伙。小孙全然不顾,手搭在额头上遮阳,努力地张望着。可是上班时间都过了好一会儿,还是不见姑娘的身影,小孙那个着急呀,是自己听错了吗?不会啊,姑娘明明白白说的,自己又真真切切听的就是溧水县财政局啊。

焦急之下的小孙,见一位领导模样的人正准备上车,连忙上前,简要说明情况之后,领导模样的人笑答:"哦,你是说的她吧,学习结束昨天才返回,领导批准今天调休一天,明天会来上班的。"

小孙愣在原地,仰头长叹:老天啊,这是在考验我呀。

一夜煎熬的小孙,比前一天更早地来到了财政局的门口,接近上班时间,终于见到姑娘款款走来。姑娘曼妙的身影出现在小孙眼里时,小孙感到仙女下凡似的,立时双眼放光、心跳加速,觉得自己可以飞起来了,似跑似跳疯癫一般走到了姑娘身边。

姑娘一见,两颊微红,低头呢喃:"是你呀。"

小孙使劲地点头:"我来还你雨伞。"

姑娘惊讶地抬起头来,看着他:"从南京赶过来的?"

小孙回答:"我前天就赶过来了,我要当面感谢你,中午能请你吃饭吗?"

姑娘害羞地又低下了头,手揉搓着衣角,牙齿咬着嘴唇,不言不语。小孙能清晰地听到自己的心跳声,心上像压了块石头一样,眼神中充满着急切的期盼。时间缓慢地流淌着,空气好像凝固一般,小孙呼吸沉重起来,额头上渗出了汗水。像是过了一个世纪,姑娘才轻轻地点了一下头,小孙一见,狂喜不已:"那好,下班时我在门口等你。"

路边的花儿绽放着笑容,风儿在唱着歌,云彩在跳着舞,飞过的鸟儿在叽叽喳喳地叫着,像是赞扬着小孙。

小孙一上午兴奋不已、坐卧不宁,手心里的汗始终擦不干净,反反复复地掂量着该如何介绍自己,如何了解姑娘的情况,如何表白自己的情意。此时的小孙,如果有人问他姓什么,估计他是会一下子想不起来的。

他把饭店里的菜单看了又看,让服务员擦了几次包间里的桌椅板凳,用开水冲洗了几遍碗碟,还在桌上插了一朵鲜花。这样一番折腾下来,小孙仍然觉得欠缺了什么,哦,只欠东风,就等女神降临了。

漫长的一上午终于过去了,姑娘如约而至。点了几个姑娘点头的菜之后,原本口齿伶俐的小孙,却变得木讷起来,反反复复揣摩了一上午的那些语言,此时不知道是不是跑到爪哇国去了,小孙目光不敢直视姑娘,额头上冒出了细微的汗珠。

姑娘矜持中含着从容,腼腆中有着大方,见小孙语不成句、不知所措,便笑着主动询问起小孙的情况。面对善解人意的姑娘,小孙逐渐缓和过来,恢复了活泼可爱的性格。接下来的交流顺畅了许多,不乏妙语连珠,还兼有小的才艺表演。

从姑娘低头含羞的话语中,小孙了解到:姑娘参加南京市组织的财会人员培训,那天是培训结业,因为时间尚早,便与同伴一起游览莫愁湖公园。见到雨中一个俊秀青年,痴痴地站在莫愁女雕像前,俊朗的面庞,挺直的身板,锁紧的眉头,坚毅的目光,这一切深深地吸引了姑娘。

姑娘也是大学毕业之后分配到县财政局的,因为长相清秀,又有些文艺细胞,比较自视清高,一般的凡夫俗子进入不了姑娘的慧眼,一直以来还没有人能够打动姑娘的芳心,所以姑娘年近30仍然待字闺中。

那天见到小孙时,感觉心灵深处被触动了一下,于是便和同伴合撑一把伞,把自己的伞送给了小孙。没有想到送伞之举后,小孙能够追到溧水来还雨伞,这就是所谓的"缘"吧。姑娘是既感动又激动。

与姑娘两情相悦,小孙在记忆里找寻出一首国外传入的情诗。

我把你的名字刻在心坎上

我把你的名字刻在沙滩上,
海浪把它淹没了;
我把你的名字刻在树木上,
时间使它消失了;
我把你的名字刻在石头上,
岁月把它风化了;
我把你的名字刻在铁板上,
年代使它锈蚀了;
最后,我把你的名字刻在心坎上,
时间越久,越不能遗忘。

小孙深情地朗诵这首诗时,姑娘眼含秋波、脸颊绯红。

那天的午饭,两人吃了两个小时,也聊了两个小时,分手时仍然意犹未尽,还有许多话儿没有聊完。

(四)

"溧水的天,是蓝蓝的天,溧水的人民好喜欢……"小孙动情地唱着。溧水的山山水水、一草一木,好像是得到指令一样,都在欢迎着小孙,接纳着小孙。

小孙和姑娘约定:一年创业,两年见成效,闯出一片天地来。

接下来的日子里,小孙仔细调研了市场商业行情,在和家人认真商讨之后,认定了要加入红木加工这个新兴而又前途广阔的行业。于是小孙购书学习,遍访名师,不耻下问,任劳任怨;到红木交易市场了解行情,在红木加工厂学徒打工,去家具销售商场一蹲就是几天,逐渐地由门外汉变成了行业精英。大半年下来,小孙皮肤黝黑,身材瘦削,却充满活力,干劲十足。

心灵窗纸

第二年的初秋,在家人资助和姑娘的鼓励下,小孙办起了溧水第一家红木家具加工厂。开业的那一天,一身西装的小孙身板笔直,满脸含笑,眼神中充满自信。

因为小孙待人诚恳,经营诚信,做事细致认真,很快打开了局面,生意逐渐红火起来,成了当地一个小名人。

事业初成的小孙,与姑娘喜结良缘,抱得美人归,可谓春风得意人尽欢!

婚后的小两口,诗情画意、琴瑟和鸣,相濡以沫、相敬如宾。闲暇的时候,两人最喜欢的是相互依偎着,走在公园里,或者坐在月光下,没有千言不用万语,就这样默默地依偎着,幸福地体味着。

姑娘温柔体贴、善解人意,小伙子吃苦耐劳、担当有为,一家人幸福无比,小孙践行着誓言:执子之手,与子偕老。

(五)

石臼湖畔的溧水,风云变幻不定,时而晴空万里,时而风雨交加,天气像小孩子过家家一样,不时地变脸。

红木家具加工行业的巨大利润,吸引了许多企业投入其中。在小孙事业渐入佳境的时候,许多后来加入红木加工行业的企业,鱼目混珠,唯利是图,以次充好,打价格战,造成了红木加工行业的信誉下滑,市场严重下行。原材料价格因为恶性竞争大幅上涨,而成品家具的价格却在大幅下滑,甚至于积压滞销,小孙的加工厂也受到很大影响。

又是一年初秋,小孙与国内的一个大型企业签订了一个办公家具制作供给合同,订购了大量的原材料,支付了全部款项。收到货时,却发现和原来验的货完全不一样,国外的供货商使了一个障眼法,让小孙看的是正宗红木,而发过来的却是普通木材。小孙连忙联系,却怎么也联系不到国内的中间商和国外的供货商。巨额的购货款项,一大部分是从银行贷款支付的,加上不菲的违约金,小孙的加工厂一下子陷入了困境,资金周转出现较大问题,工厂的正常运转和工人工资支付都难以维持。最困难时,债主上门逼债,工厂被法院查封,小孙头上出现了白发,愁眉不展,郁郁寡欢。

天空乌云密布,犀利的寒风肆意地抽打着小孙的脸,小孙觉得浑身疲软无力,嗖嗖的风声像在嘲笑自己,沙沙的树叶声似在调侃自己,小孙感觉到路人看向自己的眼神充满着嘲讽,连脚下的小石头都对自己表现出不屑一顾。

天空飘起了小雨,小孙茫然不顾,就这样踉跄地走在街上:这还是自己熟悉的那个世界吗?我被这个世界抛弃了吗?我成了这个世界的弃儿。

街头的小公园里,小孙在一张石凳上坐了下来,双手抱头,任由眼泪不停地流淌。

也不知过了多久,浑身淋湿的小孙,感觉到一把雨伞撑在了头上,一个温暖的身体靠在了自己的肩膀上。见是自己的爱人依偎在自己身边,小孙心里一暖。

过了好一阵子,小孙才说:"我现在什么也没有了。"

姑娘:"你还有我们娘俩呢。"

小孙:"我对不起你们娘俩。"

姑娘:"你是努力的,也是能干的,只要不气馁,我们一定是有希望的,我相信你。"

小孙心头一震,坚定地点了点头。

姑娘陪着小孙,就这样一直坐到了很晚。

成为孩子妈的姑娘,更加体贴和温柔,脸庞上始终含着微笑,眼神中始终温情脉脉,不断地宽慰着小孙,鼓励着小孙,与小孙一起商量着对策。每当小孙遇到难题时,姑娘就会依偎在小孙的身边,不声不语陪着小孙。小孙很是感动,烦躁的心安静了下来:我一定能够重振旗鼓。

在当地政府、亲朋好友和老客户的帮助下,小孙从头起步,在还清部分贷款后,经过高人的指点,主把质量关、主打信誉牌,坚持诚信经营,邀请客户到加工车间参观,聘请名家名师把关鉴定,重金聘请有经验的师傅担任重要岗位,为真材实料投入商业保险,邀请新闻媒体单位实地进行报道宣传,举办各种展会和红木家具体验节。

一年下来,因为材质真实,价格透明,工艺精细,家具成品质量好,在红木加工市场大浪淘沙之后,小孙这家工厂起死回生、享誉业内。

逐渐富裕起来的小孙,热心地做起了公益事业:建小学、修道路,资助贫困学童,帮助孤寡老人,成了当地的一大善人,被选举为市政协委员。溧水县改成溧水区之后,小孙当选为人大代表,成了当地人人都夸的名人。

一次区里表彰杰出企业家时,即将登台领奖的小孙,紧紧拉着姑娘的手,恳请姑娘一起上台领奖。姑娘有些犹豫,又有一些腼腆,小孙深情地说:"这些年走下来,没有你也就没有今天的我,军功章有我的一半更有你的一半,我今天的成就和荣誉,是我俩共同的。"这对恩爱夫妻登台时,台上台下掌声响成一片。

小孙在出席重要场合时,西装革履、身板笔直,在聚光灯下更是举止自如、大方得体、信心十足。

(六)

溧水是个鱼米之乡,好山好水像一个母亲一样,精心养育着勤劳而又美丽的溧水人。

事业有成的小孙,业务拓展到多个领域,依然是诚实待人、诚信经营。

多年之后,小孙已经成为老孙,儿子小孙已经大学毕业走上了工作岗位。一次,老孙和小孙爷俩小酌聊天时,老孙认真而又动情地说:"当年我一见你妈妈,我那颗奔放的心就被俘虏了,我知道,从此以后我的一切都将交给你妈妈来支配了。当我顺风顺水时,你妈妈温柔体贴,使我充满活力、勇往直前;当我遭遇逆境时,你妈妈善解人意,使我信心倍增、大胆前行。你妈妈的温柔体贴和善解人意,就是一张无形的网,将我的人生紧紧地捆绑起来,我这一辈子就是被你妈妈俘虏了。这一路走来,有你妈妈的温柔陪伴,我心甘情愿、心满意足。"

小孙听后笑问老孙:"人家的被俘虏,都是被动的、不情愿的,而老爸你的被俘虏,却是主动的、心甘情愿的,这个区别也太大了一些吧?"

老孙幸福地笑而不答,拿起面前的酒壶一饮而尽,美美地咂巴了一下嘴。

已经在第二故乡溧水一待就是40年的老孙,整天乐呵呵的,原来一口那旮瘩那旮瘩的东北腔,也慢慢转变为东北腔和江南语言的混合体,原本粗犷豪放的性格,也慢慢变得沉稳细腻起来。老孙的爱情故事,成为当地广为流传的一段佳话;老孙的励志故事,成为当地街头巷尾的一个美谈。

在和朋友们小酌之后,老孙依然常常会学着六小龄童的动作,抬脚弯膝弓足,一只手作挠痒状,另一只手置于眉心之上作瞭望状,两只眼睛快速地眨巴着,欢快地口称:"俺老孙在也。"

☆已刊登于2022年10月《青春》,有改动。

心灵窗纸

畅行在长寿之乡如皋

  中秋节假期,初秋的微风已然带有一丝寒意,蓝天白云之下稻浪滚滚,风轻云淡之间果树飘香,到处都是丰收的喜人景色。

  我和妻子驾车赶到上海,与女儿、女婿还有小外孙女度过了充实而又愉悦的三天,尽享了天伦之乐。人说"六坐七滚八爬",外孙女刚6个月大,就会稳稳地坐着了,能和大人很好地互动,圆鼓鼓的小脸蛋总是挂着笑容,时不时地发出"咯咯"的笑声,特别有穿透力和感染力,藕节般的小手和小腿,无规律地舞动着,甚是招人怜爱。

  三天过得飞快,不舍地与可爱的外孙女告别后,我们又开车去南通如皋看望已经80岁的老岳母,实现了短假期里陪伴四代人的愿望。

  女儿已30岁了,在她很小的时候,我曾经拍了一张照片,照片里四代人依次端坐在一张大床前:我女儿、我夫人、我岳母、我夫人年逾八旬的外婆,四代人幸福地依靠着,脸上挂满笑容。看过这张照片的人,都会面露喜色,啧啧夸赞。可惜的是,时隔20多年,照片并没有保管好,遗失了,挺遗憾的。我就有了一个想法,来填补这个遗憾:待外孙女长大一点,我还要拍一张四代同框的照片,标题就叫"女儿的女儿的女儿"或者是"妈妈的妈妈的妈妈",抑或叫

"女儿的立方""妈妈的三次方"。呵呵,是否妥帖没有想好,应该还有一个横批,那将是多么温馨而又暖人的影像。

多年前,我和夫人参加了她们大家庭的一次合影。那天,正好是我的岳父岳母的金婚纪念日,我夫人96岁高龄的奶奶还健在,合影是五代同框,这张珍贵的合影照,一直被珍惜地悬挂在各个小家庭之中。

听说五代同堂、四代同堂,在如皋这个长寿之乡比比皆是,还上了报纸的版面头条:如皋有一个六代同堂的家庭大聚会,子孙满堂,喜气洋洋,非常隆重。

有一天,我和夫人在乡村小道上散步,一位骑电瓶车估摸着60岁左右的老大姐,急切地东张西望,找寻着什么。看见我们两个人走过来,连忙询问:"有没有见到一个拄着拐杖的老奶奶?"她说这个老奶奶,已经102岁了,之前独自走出家门,因为已经出现健忘状况,不太可能自己找回家去,家里人非常着急,正在分头寻找。得知我们并没有看到后,老大姐又匆忙离去。向前走了没几步,我们又听到乡村广播里播出了寻人启事,如皋当地的话我不大听得懂,连猜带蒙地知晓了大概的意思:这位102岁的老寿星,拄着拐杖离家出走已经一个多小时了。我和夫人也担心起来,我们对当地情况不是太熟,否则我们也会加入寻找的队伍。同时,我们很是惊叹:一个年已过百的老人家,还能行走自如,离家出走。

我和夫人刚回到岳母家里,又见一位看上去也有60岁的老大哥骑着电瓶车,挨家挨户地询问,满脸的焦急之色。我们得知,他的102岁的奶奶,今年已是第三次独自走出家门,虽然拄着拐杖,但腿脚仍然很是利索,因为记忆衰退,有些健忘,常常跑得很远,所以每次家里人都是一番好找。

天渐渐地有些黑了,我的心揪了起来,也不知道这家人寻找的结果如何。外面已经有<u>一丝丝</u>寒意,一位102岁的老人,如果还在外面,那是怎样的一个不堪的情形啊?可是我们却只能徒劳伤感。

第二天,我就返回南京了,几天来,担忧的心情仍然久久不能平息,于是委托大舅哥探听情况。和同事们聊天时说到此事,大家也都啧啧称奇,感叹连连。之后,大舅哥打来电话,告知这位百岁老人当天晚些时候,已经被家人在附近的村庄里找到了。原来老人突然想去住在另一个镇上的女儿家,自己收拾好换洗衣服,没有打招呼就出门了。出门之后,竟然忘了要到哪里去了,就这样子一路逛着,见有一户人家里许多人在聊天,很是热闹,便坐了下来。大家都在讲话聊天,没有注意到这位老人一直在坐着。天暗下来以后,正好有一位听到寻人广播的村民来串门,这才注意到独坐着的老人,经过询问确认老人身份后,急忙与其家人联系。知晓老人平安回家,我终于释然,心中的一块石头总算是落了地。

老岳母喜欢我开车陪她去逛如皋城区的老街,还有如皋城郊的全国美丽乡村示范村"顾庄"。

在老街上悠闲地走着,感受着历史的沉淀,找寻着儿时的记忆,观赏着老街的美妙风景,品尝着如皋当地的特色美食,惬意而随性,悠闲而自得。

走进顾庄大门牌坊,顾庄村的芳容便展现在眼前。顾庄荣获"牵手·2014中国最美村镇循环发展奖""中国最美休闲乡村""江苏省传统村落保护与发展示范村""江苏省特色旅游景观示范村""江苏省新农村建设示范村""江苏省最具魅力休闲乡村"等40多项国家级和省级荣誉称号。顾庄是如派盆景的发祥地,如派盆景以造型清奇古朴为特征,于1983年被全国盆景协会考定为全国盆景艺术七大流派之一,2014年11月,如皋盆景被列入国家级非物质文化遗产代表性扩展项目名录。或高或低的小叶黄杨,遒劲古朴的雀舌、五针松,挺拔英俊的老榆树,形成了无边无际的绿的世界,户户门前有园林,处处庭院飘花香。以顾庄村为核心的顾庄生态园,将周边外景连成吃、住、赏、玩于一体的农业生态旅游区,村民们把顾庄打造成了集绿色经济、美丽家园、生态旅游于一体的开放式大园林,绿树成荫,风景如画,徜徉其间,令人流连忘返。

如皋滨江临海,一马平川,气候宜人,物产丰富,文化底蕴深厚,地处长江三角洲北翼,位于南通、泰州、苏州三市交界处,长江岸线近百公里,是江苏省历史文化名城,是一个古老而又令人向往的地方,是江海平原上一颗璀璨的明珠,有着"金如皋"的美誉。据统计,2021年底,如皋人口逾140万,80周岁以上高龄老人68031人,90周岁以上高龄老人10150人,百岁老人达525位,其中105岁以上16位,最年长者109岁,老龄化、高龄化程度远超全国平均水平,被国际自然医学会评为世界六大长寿之乡之一。

有一位曾经在如皋担任过市委书记的领导,写过一篇如皋长寿之乡形成根源的剖析文章,归纳有十几条原因。记得其中之一是良好的生活习惯因素,比如早餐和晚餐喜欢喝各种各样的粥,特别是晚上喝粥,利于消化不积食;民风民俗好,尊老、敬老、孝老、助老蔚然成风,家庭和睦,其乐融融;还有如皋是长江和东海冲积而形成的平原,土壤中富含硒;等等。如皋还盛产独特的长寿萝卜皮、黑塌菜、香肠、肉松等美食,还有白蒲茶干、水明楼黄酒,珍馐佳肴,不胜枚举。

我喜欢如皋独有的长寿文化,淳朴的民风民俗,清新的空气,静谧的环境,还有江河湖海的美食,更有岳母家和谐温馨的氛围、遇见的朴实融洽的乡邻和随处可见的瓜果蔬菜满园的景象。

我喜欢和夫人悠闲地行走在如皋的乡村道路上,呼吸着自由清新的空气,观赏着田野里丰收的景色,聆听着鸟儿清脆的歌声,还有不时传来的犬吠鸡鸣。

畅行在长寿之乡如皋的时光空间里,就像是在浩瀚的宇宙长河中畅游着,时光荏苒,光阴似箭,自己渺小得找不到一个定位,然而却能使自己明白很多道理,更加淡定和从容。

畅行在长寿之乡如皋的乡间道路上,就像是在世外桃源里畅游着,天高云淡,气清神闲,自己融入其中,成了一个组成部分,更加心旷神怡。

每次在长寿之乡如皋待上几天,因为心情愉悦,还有许多美食,大快朵颐,体重都会增加一些,但我"衣带渐宽"人不悔。

我喜欢畅行在长寿之乡如皋,每当此时,喜悦之情溢于言表,清闲之态露于体肤,轻松而又快乐,甜蜜而又酣畅。

如皋如歌,常来常寿,我向往之。

☆已刊登于 2022 年 10 月 26 日《现代快报》,原题为《畅行如皋》,内容有删改。

窗台上的独特风景

我居住的房屋,在整栋楼的东侧,客厅里有一排大飘窗,向外望去,视野特别开阔。我夫人喜欢养花弄草,这个大飘窗,就成了她的小花园,摆了不少盆景、花卉,倒是养眼得很。

没有想到的是,去年夏天是南京50年来最热的一个夏天。在南京天气最热的时段,我和夫人去了大别山区避暑。虽然走之前放下了窗帘,也浇足了水,但是10天以后返回时,我夫人养的花卉,历经酷暑的煎熬,仍然折损了一大半。在北面窗台外花架上放着的四盆最耐旱最好养活的菊花脑,也成了枯死状态。我试着浇了些水,第二天意外地发现有两盆逐渐地显出了绿色,在枯黄色中宣示着生命的顽强。另外还有两盆,几天以后仍然没有动静,是彻底地回天乏术了。我亏欠似的每天浇水,希望会有奇迹发生。一周之后,惊奇地发现,在枯死的菊花脑根部,竟然长出了一棵无名小苗。我连忙叫来夫人,夫人看了也是喜出望外。

在期盼中又等待了几天,小苗顽强地生长着,开始露出了真容。我和夫人在争议中,确定了它的身份:这是一棵西红柿苗。应该是小鸟叼来在花盆里吃美食遗落的,或者是小鸟吃了西红柿之后排泄在花盆里的。这棵西红柿苗,出乎意料地生长起来,枝条由细渐粗向上蔓延。一个多月的时间,又分枝开叶,一组一组地开出朵朵小黄花。我找了两根竹条,插在花盆的两边,用绳子固定住西红柿枝条。

南京接下来的冬天也是异常寒冷的,我便将种植西红柿的盆儿转移到了室内大飘窗上。

可能是室内的温度适宜,又有充足的阳光照耀,加上我掺杂进了一些营养土质、每天浇一次水的缘故,西红柿苗儿茁壮成长,长势喜人:主干有将近1.5米的高度,分出的枝条左伸右展,绿色的叶片就像舞者的手臂,随性地挥舞着,开出的朵朵黄花像是魔术师的道具,点缀其间。整个西红柿枝条和两根竹条,组合成了一个飘逸的"舞"字,让人看了既能养眼怡情,又能心随之荡漾。一时间,飘窗上的风景都被这棵西红柿儿抢镜了。

很快,枝条上便结出一颗青色的西红柿果儿。由小到大、由青转绿,再由青绿色逐渐变为深绿色,似乎一天给我们一个惊喜。感觉到不长的时间里,这颗西红柿就成熟了,变成了淡红色。随后我惊喜地发现,枝条上又结出来三个小果实。当三颗小西红柿变成深绿色的时候,那个大的西红柿已经由大红色变成了深红色,光泽宜人,颗粒饱满,看了忍不住想摘下来吃一口。刚刚冒出这个念头,就被心底里发出的一个声音打断了:这样的美好存在,何以忍心下口呢?

不满周岁的小外孙女,喜欢让我抱着她走到飘窗前,近距离地观赏这棵西红柿,怯怯地拉着我的手一起去抚摸西红柿叶片和那颗成熟的果实,清澈明亮的眼睛里满是好奇、满是欣喜,笑容浸满了圆圆的小脸蛋,两只小手开心地挥舞着,口中发出"呀呀"的欢快声音,家里的人儿都被吸引了过来。

一段时间后,那个大的西红柿开始有些枯萎,但仍然保持着鲜艳的紫红色,昂立在枝头。旁边的枝条上面又结出两颗西红柿果实,看到第三批出现的果实,我很是感动。这个西红柿家族"人丁兴旺",紫红色、大红色和深青色,点缀在绿色之间,耀眼、活泼,充满生机。

过春节时,我买了一些喜庆的盆景、花卉,摆在茶几上和窗台上。但这棵西红柿始终被静静地安置在飘窗上,沉稳、大气,浑身上下散发着卓尔不群、雅而不俗的特有气质,一点也不输给那些花花绿绿,始终是飘窗上一道独特的风景。

春节过后,西红柿枝条有些向下耷拉,叶片由下至上逐渐地有些枯萎。我想着把它搬到阳台上去,可是我夫人坚持要放在原地,我也已经看习惯这道独特的风景了,遂改变了主意。

从这棵西红柿开始吐出嫩芽,到现在枝叶茂盛,前后有150多天了。现在我仍然坚持每天浇水、松土,整理枝条,这棵西红柿依然挺立在我家的飘窗上,几十朵小黄花儿迎风飘扬,每天都在跳着欢快的舞蹈。

昨天,我又惊喜地发现,高处的枝条上又结出了一颗小果实,淡绿色,嫩嫩的,有些透明,可以看见内部的籽仁儿。它总是不断地带给我们惊喜,总是不断地带给我们希望。

一位老战友看到我家窗台上的这棵西红柿,枝繁叶茂,也很是有感慨,对这道独特的风景赞赏不已。他说:一户人家能够将寻常的蔬菜培养成花卉,特立独行,这户人家的爱心细心加耐心,本身就是一道独特的风景。

☆已刊登于2023年4月8日《现代快报》,有改动。

接站口的"小鲨鱼"

外孙女快两周岁的时候,我和亲家约定,春节刚过,就分别从南京和扬州赶赴上海,与女儿女婿一家再拍一张全家福。

总结这两年往返两地的经历,我和夫人都觉得乘坐高铁要比开车去既轻松自如,又安全准点,还经济实惠,好处多多。

亲家夫妇较我们早到了近一个小时,已经被安排在饭店等候。我们甫一见面,亲家就抑制不住兴奋的心情,眉飞色舞地向我们描述他们出站时见到的令他们印象深刻的感人场面:他们夫妇带着行李,接近出站口时,看到了儿子和儿媳妇向他们招手,在小夫妻俩之间,有一个淡淡的蓝色的小鲨鱼玩偶静静地立在那里。当他们走出检票口时,儿子刚接过他们的行李,这个玩偶突然动了起来,抬起一只小手向他们挥动,一张粉嫩的小脸仰了起来,在爸爸妈妈的鼓励之下,发出一个清亮的童音:"爷爷,奶奶,好。"亲家夫妇惊喜不已,不由自主地跑到孩子面前,弯下腰去,想抱一抱这个小可爱,她却有些认生,扭捏地躲到了爸爸妈妈身后。

这可是亲家夫妇做了爷爷奶奶之后,第一次享受到孙女的亲切接站礼遇,心中自然幸福无比、感动非凡。慈爱的眼神,如同深邃的湖水般清澈明亮,泛着柔和的波光,将小可爱密密包裹在这份浓浓的爱意之中。

当时天还下着毛毛细雨，小小的孩童高兴地在广场上左摇右晃、拍手欢笑。身体被淡蓝色的雨衣包裹着，圆鼓鼓的，有些萌萌的。帽檐部分，像一张张开的鲨鱼嘴，帽子后面有一小排黄色的凸起，很像鲨鱼的背鳍，两只小手张开，又特别像鲨鱼翅一样，前前后后、上上下下地挥动着，可爱至极。

可以想象这是一个多么令人感到幸福甜蜜的画面：一个不到两岁的孩童，在亲人充满爱意的目光注视下，在细雨蒙蒙中欢快地转着圈儿，口中哼唱着刚刚学会的 Baby Shark（鲨鱼宝宝），唱到鲨鱼张嘴的部分，双手会一上一下地拍打着，还不忘加上自创的跺脚动作。圆润的脸蛋，甜美的笑容，天真活泼的动作，总是能触动人心里最柔软的地方。空气里充满着暖人的爱意，一阵掌声、一片欢笑，天空飘下的冷飕飕的冬雨中，已然有了沁人肺腑的花香，时间好像定格了。

听到亲家开心动情的叙述，我和夫人也被深深地感染了，很想马上也体会一下受到热情欢迎的感觉。可是，到了饭桌上，外孙女立马安静了下来，坐在她专用的儿童座椅上，专注地吃起饭来。

女儿女婿很用心，去年我们拍全家福的主题是"红系列"，今年定调为"橙系列"，寓意丰富、内涵饱满。女儿女婿很精心，我和亲家夫妇上海一行，开心愉快、顺利圆满。女儿女婿很细心，接站口出现的"小鲨鱼"，就是一个亮点，令人欣喜不已，久久不能忘怀。

亲家更是细心和用心，已经连续两年用拍的照片做背景，做成台历，摆放在客厅，看了温馨暖人。每年制作的几十份台历，除了自己留用，剩下的都被身边的亲朋好友疯抢去了，没有拿到的，就预定上了。有几位还受到启发，也参考着制作家人照片的台历，摆放在家里显眼的地方。

去年的台历虽然过期了，但我仍然放在客厅茶几上，不是为了看日期，只是为了能够反复重温暖人的场景，体味温馨的亲情。

☆已刊登于2024年3月1日《扬子晚报》紫牛新闻，有改动。

口碑无形

和妻子在乡间小道上散步时,遇见一对老夫妻在地里割韭菜。农家地里自产的小叶韭菜,翠绿翠绿的,刀切下去滋滋脆响,用菜籽油炒出来香气扑鼻。想到这一口,我们忙上前询问是否可以买一些。老伯抬头看了看,顿了一下,反问我妻子:"你是不是吴院长家的?"听到肯定的回答后,老伯将地里已经割好的韭菜全部捧起来装进一个大袋子里,递到我手上,认真地说:"送给你们吃了。"我们坚持要付钱,一旁的大妈态度坚决地说:"吴院长家的不能要钱的!"我们推辞不了,就取出了一些,连声道谢,离开时心中满是自豪。

吴院长是我岳父,担任乡镇医院院长多年,退休后也一直在返聘工作。因为医术好,待人真诚热心又能替病人着想,所以十里八乡的很多人都来找他看病。他脸上始终挂着微笑,身上有着一股亲和力,几十年来都没有见到过他和别人红脸斗嘴。担任院长后,一天工作10多个小时,半夜被叫醒去诊治病人,那是常事。遇到生活困难的,他还会垫付医药费,这么多年下来,应该不是个小数目了。

有天夜里,医院来了一位大出血的产妇,情况很危急,家里人着急得不行,指定让我岳父接诊。我岳父已经睡下了,接到电话立即穿上衣服赶到医院。因为处理及时,所以十分顺利,母子平安,那一家子人齐齐地跪下感谢。凌晨1点才回到家的岳父很是开心,竟然把我们喊了起来,喝完了一瓶好酒,才满意地休息,鼾声如雷。

一次年三十,全家人等到晚上快9点才见我岳父疲惫地从医院返回。刚准备吃年夜饭时,忽然屋外来了一家人,抱着个哭闹的孩子。我岳父迅速起身询问,原来是小孩子手臂被家人拉脱臼了。看到孩子痛苦不止,这一家人都慌乱了,但小孩子一见到我岳父却安静了下来。说话之间,没有看到他怎么操作,他却说:"好了,你们可以回去了,天黑要注意路上安全啊。"见到孩子活动自如,一众人都惊叹不已。这家人十分感激,满意而归。

找到家里看病的,我岳父从不收费,遇到饭点还邀请坐下来一起吃饭。

我和妻子都在外地工作,不常回家,但每次回去,走在路上,总会有不认识的人主动和我们打招呼问好,起初我们很尴尬,只是礼貌地回应一下。我岳母听后说:"你父亲人缘好,别人对我们家人都是很客气的。"后来,我们遇见笑着看我们的人就会主动道声好。

我岳父罹患重病而逝,送葬那天,许多乡亲自发地按照当地风俗,在沿途的路口摆上供桌,烧上香烛纸钱,躬身送行,能感觉到他们都很悲切。

我岳父已经去世多年了,现在我们走在乡里,仍然会有人笑着询问我们:"你们是吴院长家的吧?"

做好人做好事又不求名不求利的人,口碑一定是好的,不在于别人是不是挂在嘴上,而在于心底里是怎么想的,公道自在人心。没有人过多地说我岳父这好那好,但乡里乡亲的心中都明白,脑袋里都记着,发自内心地尊重他,家人也沾光了。

口碑无言,我们却能实在地感受到褒奖和赞颂。

口碑无形,我们却能真切地触摸到一座丰碑。

★已刊登于2021年8月21日《金陵晚报》,有改动。

心灵窗纸

来电了

　　大凡到了钟情和怀春的岁月,一遇到自己钟情的人儿的目光,全身就有触电的感觉,瞬间两片红云飞落双颊,如同在电脑上点击一个指令,显示屏立马显示出色彩缤纷的欢快图形。
　　华和萍,在同一个单位不同的办公室工作,偶遇时,就会有来电的感觉,触一下就断开,两人渐渐心存情愫,开始留意起对方。
　　时间长了,靠近对方的一定范围内,两人就有些紧张而不自在,脑子渐渐空白,手脚变得机械,便出现差错,经常惹得别人问:"你今天怎么啦?"
　　华下了决心,不如主动地去触电——去点击和萍的爱的触点。
　　于是华不时想出理由到萍的办公室,微笑着先扫描一下萍,萍就红着脸低下头。有时萍站着和别人说话,一见华出现,就打断话头坐下来。华有时在办公室里,听到萍的声音,立即从办公室里走出来,假装有事外出和萍打个照面,又是华微笑着直视萍,而萍一触即避低头而行。慢慢地,华发现与萍直视的时间增加,而萍会回一个微笑,华就被电得晕乎乎、甜滋滋的,感觉"爽"极了,见谁都是乐呵呵的,经常惹得别人问:"你最近怎么啦?"
　　华又不满足于轻轻地触碰与萍的这种感觉,他便开始主动找一些话题,与有萍在场的同事说话,萍从不搭话。华又找话题,找萍说上几句话,当然是简单的一两句话,说多了华也说不全、说不明,当然萍是低头简短地应答。

一日,华见萍周围无人,壮了壮胆,在萍的桌边坐下,萍没看他,华知道萍不反对。于是,华直视着萍,不连贯、无逻辑地说天气、说电视,萍低着头,手上的笔不连贯、无逻辑地在桌上的纸上画着。华最后说:"正在上演一个大片,下班后我们去看好吗?"萍不说话,只是直直地看着桌上的纸。华怕她听不清,又问了一遍,想想还加上了一句:"看完回家不会太晚的,我买票啦?"萍还是没有回应,华感觉到"点击"萍很难。在无语中,华期盼着,有些气馁,有些无奈,有些沮丧,渐渐又有些后悔,开始怀疑自己是否太急于求成,坏了与萍的感觉,又怀疑自己是否来错了电,剃头挑子一头热。

时间一秒一秒地走着,走得很慢,华的心怦怦地急促起来,却不见萍有些许的反应。华的鼻尖开始渗出了细微的汗珠,脑子里也变得空荡起来,感觉自己快要撑不住了,失败正迈着沉重的脚步逼近自己。

办公室外一个同事的脚步声由远而近,清晰地传来,华几乎绝望了,感到自己正从悬崖上向深渊里摔下去,浑身发冷。

就在这时,华看到萍的脸颊微微地红了起来,紧咬住下唇,轻轻地点了点头。华立即兴奋地睁大双眼,周身的血液沸腾起来,真想冲上去拉拉萍的手,抱抱萍——华的爱的触点被萍结实地点了一下。

华急促地说:"下班后我在单位大门外等你。"然后迅速地离开了。华知道,和萍之间爱的触点已经连接通畅。

后来华和萍成了一对,华时常请那位同事吃饭,但没有固定的理由。

☆已刊登于2003年10月29日《服务导报》,原题为《爱的触点》,有改动。

心灵窗纸

老早，我家门口平常的美食歹多

20世纪80年代以前,我家一直住在铁管巷口,汉中路45号的2层红砖楼上。因为住在新街口附近,人口密集,所以有许多美食,现在想起来仍然会哈喇子流下来。

先不讲三星糕团店和刘长兴等老字号的美食了,平常我们家门口就有很多令人难忘的美食。

入冬之前,铁管巷子里面,有一家副食店,总是会支起大锅炼上几锅猪油。那个香味哦,从巷头儿一直飘到巷尾儿。刚出锅的用猪板油炼的油渣,撒上一点儿细盐,吃进嘴里油滋滋的,香香脆脆,好吃得不得了。

我家楼下的清真面馆,一年四季都做的酥油烧饼,里面有葱花,外面有芝麻。刚出炉时,趁着还有点儿热气,吃上一口,外焦里嫩、酥脆可口。

还有石鼓路与铁管巷交叉路口,有家炸油条的店,天天排满了人。我去买的时候,经常会用一双筷子,把几根油条串在一起。回家路上,面对脆香的油条,就忍不住下口,往往到家时,会少上一两根,大人们看到后,只会心地一笑。

对面管家桥,有个菜场。一家卖猪头肉的店铺,卖的猪头肉软糯香甜,咬一口,入口即化、香气满满,腮帮子处回味无穷,生出许多哈喇子,都舍不得咽下去。家里面买猪头肉的任务一般都是交给我,我不大喜欢吃肥的,所以我买的猪头肉,瘦肉的比例很大。我老爸经常会给我四毛钱,两毛钱打散装的洋河普曲,两毛钱买猪头肉。

开春之后,就有人挑着担子,敲着竹棒子,走街串巷卖桂花酒酿,甜香甜香的,略带有点儿酒香味。吃着桂花酒酿,喝着汤水,益气提神,感觉很爽。

夏天,路口总有人摆上摊子,卖绿豆凉粉。好像是在不锈钢锅里面做的,满满的一锅,倒扣在案板上,盖上一块白纱布。有人买的时候,就用刨子刨出一丝丝凉粉,放入碗中,浇上一点儿麻油、酱油、辣椒油,再搁上一点儿葱花,重要的是一定要加上一点儿切碎的什锦菜。天热的时候吃下去,凉爽宜人、鲜美可口,老南京人讲:"好吃的,打你两个嘴巴都舍不得丢。"

当然,夏天少不了会喝上几杯冰镇酸梅汤,吃上几根马头牌红豆冰棒,还有奶油冰砖。

我家楼下还有一个卖油端子和炸糍粑的,每天早晨我都是在飘来的香味中醒来,忍不住吞下两口哈喇子,便时常会吵着要家人买着吃。

可能是现在的物质条件好了,也讲究健康养生了,许多油炸的食物已经见不到了,还有一些传统的美食,也慢慢不见了踪迹,比如油球。也可能是现在人的嘴刁了,好吃的东西吃多了,却没有了儿时的味道。

老早,南京人夏天喜欢去商场纳凉

最近在网上看到了一则笑话:这两天天太热了,空调太费电了,为了省点电费去商场里蹭空调。逛了一上午,喝奶茶花了28元,吃炸鸡花了58元,买衣服花了560元,逛超市花了170元,停车费40多元,回到家发现空调没得关(哭了)。

看到这个段子,我就想起来,老早南京人夏天喜欢去商场纳凉的情景。

南京号称火炉,夏天到了,天热得不得了。但是,那旮子(南京方言,那时候)家家大都只有电风扇加蒲草扇和芭蕉扇,没几个人家有空调的,个别条件好的人家也就是装个窗机空调。没得空调的夏天,白天是屋内屋外一样热,就是光着膀子(光着上身)也是汗批批的(南京方言,汗流浃背),电风扇也不莱斯了(南京方言,不管用了),吹出来的风都是热风。晚上是屋内比外头热,家家都把竹床搬到快车道与慢车道之间的绿岛上睡觉,往往是芭蕉扇摇到后半夜才能睡着。

那旮子,很多商场为了招揽顾客,都开着中央空调,空调风大劲足,商场里面凉快得很。精明的人家,假装去逛商场,慢慢地走、细细地看,一待就半天,凉爽得很。地道(厚道老实)一点的人家,不好意思,会买点小东西。后来天越来越热,有的人家干脆一家郎子(南京方言,全家)都去商场里待着。有许多带水带吃的,带着草席去的,找块空地就席地而坐,小把戏们(南京方言,小孩子)还带着作业去做,一直待到晚上打烊了才回家。去晚了凉快的好一点的地方就没得了,只能找边边角角或者靠门口的地方待着了。有许多老人和不用上班没得事做的,上午商场开门就进去了。商场从来不赶人,在商场里纳凉的人既不占柜台前面的地方影响营业,也不大声喧哗、东奔西跑、吵吵嚷嚷的,大家都很自觉,都相互理解,蛮有人情味的。

那昝子,新百(新街口百货商店)和中央商场等大商场,是南京人夏天纳凉的首选之地,还有山西路商场、湖南路商场、南京商厦等,每天都是人满当当的,人气旺得很,用现在的话讲,是很有烟火味儿,很接地气。现在人们的生活条件好了,家家都有空调,也不会去商场里蹭空调了,夏天去商场纳凉,就成了美好的回忆。

心灵窗纸

那年夏天闹地震，糗事歹怪多

　　20世纪70年代末，唐山大地震后余震仍然不断，全国各地对防范地震灾害工作都重视得一塌（南京方言，非常重视），南京也不例外。南京虽然是六朝古都，历史上地震基本没得几次，有也是很小，不注意都感觉不到，但是在外地不断有余震信息传来时，人人心里还是紧张得一米（南京方言，非常紧张）。南京各单位除了反复进行宣传，还组织了演习，南京市民也是家家都备了不少生活物资。还有就是市里设了几个报警点，应该就是原来的防空警报点，在里面放置了高频警报器，好在地震来临时及时提醒大家撤离。每个点设置值班员24小时值班，一接到地震部门的报警通知，马即（南京方言，立即）拉响警报器报警。警报器一拉，声音吓人巴拉的（南京方言，很吓人），响彻天空、刺人心魄，胆子小的都会脸变色腿发软，东南西北都分不清楚喽。

　　市里面搞过一次大演习，反复发出通知之后，到预定时间就拉响了警报器。家家一听，马即有条不紊地按照规定的要求去做，但还是有人不当回事，嘻嘻哈哈聊天走路，就跟自己半毛钱关系也没得似的。

　　那年夏天，天热得很，闷燥烦人，放暑假时，我去了马鞍山的姨娘家，发现马鞍山人也和南京人一样，被地震闹得惊魂未定，草木皆兵。很多人家把竹床摆到室外马路边上,没有竹床的就抬块门板,用两条长凳子搭起来,支个蚊帐,人睡在里头,比家里面凉快多了。一天夜里,警报器突然响起,刺耳的叫声一下子就把人们从睡梦里面拉到现实中:不得了啦,地震啰!慌乱的人们马即从家里向街上跑。好多人跑得太急鞋子都没穿,光着脚丫子跑,被石子硌着了才知道疼。听说还有一个人穿着一只鞋,光着一只脚在跑,手上却拿着另外一只鞋,都不晓得是心慌忘了穿还是着急来不及穿。也有衣服穿反了的,找了半天也找不到扣子。褂子(上衣)穿反了还好,顶多是露个后背,如果裤子穿反了,就只能拎着裤子跑了。还有的想抱着孩子下楼的,却紧紧地抱了个枕头跑出来,跑到街头才看清楚抱错了,只能硬着头皮再回家抱孩子,孩子已经吓得不晓得哭了。据说有一个下晚班的,正在洗澡,衣服都没来得及穿就跑了出来,跑上马路才发现光着身子,只能蹲下去用双手捂着脸,尴尬不已、羞愧至极,旁边有好心人马即脱下褂子给他披上。还有个人算胆子大,想着把家里值钱的东西随身带出来,一下子不晓得怎么判断,就随手划拉,结果用床单包了收音机、缝纫机线头,还有钢筋锅(煮饭锅)和锅铲子,等到了街上才发现,没有把家里最重要的存折带上,懊悔得一塌(南京方言,懊悔极了)。也有怕来不及跑的,直接从二楼窗口跳下去,不是摔断腿就是崴了脚,蹭破皮都算是轻的。本来在街上睡觉的人,听到警报声慌得一米(南京方言,非常慌张),忘记自己是睡在外头的,从床上下地后竟然往家里面跑,旁边人忙拉住大声制止,那个人才搞清楚不仅是方向跑反了,而且是根本就用不着跑,整个是糊里八涂的(南京方言,很迷糊)。

满大街上都是着急忙慌(南京方言,忐忑不安)的人,但是谁也没感到地震,大家都不晓得是怎么回事。一时间谣言四起,有说已经感觉到地震了,有说是旁边南京地震了,还有说是地震就快要到了,反正是没得一个有准头,大家还是不敢回家,更不敢睡觉,就这样三五成群、一堆一堆地胡扯瞎猜,迷迷糊糊地熬了一晚上。第二

心灵窗纸

天一大早就有消息传来,原来是警报器管理部门一个领导的儿子,年小不懂事又好奇巴拉的(南京方言,很好奇),偷偷地拿了钥匙进了放警报器的房间里,打开开关,警报器一响,这个小孩子吓死了,只晓得双手捂住耳朵,不晓得怎么办,呆住了。好在值班人员听到声音反应快,马即进去关掉开关,但是全市大混乱已经发生了。后来据说那个领导被撤职了,值班员背了个处分。

这次乌龙事件后,马鞍山和南京街道上都出现了不少毛披子(临时帐篷),也叫"防震棚",家家都是找离家最近的绿岛搭建,绿岛上搭不下就搭在人行道上,到处都是。样式也是不讲究,没得统一,五花八门的:条件好的人家搭的是油布帐篷,条件一般的人家用几块板子搭起来,条件不好的人家只能找几根毛竹竿子和塑料布拼凑着搭建。那年夏天,许多人家每天都吃住在街头,胆子大的才敢睡家里头。

南京老三宝

早在二十世纪五六十年代到八十年代的时候,南京三宝——油球、板鸭和钟山表,还是名气蛮响、盛极一时的,是介绍南京的三张莱斯(南京方言,非常棒)的名片。

晓得的(南京方言,知道的)老南京人,一定会勾起心底那个温暖的角落地儿的回忆。这个三宝,讲起来朗朗上口、合辙押韵,想起来唇齿生津、记忆犹新。

先来韶韶(南京方言,聊聊)油球吧。在发酵过的面团里,撂(放)点儿菜油,撂点儿糖,揉好了,再撂点儿豆沙,在油温适中的锅里炸至酥黄。比成人拳头稍大一点儿的圆球,有点儿像现在的甜甜圈,蓬松饱满。咬一口,香糯微甜、松软可口,大人小孩都喜欢。我们小把戏(南京方言,小孩)吃一个,香喷喷的,满嘴满手的油,既能过嘴瘾又能抵小饱,老南京话讲——打三个嘴巴都舍不得丢的。那昝子,买什么东西都要票,家家缺少油腥,缺少甜味,油球是唯一不要粮票的面食,所以很受欢迎。大街小巷都有油球店,到处能闻到油球香味儿,诱得人流哈喇子,忍不住就会买上一个过个嘴瘾,走亲访友时也会买上两个带上。外地人到南京来也喜欢买上一个尝尝,都说很好吃。现在人不缺吃不缺喝,洋玩意儿也吃多了,馆子里的饭菜撂进去很多调料,重油重味,一般的东西都感觉不到味道了,好吃的油球也不觉得好吃了,油球就成了我们儿时的味道喽。

再韶韶板鸭。老早的板鸭,说是盛产于南京的湖熟地区,盛行于明清直至民国时期,历史悠久、名扬天下。不像是现在的板鸭,已经是卤菜熟食了。也不是湖南、湖北等地的板鸭,当地的麻辣烟熏味过重。南京的板鸭是生的,擩了很多调味料,经过多道工序腌制好的,压扁了用多个竹片或者长筷子撑着,风干后便于长时间储存,从冬天能吃到夏天,甚至于秋天。因为咸味重和鸭肉干硬,吃的时候要切块,用温水泡很长时间,咸味淡了,鸭肉的香味出来了,才能蒸煮或者炒了吃。大多数人是整只鸭子洗干净后,泡一泡,再用水煮开,煮的时候在鸭屁股上插上几根葱。头道水很咸要倒掉,再煮出来的鸭子香气溢鼻、唇齿留香,肉烂入口即化,油而不腻、咸而不齁,既下饭下酒,又解暑生津,独特的鸭子香味特别馋人。逢年过节的时候,老南京家家都会煮上一两只板鸭,每顿饭切好摆上一碗儿,是桌子上最受欢迎的菜品之一。那晢子到南京来的外地人,吃后感觉非常好,回去时都会捎带上一两只。因为制作工序繁杂严格,又因为烹制的过程准备时间长、要求高,费事巴拉的(南京方言,很费事),所以现在市场上很少出现了,烤鸭和盐水鸭的名气就大起来了。

位于南京紫金山南麓四方城的南京手表厂生产的"钟山牌"三针钻石机械手表,走时准确,外观简约大气,机械声音轻微柔和,价格平民化,在国内蛮畅销的,听说也卖到了国外,是当时国内名气较大的钻石机械手表。后来又引进了瑞士梅花表工艺,还生产石英手表。二十世纪八十年代鼎盛时期,年产量达到了220万只。许多老南京人家都买过钟山表,许多人都戴过,成了南京的一个招牌。我入伍的时候,和许多南京战友都戴上了家里人专门买的钟山表,南京兵戴钟山表成了新兵连的一道风景,令许多外地的战友羡慕不已,我们南京兵更是自豪得不得了。这些年我又戴过几块表,其中不乏欧米茄之类的名表,但是总没戴钟山表那种摆得一米(南京方言,非常棒)的自豪感觉。

  那旮子,各地物产都不丰富,拿得出手的地产品牌不多,但是只要是好的、实用的,又适合老百姓口味的,老百姓一定会认可的,骨子里都会有一种支持当地品牌的认同感。虽然现在没有多少人晓得南京老三宝了,南京已经物阜民丰,拥有的这个那个的知名品牌歹怪多(南京方言,非常多),但都没得那旮子的那股自豪的感觉了。不晓得是人的审美疲劳了,还是人的感觉迟钝了,或者是人的欲望增加了,可能都有吧。蛮怀念老南京的烟火味儿的。

☆ 已刊登于2022年2月17日《金陵晚报》,有改动。

平行线

和 N 相识,是源于来自同一城市南京。身处异地他乡,乡音和对家乡美好的记忆,很容易拉近彼此的距离。通了几次电话后,第一次相遇,人群中两人对视而笑:"哦,你是……"很熟悉的样子。

以后的日子,多了一些留意,隐约间一种情愫在彼此间蔓延。

N 要返回故乡的时候,我去送行,有什么话要说,又什么也没说,从此和 N 没了联系。过了两年,听说她已结婚,和一位同时返乡的战友。又过了一年,我也结婚了。

年初的一次战友聚会,竟意外地和 N 碰面了。言语中不断跳跃出美好的往事,偶遇的眼神中不易察觉地感受到一种情愫。我送她回家的路上,她说她离婚了,又单身啦,我一下子不知说什么好,仿佛回到了以前的日子。

过了几日,我聚了不少故友,N 自然在其中。那天 N 非常活跃,大声地和许多人称兄道弟,碰杯喝酒,热情洋溢地和你我他都聊着。N 开心地笑着,却使我有些怅然:这是真实的 N,还是强颜欢笑的 N?

她打电话让前夫把女儿送来了,N 抱着女儿,幸福立即溢满了全身,包厢成了 N 表演的舞台。

我明白了,N 很幸福,很容易就会幸福,其他人试图介入她的世界的想法都是错误的。我和 N 存在的那丝情愫，和她现在拥有的相比，是极易被忽略不计的。也许我们就像两条平行线，在彼此的轨迹上滑行，偶然近点，但永远不会相交。

聚会还没有结束，单位夜里要加班，我提出先走。第二天，听说 N 喝了很多酒，很晚才离开。

☆已刊登于 2001 年 9 月 11 日《服务导报》，有改动。

深夜怪影

我曾经住过老式楼房,应该算是民国后期的建筑,两层楼,砖木混合结构,木墙壁、木地板、木楼梯,一梯上下各两户,每套2室1厅带厨卫,隔音不是太好,隔热也不是太好。然而,对于我们三口之家来说,2000年初,在南京市区里能够分到这样的一套住房,是非常幸运的。

入住后不久,恰逢"十一"长假,朋友从海边带回几只海螃蟹送给我,个大螯大,只是被红色的尼龙绳捆着,全没有了张牙舞爪的霸气,一个个蜷缩在编织袋内,安静得很。因为天色已晚,我随手将螃蟹放在厨房地上,全家人就睡下了。

蒙眬中,被正上小学独自睡在外间的女儿的呼喊声叫醒:"爸爸,快起来,好像有——有蛇……"

夜色沉沉,女儿的声音尖利中透着恐惧。我心中一惊,急忙打开床头灯,鞋子也没穿,跑过去开门,慌乱中没忘顺手将门后的一把扫帚拿在手上。

打开门,借着朦胧月光,我探出头去紧张地查看,没有蛇,也没有人,再看,哦,地上一只螃蟹正在用松开的一只螯,努力地在地板上划着,向房间里爬,身上的红绳子蓬松地绑着,投在地上的影子形状怪异,说不出像什么。"唉",我深深地吐出了一口气。

重新捆好螃蟹，转身问女儿怎么回事。女儿还有一些余悸未消，颤颤地说："大概半个小时前，我就被房门处发出的时有时无的划地声吵醒，抬头就看见门缝中一个黑影在晃动，间隔着发出敲击地板的声音。我不清楚是什么东西，脑子里飞快地猜想着，是小偷？不像呀，不会这么长时间不动的；是老鼠？也不像呀，因为老鼠的习性好动，不会始终在一个地方，而怪影和响声，却停留在门外一处；那是野猫？不对，家里没有放什么吃的，再说我们家在二楼，门窗都是关好的，它也进不来呀；那，只能是蛇啦，妈呀，不得了，赶快喊爸爸吧。"

　　夫人安抚着女儿，我又返回厨房，一个个仔细查看已经捆过的螃蟹，确认全部捆结实了，并将它们从地上拿起，放入水池中，这才放下心来。

　　虚惊一场之后，一家人睡得很香甜。

☆已刊登于 2024 年 9 月 14 日《中国改革报》，有改动。

胜利在新街口，曙光在鼓楼

二十世纪七八十年代，南京的电影院不是太多，大都集中在新街口到鼓楼这一片。新街口这一块，有大华电影院、中华电影院、延安电影院和胜利电影院，鼓楼那一块有曙光电影院。那旮子，家家收入都不是太高，能够看一场电影在当时是非常好的美事。当时，许多单位的工会把发放电影票作为福利。大的单位或者条件好一些的单位还会发家属票，一家子人可以一起去看电影。

那旮子，街巷里大都是平房，也有小二楼。业余时间大家也没有太多的娱乐活动，但都爱听收音机播放的节目。中央人民广播电台的《新闻和报纸摘要》和《小喇叭》，是大人孩子们爱听的节目。当然，大家特别爱听的还是《评书联播》节目，每天定时定点收听成了重要的生活内容，如果有一天因为有事而没有听到，就会感觉特别失落。那时候的收音机都是带电池的，听了一段时间之后，电池电量快耗完的时候，而评书节目又播放到了故事情节最精彩的片段，一家人都会把耳朵贴到收音机上去听。刘兰芳的《杨家将》《说岳全传》，每天播放一段，大约有半个小时，家家爱听，都会将收音机的声音放得很大，这样可以边做事情边听评书，或者边听评书边吃饭，两样不耽误。人们从街头走到巷尾，再转入另一条巷子，如果有意识地走得慢一点，几条街巷走下来，就可以完整地听一段了。

二十世纪七十年代末,有电视机的家庭寥寥无几,但是每个向阳院(一个居民小组或者一个大院子,设一个居民组长管理)会配发一台九寸的黑白电视机,大部分人都是去居民组长家观看。天气好的时候,居民组长会及时将电视机搬到室外,摆放好凳椅,每个人收一分钱当电费。遇到好的节目,庭院里挤得满满当当都是人。到了二十世纪八十年代,电视机才开始进入寻常百姓家,看电视剧是人们茶余饭后的重要娱乐活动,结束了听刘兰芳、单田芳等评书大师一部评书不带收音机走几条街都能听到的历史。记得当时流行的几个电视连续剧,有《上海滩》《加里森敢死队》《大侠霍元甲》《排球女将》《敌营十八年》等等,都是大家喜欢看的;每一部电视连续剧都有一首好听的主题曲,都是大家喜欢听的,大人小孩时不时地会跟着哼唱起来。主题曲的曲调一响起,标志着电视连续剧就将开始了。天快黑了,各家就早早地吃过晚饭,交流着之前的剧情,一个个翘首以盼,眼巴巴地等着电视剧开播。电视台每天只放两集,两集之间要插播 10 分钟的广告。电视连续剧的编剧很是有本事,每一集快结束时,都会设置悬念,让人好奇心爆棚、欲罢不能,一泡尿都要憋到两集之间的广告时间才肯去撒。比如,电视连续剧《大侠霍元甲》第一集结束时,霍元甲就被人用竹竿打入湍急的河水中,而霍元甲又不会游泳,生死未卜,让人揪心不已,大家盼望着第二集解开谜团。原来霍元甲是憋着一口气,抱着一块大石头走上岸来的。据说,有统计,南京那旮子,每天晚上八点半左右,市民用水量激增。调查了很久才找到原因,让人哭笑不得又很无奈,原来是广告时间到了,大家都集中去上厕所了。

有一部电视连续剧《敌营十八年》,讲的是成功潜伏敌人阵营十八年之久的优秀红色特工,沉着大胆、舍生忘死,经历了诸多风险和危机,圆满完成任务的故事。电视连续剧主题曲中有一句歌词脍炙人口、令人难忘:"胜利在向你招手,曙光在前头。"曲调优美、朗朗上口,听后鼓舞人心、催人奋进,成为那旮子街头巷尾流行的曲子。有好事之人把这句歌词套上南京电影院的地点,于是就成了:"胜利在新街口,曙光在鼓楼。"改变歌词之后,因为大家对这两个电影院都很熟悉,又和原来的歌词有些押韵,所以一唱出来就被大家接受了,就成了那旮子南京人流行的口头禅,现在还记得很清楚。

台风也想来南京"打卡"

今年夏天,国内许多城市持续高温(35摄氏度以上)的天数创造了历史纪录。有报道:重庆市连续68天高温,创造了历史之最;杭州市连续高温天数超过60天,是1951年以来的新高;南京这个"火炉"城市也不例外,六朝古都在火热中"煎熬"。

然而,这期间来南京这个"世界文学之都"、旅游热门城市打卡的人,依然是热情不减、络绎不绝。常常能见到,南京博物院门口排成长龙的人流,夫子庙街上摩肩接踵的人群,网络上流传的名小吃、好街景等打卡地,更是人头攒动。媒体的一个报道更能说明打卡热情的高涨:一位卖咖啡的网红大娘,一天能卖掉5000杯咖啡,一半以上顾客都是外地来宁旅游的年轻人,卖咖啡的大娘被顾客的似火热情融化得差一点虚脱。人们对美好生活的向往,是滚滚热浪抵挡不住的;对提高生活水平持续高昂的追求,热度往往比气温还高,正所谓:我的生活我做主,试与老天比高低。

这不,老天爷终于被感动了,不假思索地连续安排了两个台风,派遣到了江浙沪一带。名义上,是给江南一带降降温、滋滋润,实际上也想威吓一下人们,再逗一下自己的能量,应该还有对南京网红打卡点的好奇,安排它们来实地看一看的意思。

1997年世界气象组织台风委员会在香港举行的会议上,决定对西北太平洋上生成的台风统一编号命名。由 14 个会员各提供 10 个名字，共 140 个名字，从 2000 年 1 月 1 日起，按顺序年复一年循环使用。中国内地提供的 10 个名字是龙王(更替为"海葵")、悟空、玉兔(更替为"银杏")、海燕(更替为"白鹿")、风神、海神、杜鹃、电母、海马(更替为"木兰")和海棠。朗朗上口，寓意深刻，蕴含着中国传统文化的精髓。而编号为 13、14 的台风，名字也都很好听，一个叫"贝碧嘉"，是由中国澳门提供，意为当地人非常喜欢的一种牛奶布丁；另外一个叫"普拉桑"，由马来西亚提供，意为热带水果"野红毛丹"，俗称"葡萄桑"，是一种在东南亚广受欢迎的甘美多汁的水果。

　　老天爷真会开玩笑，有这么安排台风来网红地打卡的吗？它带来了久违的甘露，带来了凉爽，可是副作用威力也很大呀。一时间，山雨欲来风满楼，黑云压城城欲摧。于是，南方各省市包括南京的人们，上上下下严阵以待，启动了很高等级的应急响应，怀着说不清楚是欢迎还是不欢迎的心态，无可奈何地等待着。

　　"贝碧嘉"属于强热带风暴级，中心风力 11 级，移动的风速每小时 60 公里。安排它第一个奔南京而来，可见老天爷的心情是非常急切的，对南京这个城市的好奇心不输于人类。然而，受副热带高压的影响，它刚刚看到南京，就被逼着拐向西进入了安徽境内，只给南京带来了一晚上的狂风暴雨，吹折了几根老树枯枝，没有充分展示它的影响力，勉强算在南京打了一下卡就撤离了，辜负了老天爷的期盼。紧接着，不甘心的老天爷又派出了"普拉桑"。"普拉桑"属于热带风暴级，中心附近最大风力 8 级，移动的速度 45～50 公里每小时，不免使人想到马路上偶然能见到的，老掉牙的普桑车，嗡嗡作响，蹒跚而行。但是它甫一进入江苏，就沿海北上，忘记了来打卡的使命，远远地与南京擦肩而过，只给了一阵雨水一丝阴凉，又一次令老天爷失望了。

　　然而，这两个不请自来的客人，无意间却帮了个大忙，南京历史上罕见的连续几十天顽固存在的高温天气,被从腰眼上捅了一下,立马失去了目空一切的高傲,低下了高昂的头颅,夹着尾巴到爪哇国去了。南京终于呈现了秋高气爽、天高云淡的怡人景象,人们可以身心愉悦、欢天喜地地迎接中秋节、国庆节了。

  这样的结果,老天爷应该是不满意的,然而南京人是满意的。它们违背初心,没有来南京打成卡,究竟是老天爷主动改变了意向,还是因为感受到南京人民众志成城对它们的来临严密防守所表现出的不欢迎态度和坚定的决心而退却了?不得而知。副热带高压是导致南京长期闷热的主要因素,却在这次对抗台风来临中立了大功。

  这次台风受到老天爷的派遣,想来南京打卡的意图是明显的,没有实现初衷,只当老天爷和我们又开了一次玩笑罢了,南京依然是热情好客、心怀包容的。

☆已刊登于 2024 年 9 月 26 日《现代快报》,有改动。

饕餮盛宴

一个周日，夫人去上海陪伴外孙女。我一个人闲来无事，拿起订阅的报纸，忽然看到"6月14日至16日，江苏省老字号'三进三促'活动暨第六届中国（江苏）老字号博览会在南京国际展览中心举行"的消息，立即夺门而出。

国展中心展厅内人头攒动、熙熙攘攘，进口处悬挂的"苏适生活、美好如苏、江河风物"字牌，标示着主办方的美好意愿。经了解，线下参展企业400余家，分别来自全省13个设区市以及北京、广东、湖南、西藏、新疆、青海等11个外省（自治区、直辖市）的老字号和地方特色企业，汇集来自全国的餐饮、日用百货、医药、酒类、酱醋、工艺品等万余种国货潮品。

中华老字号，是指历史底蕴深厚、文化特色鲜明、工艺技术独特、设计制造精良、产品服务优质、营销渠道高效、社会广泛认同的品牌（字号、商标等）。自2006年商务部授予首批中华老字号称号，截至2024年5月，共有中华老字号1455家，平均"年龄"约140岁，有701家中华老字号创立至今超过100年。

面对琳琅满目的各个展台，我目不暇接，就像进入了一个饕餮盛宴，饥渴而又兴奋。我用眼睛搜寻、用耳朵倾听、用手机拍摄，耐心地询问、细心地品鉴，一个摊位接着一个摊位地逛下去，感受到干枯得像沙漠一样的心灵不断地被一股接着一股的甘泉滋润着，越发地觉得充实满足、解渴愉悦。

我细细品味并认真记忆着：苏盐集团生产销售的淮盐，有2500年的悠久历史；南京云锦，至今已有1600多年历史，作为中国皇室文化的杰出呈现，历朝历代都代表着中华艺术与技艺的最高水平，被誉为中国桑蚕丝织造技艺皇冠上的明珠、"东方瑰宝"、"中华一绝"；与北京荣宝斋、上海朵云轩、杭州西泠印社并称"中华艺术四大老字号"的南京文物有限责任公司"十竹斋"，始创于约1621年；1912年"绿柳居"发源于秦淮河畔桃叶渡，"味欲其鲜，趣欲其真，食需至此"，不知承载了多少文人墨客的思念，不知见证了多少世事变幻的历史，2021年绿柳居素食烹制技艺被列入国家级非物质文化遗产名录；"轻轻提、慢慢移、先开窗、后喝汤"，是对源自20世纪50年代的"鸡鸣汤包"最真实的写照；始建于1931年的南京中山陵茶厂的"中山牌"雨花茶，外形似松针、条索紧细圆直、锋苗挺秀、白毫隐露、色泽绿润，曾经先后六次被评为全国名茶；南京桂花鸭（集团）有限公司，虽然创建于1966年，但主营的"桂花牌"盐水鸭、酱鸭已是声名远扬、享誉天下。有人调侃"没有一只鸭子能够活着游出南京"，可见南京人对品食鸭子的偏爱。在南京做鸭子的，还有始创于1919年的"盛源祥"、源自清同治元年（1862年）的"腊梅"、最早可以追溯到乾隆年间的马仕斌湖熟板鸭、始创于清朝同治五年（1866年）的韩复兴板鸭。南京天环食品（集团）有限公司，也有百余年的历史，我和许多人一样，经不住儿时美味记忆的诱惑，买了一袋被列为南京市非物质文化遗产的"天环牌"香肚。

创建于民国二十七年（1938年）的南京三六九面馆，后来更名为南京三六九菜馆，现为南京三六九饮食文化有限公司，承载了我少年时的一段美好记忆。记得上小学三年级的时候，有一天，我的母亲带着哥哥和弟弟回老家了，我父亲有事外出需要深夜才能返回,因为中午可以在学校就餐,所以就只给了我当天的晚餐一碗单面的费用——三两粮票,一毛一分钱。下午放学后,当我走进经常去的三六九菜馆的时候,看到刚出锅煎得金黄飘着香味的锅贴,立马改变了主意,花了一两粮票一毛钱买了一份锅贴,大快朵颐。5个锅贴很快被我吞下肚,唇齿留香、回味无穷。然而天黑下来之后,肚子就开始咕咕叫了,嘴馋的代价显露出来,迷迷糊糊昏昏欲睡中,不知过了多久,才等到父亲回来。听到蜷缩在床上的我叙述之后,我父亲急急忙忙给我下了一碗面条。大口吃完一碗面条,我才安然入睡。现在回想起来,仍然不后悔,记忆里全是那至今难忘的外脆里嫩满口香。

江苏"谢馥春",始创于约清道光十年(1830年),于1915年获得美国旧金山巴拿马太平洋万国博览会银奖;常州梳篦,距今已有1500多年历史,曾经获得"宫梳名篦"的美称;扬州冶春餐饮股份有限公司,绵延300多年历史;深藏于太仓市浮桥镇老戚浦江鲜馆,始创于清朝宣统二年(1910年),已逾百年,主营长江四鲜,尤其是河豚,烹饪技术远近闻名,真是"躲在小镇如闹市、酒香不怕巷子深";坐落于中国丝绸小镇震泽的苏州仁昌顺食品有限公司已有200多年历史,其制作的糕点,汇京帮、苏帮、徽帮技艺为一体,被列入苏州市非物质文化遗产代表性项目保护单位名录,多次登上CCTV10频道、CCTV1《舌尖上的中国(第三季)》、CCTV9《餐桌上的节日》。

始于1734年的苏州雷允上药业集团有限公司以"聚百草,泽万民"为使命,是中国四大药堂之一,国家绝密项目及国家非物质文化遗产拥有者。徐州的"广济堂",创建于1848年,迄今已走过176载辉煌历程,始终恪守"广纳良药诚为道,济世祛疾信乃先"的古训。我领了一个广济堂赠送的纳入十几味中药可以驱蚊提神的香囊,深深嗅了一口,淡淡药香味溢出,立时神清气爽。世界长寿养生福地如皋的南通春华食品有限公司,生产的"咯嘣脆萝卜皮"

等,名扬江淮,备受喜爱。淮安茶馓,制作技艺始于清朝后期,曾经在巴拿马赛会上获奖。无锡市朱顺兴食品有限公司,已经有300多年的历史,十一代人传承,"惠山油酥制作技艺"被江苏省人民政府评为"江苏省级非物质文化遗产"。以生产苏式糕点为特点的苏州叶受和食品有限公司,创立于清光绪十一年(1885年),生产的苏式月饼、片糕等,百年来始终紧紧地吸引着大江南北人们的味蕾。以"一碗'書'州面""蟹逢知己"文创礼盒闻名的苏州乾生元食品有限公司,始创于清乾隆四十六年(1781年),已经连续获得两届江苏省"紫金奖"文化创意设计大赛金奖。常州市金坛茅麓茶场于1917年创立,生产的"金坛雀舌",在"陆羽杯"名特茶评比中荣获特等奖。"镇江锅盖面"在展厅一角圈起了一个区域,现场售卖主营产品。许多人经不住诱惑,现场品尝起来。为了营造氛围,他们还聘请了一名演员扮演皇帝,喻为乾隆下江南时曾经对镇江锅盖面赞不绝口,许多人争相与之合影,不失为一个好的噱头。

新疆大盘鸡、青岛啤酒、山西老陈醋等全国各地的特产也不断映入眼帘。

提供品尝的特产中,有浓郁醇香的乳品、糯香可口的特色糕点,还有甘冽清香的茗茶、浓香馥郁的菌菇汤,更有咸香味美的酱菜、肉质鲜美的牛肉干、猪肉脯……许多人停下脚步,细细地品鉴,随之脸上都会露出满意的笑容,赞许地点点头。我也品尝了几味,其中还有些不太熟悉的品牌,但儿时的美好记忆,总能被唤醒。

不能一一列举的一个又一个耳熟能详的,或者不甚了解的"中华老字号"品牌,就像一双双无形的手,紧紧地吸引了我的目光,攥住了我的心绪。

不知不觉逛了近两个小时,仍然流连忘返、意犹未尽。我在出口处遇到一位老大姐,双手拎得满满当当,对身边的同行人说:"原来只是想来逛一逛的,没想到把口袋里的钱全掏光了。"虽然听起来有些无奈,却分明是满心的欢喜和满足。是的,中华民族历史悠

心灵窗纸

久,中华文化博大精深,这场包含着浓郁的中华文化气息、丰富的中华文明内涵,与民众生活息息相关、又被大众喜闻乐见的拥有诸多元素的展会,既是视觉上的饕餮盛宴,也是味觉上的饕餮盛宴,更是感觉上的饕餮盛宴。

  我拎着买来的香肚和"南农烧鸡",还有"隆庆祥"送的礼物,特意地将"广济堂"的香囊挂在衣领旁,闻着清新的香味,信步走在玄武湖的太平堤坝上。清风徐徐,裹挟着荷叶的香气,极目远眺,高耸的紫峰大厦和静谧的玄奘寺三藏塔,在湖面上留下清晰的倒影,交相辉映。历史的厚重和现代的激情相约,文化的传承积淀和文明的飞速发展交融,给人以穿越的感觉,更使人有了飞跃的冲动,每每让人骄傲而又自豪。美丽的玄武湖,风和日丽,静如处子,风景如画,我随性地拍了几张照片,记载下她无比俏丽的景致。

  六月的第三个星期天,恰逢父亲节,回到家里,我收到了夫人和女儿给我买的T恤衫,试了一下,非常合身,款式和颜色我也很满意。但是相比较之下,我还是坚定地认为,这场饕餮盛宴应该是我过的无数个父亲节中收到的最有意义的礼物。

☆已刊登于2024年6月27日《扬子晚报》紫牛新闻,原题为《我的饕餮盛宴》,有改动。

童心有趣

国庆放假第一天,两岁半的小外孙女就随着爸爸妈妈从上海来到了南京。于是,这个小长假,我和夫人就陪着她去了20多年来都不曾去过的游乐场、野生动物园和开心农场。于是,这几天里,我们家响起了清脆的童音,荡漾起了欢快的笑声。

这个小名叫荔枝的小家伙,特别喜欢"超级飞侠"玩具,尤其是红色的"乐迪",爱不释手、从不离身。如果因为吃饭或者其他事情搁置一小会儿,她就会立马就要寻找,直到把"乐迪"攥在手上,才像完成了一件大事一样心满意足。

从六角广场三楼去一楼室外游乐场,同时进电梯的还有一个差不多大的小女孩,荔枝立刻乐颠颠地跑上前去,举起手中的"乐迪",摇晃着向对方展示,满脸的得意,嘴里还小声地说:"我的'乐迪',好看吗?"那个小女孩一见,也迅速地伸出右手,将手腕处套着的一个卡通牌抬起来给荔枝看,没有说话,但眼神里也是满满的得意。我在一旁见了,为她们有好东西想着与小朋友一起分享而点赞。可是小女孩的母亲却说:"她们是在炫耀呢。"我一时语塞,但仍感到童心的率真有趣。

在动物园里,看到猴宝宝倒挂在猴妈妈怀里,荔枝马上也扑到妈妈怀里,嗲嗲地说:"在妈妈怀里,真幸福呀。"妈妈也紧紧地将荔枝揽入怀中，故意夸张地扇动鼻翼，嗅着荔枝身上的味道，幸福地说："荔枝真香啊。"动物幼崽和人类的孩童一样，都是萌萌的，充满童趣，很是招人喜爱。

两岁半的孩子，已经从随口就来的"我不要不要"，进入了常常要问"为什么"的状态，好奇心爆棚，好像一块海绵，饥渴地吸收着世界新鲜的一切。许多常识性的问题，成人往往会被问得一时语塞，要斟酌好一会儿才能回答。她也活泼好动，于是，家里每天说话最多、走路最多的就是这个小可爱了。如果给她带上计步器，每天一万步以上应该是没有问题的。许多成年人刻意追求的每天走一万步的锻炼方式，常常因为应酬多等自身问题而不能实现，而孩童们在不经意间就能完成。相比较而言，他们每天超过一万步的步数，绝对要比大人们来得更加轻快和愉悦。

荔枝在爸爸妈妈的教育下，学会了感谢。当我们为她做了一件事之后，她会立即说"谢谢"。有一次，我让她给我拿眼镜，她颠颠地拿了给我。我只是摸了摸她的头，笑眯眯地看着她，没有说话。她仰起头看向我，认真地说："外公，你还没有谢谢荔枝呢。"我意识到自己的过失，立即认真地看向她说："谢谢荔枝。"小家伙立马满意地笑着跑开了。

一段时间以来，荔枝和其他同龄的小朋友一样，迷恋上了色彩缤纷的各式贴纸，特别是公主系列贴纸，被她一片一片地揭下来，一张不留地全部贴了出去。于是，家里的一对猪摆件和青蛙摆件上面，贴满了公主的凤冠、上衣和裙子。母猪屁股上，左右各被贴了一个裙子，屁股上方也被贴了三个裙子，可能荔枝认为这三个裙子都是最漂亮的；公猪四个脚上，被贴上了云朵的贴纸，应该是荔枝想让猪也能够腾云驾雾吧。家里的花盆上，椅子上，甚至于遥控器上面，都有荔枝的"杰作"。

有一天在饭店里吃饭，荔枝大快朵颐，胃口特别好。吃了一小会儿，她放下筷子，说要抱抱外公外婆。我们颇感意外，就问她：

"为什么呀?"她奶声奶气地说:"今天的饭菜,太好吃了,我要谢谢外公外婆。"当她那散发着孩童独特清香味的小脸蛋贴上我的脸时,我真的感动了,心底里暖暖的,一股激动涌上来,眼泪没出息地在眼眶里打转。女儿女婿迅速地拿起手机拍摄,留下了感人的画面,一张稚嫩的小脸,满足而又幸福地贴在我们身上,也深深地印在了我们心里。

小孩子有一种崇拜心理,愿意跟随大孩子。每当大一点的孩子被家长要求带荔枝玩耍时,荔枝都非常开心,主动上前拉手,拿出自己喜爱的玩具,完全感受不到大孩子的勉强和不情愿,一会儿就能听到她发自内心的"咯咯咯"的快乐笑声。可当她被要求带小弟弟小妹妹玩时,她也会流露出犹豫不决的神态。当然,只要是小朋友到家里来玩的,不论大小,她都会开心无比,毫不犹豫地把玩具全部拿出来分享,热情地当起了"小主人"。

童心是一片心灵的净土,纯洁至简,孩童因为简单,所以快乐。使他们感到快乐的原因很简单,看到马路上小猫小狗跑过,看到天空中小鸟飞过,他们都会露出欣喜的神情。他们会怯怯地触摸小狗小猫,在接触中感觉新奇;他们会快乐地跟着小麻雀跳舞,在互动中感受欢乐;他们会使劲地为表演的海豚鼓掌,虽然两个小手掌都对不齐;他们也会开心地独自玩耍,喃喃自语。他们的笑声发自肺腑,真诚而又热烈,清澈的笑声极富穿透力和感染力,像悦耳的鸟鸣,像潺潺的流水,如扑面的春风,如怡人的甘泉。

当他们眨着明亮的眼睛,看着你认真地说话时,可能是因为没有想好如何表述,脑子里在飞速地搜索着恰当的词语,也可能语速快于脑速,一个字要重复许多遍,才能够说出完整的一句话。而你会被他们的真诚所感动,也为他们将要说出的话语感到好奇、充满期待,所以你会耐心满怀地等待他们说完,在尔后的应答中,感受到和充满童趣的孩子交流的快乐。

再长的假期也是短暂的,充满童心童趣的欢聚,更是短暂的。

假期还剩两天,我要去单位值班,他们一家三口也要返回上海。我先出门,小荔枝"噔噔噔"地跑到门口,扑进我的怀里:"外公,再见。"我蹲下来,抱住柔柔的、暖暖的小身躯,生出许多怜爱和不舍,这应该就是人们常说的"天伦之乐"吧。

　　天伦之乐,人间至福。

☆已刊登于 2024 年 10 月 24 日《金陵作家》,有改动。

我们，等一等"外东"

我的外孙女快两岁半了，小托班一放假，就被从上海送到南京来了，我和夫人旋即进入了忙碌而又愉快的时光。

阔别了三四个月，孩子明显地长高了，或许是在小托班学习了不少知识的缘故，她的表达更加顺畅，性格更加活泼开朗。家里的客厅、洗漱间以及她的卧室，甚至于餐厅、厨房，到处散落着玩具，空气中盛满了孩童独特的清香味，清晰悦耳的童音窜入家里的每一个角落。孩子的童真，如同璀璨的繁星，让家中每一个角落都熠熠生辉，为家庭带来无比的欢乐，让家庭充满了欢笑和愉悦，使家庭的每个角落都充满了欢乐的气息。孩子的可爱让人心生欢喜，她的天真无邪的笑容如同阳光般温暖，甜美得让人忍不住想去呵护。

这个年龄段的孩子，充满了童真和好奇，也充满了活力，他们步履蹒跚地探索着周围的世界，不停地摸摸看看，对新鲜事物保持着浓厚的兴趣，每一个新发现，都会让他们兴奋不已。这时候的孩子，吐字还不是十分准确，比如叫"外公"，却叫成了"外东"。但是，他们已经有明显的独立感，逐渐形成自己的判断和主见，也有了自己的个性和脾气，我就能够经常从她的小嘴里听到："我不要，我不要。"这个年龄段的孩子，依然黏着大人，时不时地会双手抱着你的

心灵窗纸

腿,抬起头仰望你,露出祈求的难以拒绝的笑容,让你陪她玩,陪她一起看,陪她一起转圈,陪她做一切。一桌人吃饭,大家正谈得开心,却听到一个高亢清亮的童声"啊啊"地响起,一众人看向她的时候,孩子的脸上露出得意的笑容,原来这是她在找存在感。成功地吸引了大家的眼球,她又降低音量,看一下大家,又俏皮地"啊啊"两声,引来满桌人会心的笑声。

我这个当外公的,心被一根无形的线牵着,下了班就往家里跑。平时的悠闲自得、淡定从容,早已经变成了急急乎乎、归心似箭,期待着打开家门时,一阵清风裹着一位颠颠奔跑的孩童扑入怀中,耳边传来一声清脆的"外东",眼帘中见到一张灿烂的笑脸,一时浑身陶醉、神清气爽,人生夫复何求?

同在一个小区住的表弟夫妇,也非常喜欢这个孙子辈的孩子,一天晚上我们在附近的一家饭店小聚。到了晚上8点,小朋友需要回家了,我夫人便提出她们先行离开,我也表示很快就会返回。可是当她们离开没多久,我夫人便打来了电话,说孩子提出要等我一起回家,态度还有些坚决,我只好和众人打个招呼,起身返回。

等我赶到家时,她们已经回到了家里。外孙女见我回来了,开心地笑了。我夫人也开心地叙述,刚出酒店的时候,孩子见你没有出来,就认真地说:"婆婆,'外东'还没有来,我们,等一等'外东'。天黑了,'外东',一个人会怕怕的。"见孩子这么懂事,夫人心头一热,赶忙停下来拨打电话,又对孩子说:"好的,我已经打过电话了,外公马上就到。我们向前走,边走边等吧。"外孙女这才答应回家。当时夫人正在录视频,正巧把这一段对话录了进去,在和我说话的同时,也把这段视频播放出来给我看。

虽然因为天黑了室外光线较暗而有些模糊,但我清晰地感受到一股暖流涌入心田,自然地嘴角上扬,没出息地眼睛一润,就想冲上去抱一抱孩子,可是这个小不点儿却在她的玩具堆里,认真地钓着小鱼儿,像什么事也没发生一样,沉浸在她自己的快乐世界中

/060/

了。我只能自嘲地一笑,就近坐下,傻傻地看向她。

  过了一小会儿,这个小可爱喊我陪她玩小鱼儿跳舞,我连忙乐颠颠地坐在她的身旁。她一手拿着一个小鱼玩具,嘴里唱着我从来没听过的儿歌,断断续续有些韵律,唱完之后我仍然没有听懂。保姆阿姨翻译给我听:"一条鱼儿水里游,孤孤单单在发愁;两条鱼儿水里游,摇摇尾巴点点头;三条鱼儿水里游,快快乐乐好朋友。"保姆阿姨说,之前她也没有听过,应该是这个小名叫"荔枝"的小不点儿自创的。于是我们三个人一起鼓起掌来,并竖起大拇指,给她点赞,立时,"咯咯咯咯"的很有穿透力和感染力的童音笑声,溢满了这个温暖的家。

☆已刊登于2024年9月6日《现代快报》,原题为《我们,等一等外公》,有改动。

心灵窗纸

夏天，隔壁老王家的床塌了

20世纪70年代，我家兄弟三个正是小公鸡头（南京方言，男孩子）三个、厌蛋猴子（南京方言，淘气鬼）一对半。那昝子，我们最欢喜的就是随爸妈去徐伯伯家做客。因为有徐家妈妈做的美食，因为徐家也有一个一样大的厌蛋猴子在。

徐伯伯是参加过抗美援朝战争的英雄，受过伤立过功，后来转业进到南京动力高等专科学校，是学校里很受尊敬的人。去徐伯伯家需要转乘11路车，到终点站岗子村下，然后再走一截路才能到。我们四个淘气包（淘气的孩子），在大人面前装老实巴交，转身出门就玩疯啰，爬墙上房、下河摸鱼、闯军营、进校园，任性开心。一会儿工夫，衣服破洞，脸上挂花，身上湿漉漉的都是汗水和泥水，一个个像小泥猴子。一直要疯到天黑了，才会趁着大人们不注意的时候，麻利溜回家，洗巴洗巴，又乖巧巧地等着开饭。饭菜上来，开始还是慢慢悠悠地淮（吃，读第三声），但是一看到硬菜（大荤菜）快没得了，马即（南京方言，立即）就急逗（南京方言，急眼）了，一个个像小老虎，饿死鬼投胎，甩开膀子抢着吃啰，直塞得小肚皮子滚圆滚圆的。

有一年夏天，因为老巴子（南京方言，最小的孩子）玩耍时腿上被树枝划了个口子，走起路来一拐一拐的不刷刮（南京方言，不利索),晚饭后我们就留下来了。四个孩子借宿在上夜班的邻居家,两张床,四个人两两分开。因为吃得太饱,也因为天气热,白天玩得太疯了,兴奋得睡不着,便海阔天空满嘴跑火车。也不晓得是哪个先挑起的,一言不合,先是捉对撕扯,笑笑闹闹中,又很快乱战一床,于是蚊帐撕了,床板散了,床塌了。四个活老鬼(南京方言,惹祸之人)吓得不轻,拼凑了很长时间也不能将床架起来,只能挤到剩下的一张好床上睡了。安稳了不一会儿,你推我搡,蚊帐又撕了,床板又散了,床又塌了。这下子彻底乌(南京方言,搞砸)了,整歇(南京方言,完蛋),只能在地上的床板上凑合一夜,身上给蚊子叮了多少个包都不晓得了。第二天一大早,老大就把我们喊醒了,把两张床拼凑着勉强支起来,心里慌乱得一米(南京方言,特别慌乱),脸上却装着像什么事也没发生一样,吃完早饭背上老巴子就奔回家去了,徐家哥哥也吓得跑没影了。

隔壁姓王,下夜班回家后,感觉不对,看到蚊帐破了几个大的口子,心痛不已;屁股才坐上床,床就塌了,摔了个屁股蹲儿,身疼不已,马即气鼓鼓地登门"讨伐"。徐伯伯这才知道四个"讨债鬼"闯祸了,赔着笑脸连声道歉,拿钱赔偿。一向温和的徐伯伯生气了,后果很严重。后来听说,徐家哥哥被狠狠地收拾了一顿,我家三兄弟也是大半年没敢去啰。

入秋了吃腌菜帮子排骨汤

老南京人为了消暑降温,在饭食上是有点儿名堂的。比如,夏天的时候吃(喝)菊花脑泼鸭蛋汤,入秋的时候吃腌菜帮子排骨汤。

腌菜帮子排骨汤,排骨里面有腌菜味儿,腌菜帮子里有排骨的肉味儿,汤里面既有腌菜的咸味、鲜味,又有排骨肉的香味,吃下去,生津止渴、唇齿留香,既解渴又提神,消暑效果好得一塌加一抹(南京方言,非常好)。

那昝子,一入秋,老南京人家家都准备烧腌菜帮子排骨汤了。腌菜选的是专门做腌菜的大青菜,比一般的青菜要长得高,特别是菜帮子又长又白,头年冬天就腌好了。夏天的时候,有的人家就开始吃腌菜了。起缸后的腌菜微黄带绿、软中带脆,泛着一股清香味儿。腌菜叶子切碎了炒毛豆,加点儿干辣椒,好吃又下饭。条件好的人家,可以加点儿肉丝,就更加美味了。但是,腌菜帮子都会留着。

入秋后,南京有"秋老虎"一说,气温不降还会时常反弹,天干物燥的,人人都觉得浑身有点儿捂燥(南京方言,燥热),蛮难受的。这一刻,腌菜帮子就派上了用场。

我家妈,入秋了就会到菜场买上几根小排(仔排),高头(南京方言,上面)肉挂得多多的。将排骨洗干净煮上,撇去上面的脏沫子,然后把洗好的腌菜帮子斜着切成大片,撂(放)进去,小火慢慢地煨,立马肉香腌菜香混合的味儿,就飘满了屋子。我们兄弟三个,时不时地就会去揭开锅盖瞅瞅,用筷子戳戳,看阿能(南京方言,能不能)戳过去,戳过去了就说明肉烧烂了。马即就喊我家妈,好喝汤喽!喊的时候,嘴里的哈喇子就已经淌下来啰。然后,我们就迫不及待地拿碗儿、摆筷子,坐在桌子边上等着,眼睛始终瞟着那一锅汤。我们三个公鸡头(南京方言,男孩子),甩能淮(读三声,特别能吃),一刻工夫,一锅汤就见底了,个个都是小肚子鼓鼓的、一嘴的油汁。就这样子了,还意犹未尽,眼睛还会瞟瞟锅底,实在是没得汤啰才甘心。

从入秋开始,我家妈每年都会烧上几次腌菜帮子排骨汤,沟个儿(南京方言,今天)想起来,还会垂涎欲滴,想得慌(南京方言,非常想)。

☆已刊登于2021年10月11日《金陵晚报》,有改动。

一段忐忑的旅途

从海拉尔租了一辆依维柯面包车,从南京飞过来结伴去北极村漠河的一行七人踌躇满志地奔向祖国最北端,那个神往已久的村庄。

车辆是当地朋友从修理厂帮忙租的,朋友反复提醒:一定要看是否加满了油,如果因为没油而中途抛锚,在深山老林里是非常危险的,"我们这里之前可是出现过惨痛教训的"。

到了约定时间,并没有见到车。司机在电话中轻松地说马上就到。焦急之中又等了约半个小时,车才姗姗来迟。司机随意地解释说:"临时接了一个出车的任务,不好意思。"但得知他已跑了近100公里时,领头的老安连忙询问油箱是否加满了,司机满怀信心地说:"怕耽误大家时间,就没有再去加油了。到漠河400多公里路程,油是没有问题的。不行的话,我们沿途有两个加油站可以随时加上油。"虽然有些忐忑,但看到他信心满满,众人也没有多说什么。

仲夏时节的内蒙古,早晚温差很大,夜晚要穿夹袄,但白天却只需要穿一件短袖Polo衫。车在大道上飞速前行,一行人纷纷要求司机开足空调,关上窗户,惬意地闲聊着。

出发后100公里,遇见第一个加油站,老安说:"我们还是加满油吧。"大家点头。可是加油工的一句回复却令众人有些失望:"本站柴油已经售罄,你们去离这里100公里的下一个加油站吧。"无奈地离去,看看还有一半多点的油表,众人也就没当回事,一路依然说说笑笑。

午后,到了第二个加油站,再次令大家失望了,这个加油站进出口都被建筑垃圾和木板围挡起来,大大的白色告示牌上用红漆明显地写着:本站正在装修,不能提供服务,敬请谅解。看看不到一半的油表,想着剩下一半路程可都是山路,中途再也没有加油站了,大家心中不免有一丝发慌。司机态度却是很坚决:"根据油表计算,我们开到目的地不成问题。"车中先是一片窃窃私语,显然大家对司机的说法不敢认同。终于有人爆发,一连串责问:"你这油箱中到底还剩多少油?你这辆车的油耗是多少?山路和大路的油耗差别是很大的,你是怎么计算的?你不能不负责任啊……"面对这些疑问,理亏的司机无言以对。

一位细心的女同志忽然反应过来,急忙说道:"开空调太费油了,你赶快关空调啊。"这个细节更让大家觉得这个司机不太靠谱。司机沉默了很久,终究是受不了指责,无奈地摇了摇头,忽然提高声调说:"大家安静一下,我讲个故事给大家听。"

司机顿了顿,见众人安静了下来,便继续说道:"故事的题目叫《傻狍子》,大家都知道狍子肉好吃,在我们东北这旮瘩叫傻狍子。为什么呢?因为东北的猎人都知道,见到狍子,你如果离得很远是打不准的,那你就随便放一枪,或者弄一个巨大的响声,只要把狍子惊吓到就行,狍子受到惊吓之后,立马跑进森林。但是,过一会儿,它却会跑回原地来。它有一颗好奇的心,就是来看一看刚才的响声到底是怎么回事。有经验的猎人,早就守在原地,待到狍子回来时,可以近距离地精准击杀它了。狍子为什么会死?就是因为好奇,问题太多。"

故事讲完了,众人无语,面面相觑,不再提问,车辆继续向北进发。沿途的莽莽草原、巍巍群山,还有白云般的羊群、湛蓝色的天空,更有成片的不知名的野花,吸引了大家的目光,原先的一丝丝担心暂时抛到脑后。

太阳已经西下,夜幕悄悄地降临,车外的一切景色已成朦胧的轮廓,众人有些疲惫,在颠簸之中昏昏欲睡。进入大山深处,茫茫丛林中道路崎岖、蜿蜒而上,依维柯车像一头年迈的老牛吃力地爬行着。车厢内一片漆黑,一片寂静,只有一行车灯照向前方,像盲人在用一双手摸索前行。过了许久,不知谁说了一声:"我们已经在深山老林里行驶很长时间了,前面仍然不见尽头,还有多远才能到啊?"司机漠然地回复:"还有50公里。"老安不安地问道:"那油还有多少呢?"司机犹豫不决地回答:"差,差不多吧。"大家一听心中不由一紧:什么叫差不多呀?在这深山老林里,人迹罕至、方向不明,差个十几二十公里,如果出现问题,求救都不知道往哪个方向。面对大家的疑惑,司机默不作声,但眉头已然紧锁成了一个"川"字。

忽然,车灯光里出现了一片淡淡的白雾,大家一时疑惑,司机慌忙地说:"不好了,可能是车'开锅'了。"忙刹住车下车查看。打开引擎盖,一股浓浓的水蒸气散落开来,将司机包裹起来,车里人只能看到白茫茫一片。司机返回车内,跟大家说:"车'开锅'了,需要加水,天黑找不到水源,请你们把带的矿泉水给我。"出发时带了两箱矿泉水,因为天热已经喝了快一箱,剩下的刚好加满车的水箱,老安感叹:"唉,本来人喝的水都被车喝了。"随后,车辆又在沉闷的嗡嗡声中行进了,虽然是仲夏时节,但是一众人的后背已感凉意。

前方不远处,出现了一个十字路口。路口一个孤立的小木桩上挂着一个指路牌,一头尖尖另一头成燕尾状,上面写着:漠河50公里。但是指示牌已经松落了下来,尖头朝向地面,众人茫然。老安头脑里闪现出喜剧电影《虎口脱险》的片段:逃险的人,慌乱之中却看到岔路口的指示牌朝向下方,只有一个钉子固定在木桩之上,喜剧演员手指用力一拨,指示牌迅速地旋转起来,本想找出答案的喜剧演员,无奈地摊开双手耸耸肩,引来观众会心的一笑。电影中的喜剧场面成了现实,但是众人怎么也开心不起来。看着黑蒙蒙的没有一丝星光的夜空,大家十分沮丧。夏天的夜晚,森林里蚊虫肆虐,手电筒光亮吸引来更多的蚊虫,众人躲避不及,周围一片噼噼啪啪的拍打声音。同行的人群中有两位女同志,有些唉声叹气、手足无措,其中一位胆小的念叨着:"这可怎么办呀?这可怎么办呀?"眼角已有泪花闪动。

司机指着一条路说:"应该是……是从这个方向去的。"语气细弱,有些恍惚。看着众人不太信任而又慌乱的眼神,当过警察的老安,虽然心中忐忑不安,知道走错路的严重后果,但是理智告诉自己:一定要沉着冷静下来,带领大家走出困境。他走到指示牌前,用手电筒照着认真地观察木桩上面的痕迹。手电光下,一条不太清晰的压痕与指示牌的木板宽度相符。老安将指示牌复原,指示牌的箭头指向与司机所说相反的另外一条路。但是司机仍然固执地说:"我以前走过这条路,不会错的。"说的时候眼神有些躲避。老安知道他不太肯定,在和众人商议之后,大家都同意老安按指示牌方向行进的意见。司机还不甘心地说了一句:"这条路可是你们选的,有什么问题我不负责哦。"老安被说得心中也很是没底,但直觉告诉他,不能犹豫,必须坚定前行。

看到油表上面亮起的黄色提示灯,众人默默无语,心中紧张、忐忑至极,有人已经默默地祈祷了起来。车辆在颠簸之中,发动机的声音好像也不均匀了,似乎随时都能罢工。大家感觉到头皮发麻:一旦油料耗尽,在这深山老林里过夜,不仅缺衣少食、蚊虫叮咬,还会遇上兽类袭扰,随时都会有生命之虞。况且就算天亮,在找不到北的丛林中又如何求救?面临这样的情况,就像有一个千斤之石沉甸甸地压在大家的心上,甚至有人因为极度紧张出现了类似缺氧引发的昏沉恶心。

风吹过树林的声音愈发尖厉而萧瑟,冲击着人们的耳膜,像是鬼魅的双手在拉扯着衣襟。隐隐约约之中能够听到豺狼的嚣叫,还有不知道是猿猴还是猫头鹰发出的诡异的鸣叫,鸡皮疙瘩已经爬满全身,一车人的脸色凝重起来。车辆在弯曲崎岖的道路上行驶,一个转弯处,灯光扫过前方,两个小绿光清晰可见。不知道是谁颤声地问道:"那是不是狼的眼睛呀?"没有人回答,大家更是紧张起来,似乎能够听到牙齿打战的声音。

坐在副驾驶座位上的老安,瞪着猩红的双眼,紧张地在暮色中搜寻,他要撕破笼罩着众人身上和心里的浓浓的黑幕,努力地与自己的身体疲乏和神经紧张斗争着。度过的分分秒秒是那么缓慢,时间好像停滞了一样,他深深地体会到了什么叫度日如年,什么叫望眼欲穿。老安性格沉稳、为人和善,做事条理清晰、忙而不乱,以前遇到许多困难,都是处变不惊、睿智有余,所以深得周边人的信任,这次旅行就被公推为领头人。但是现在的老安,却是眉头紧锁,脸上写满了焦虑,身体在座位上不停地扭动,双手紧紧地攥住车上的扶手,鼻尖上溢出汗水,心中也是极度不安起来,他深知决定走这条路的选择其实就是一次豪赌,是用自己全部的信誉和一车人的性命作为赌注。

硬着头皮向前开了30公里左右,老安惊喜地看到远方有一丝亮光,撕破层层的黑幕透出迷人的微笑。生怕因为精神恍惚而看错了,他用麻木的双手揉了揉眼睛,再仔细地辨别了一下,确认是有灯光在闪烁!他兴奋地大喊一声:"有灯光。"众人立即从沮丧之中振奋起来,纷纷上前探望。确认之后,车厢里一片欢呼,能深刻地感受到一个跌入谷底的孤行者,努力地爬上山顶之后,看到远方的希望和释然的欢快心情。大家相互击掌,"耶"声一片,两位女同志高频率的欢呼声尤为突出。那个胆小一些的女同志,激动地流下了眼泪,扑上前去抱住老安:"谢谢你,你真棒!"然后转身面向车厢,高声吟唱起来:"今天是个好日子……解放区的天,是明朗的天……那是外婆的澎湖湾,白浪逐沙滩……"歌词东一句西一句,毫不准确连串,但是众人听起来却是那么悦耳动听,随着她起的调大声地跟着哼唱起来,车厢里笑声朗朗,司机眉头的"川"字早已化成了眼角的笑纹。

  当天夜晚,在这个离漠河 20 公里的村庄里,一众人等都喝了酒,一颗颗受到惊吓的小心脏得到了慰藉,在饱餐一顿之后,均沉沉地进入了梦乡。

☆已刊登于 2023 年 11 月 22 日《扬子晚报》紫牛新闻,有改动。

心灵窗纸

以前，南京人消夏的方法歹怪多

南京是我们国家有名的"火炉"，夏天天气热得不得了。20世纪90年代初期，空调和冰箱才逐渐进入普通家庭。之前没有空调和冰箱的夏天，南京人消夏的方法还是歹怪（南京方言，特别）多的。

天热，很多南京人特别是南京的老头老太们，喜欢到老城墙门洞里面乘凉，西华门、汉中门和中华门等明城墙门，高大厚实，门洞里冬暖夏凉，人们三五成群聊天打牌，很是惬意。大树下面和高楼房下面阴凉处，还有巷子弄堂通风口，也是人们避暑纳凉的好去处，也有精明一点的会到商场里面蹭空调。住在平房和一楼的人家，白天在地上泼上水，把前后门打开，穿堂风吹过来，房间里温度马即（南京方言，立即）就能降下来了。家里头电风扇的朝向也是很有讲究的，要向着门口吹，把热气吹到外面去，而不能在屋子里面吹，防止屋外的热空气涌进来。天完全黑下来以后，因为屋内比外头热，所以很多人家就把竹床搬到马路边的绿岛上睡觉，一盆冷水浇到竹床上，一会儿就干了，竹床就凉快了。当然，每天冲几次凉水澡是少不了的。放了暑假的小公鸡头（南京方言，男孩子）们会相约着去湖河沟里野游，胆子大的到秦淮河、玄武湖、莫愁湖里面游，听说还有到长江里面游的。一般都是到汊道里游，比如金川河、清溪河等,还有到城南花神湖和城北中山陵的前湖、紫霞湖里游的。特别是紫霞湖,山上流下来的山泉水,清澈见底、清冽透凉,许多人举家前往。有脑袋瓜灵光的公鸡头,自己动手用两条红领巾缝一条游泳裤,穿上还是蛮摆(南京方言,好看)的。虽然凉快了,但是安全问题还是蛮多的,家长们都蛮揪心的,就不让去。下班回来发现不听话偷偷跑去的,就钉毛栗子(用手指头敲脑袋,敲重了会出现一个鼓包)教训一下子。但是,胆子大一点的,还是会偷偷地溜出去野游,在大人下班之前洗洗干净,假装没有去过。大人们有办法来检验,就是用手指甲在膀子上划一下,如果出现白的道道,就说明长时间水里面泡过的,做不了假,免不了又是一顿妥打(南京方言,打得重),吓得再也不敢去了。天热,汉子们都喜欢赤大膊(光着上身)图凉快,人们戏称为"板(膀)爷"。

在饮食上,南京人消夏也是蛮有名堂的。南京人夏天喜欢吃"三瓜",就是冬瓜、西瓜和苦瓜,还喜欢吃七头八脑(八种特色蔬菜的统称),其中的菊花脑微微有点苦味,清热解毒,明目清肝,烧汤时打上一个新鲜的鸭蛋,消暑解渴,是南京的一大特色。夏天,人们出汗多没得精神,南京人还喜欢用腌菜腌肉炖汤喝,汤水有一点儿咸,味道鲜美又提神消暑。南京人很喜欢做凉粉吃凉粉,一大锅凉粉,刨成丝条,盛上一碗,倒一点儿生抽和麻油,拌入剁碎的什锦菜和蒜末,再加一点辣椒酱,那叫一个美味呀,杀酷得一塌(南京方言,非常爽)。我曾经在莫愁湖公园南门外,吃过一碗非常好吃的凉粉,那个多年做凉粉生意的老大妈笑称:"我家做的凉粉,好吃得打你三个嘴巴都不舍得丢。"

那咎子,有专门制作大冰块的门市,卖的冰块很便宜,很多人排队买冰块,用桶装着放在家里,家里头温度立马降了下来,凉快极了。也有把冰块放在啤酒里的,喝下去那叫一个爽啊。还有把西瓜放到井水里泡的,过一阵子再切开吃,冰爽凉快又香甜。记得那咎子,马头牌赤豆冰棒,特别受欢迎,条件好的人家还会买上几块奶油冰砖。

  夏天里,南京人还喜欢吃拌凉菜、吃凉面、喝冷饮,街上有门店卖冰镇酸梅汤和冰镇绿豆汤的。很多人家自己买酸梅粉冲凉开水做酸梅汤,同样酸爽可口、清洌甘甜。那旮子,家家桌子上都有一个大杯子,或放凉开水或放酸梅汤或放绿豆汤,样样清凉怡人。

在窗台外放一只苹果

我所居住的大院子,位于紫金山南麓前湖附近,有明城墙和梅花山侧伴,林木茂盛、花草锦簇,是鸟儿们的乐园。每天早上,天刚亮,鸟儿们就竞相歌唱了。各种悦耳的鸟鸣声,把人们从睡梦中引入清新的世界。可以说是听到鸟鸣声醒来,神清气闲,悦心不已。大操场边上有一片茂密的水杉林,临近黄昏时,鸟儿们会聚集在林子里,叽叽喳喳喧闹不止,好像是在召开辩论大会,或者是举行一场交响音乐会,生怕声轻言微似的,只只扯着嗓门欢唱。人们走近,鸟儿们也一点不胆怯,依然是自顾自地歌唱不止。如果走到树下,抬头看去,你就会不自觉地努力地想听懂它们的鸟语,了解它们辩论的内容,听懂它们演奏的曼妙音乐,好一幅"落日好鸟归"的美好场景,倒也让人气定神闲、融入其中。有的时候在马路上,会遇到一对斑鸠在悠闲地散着步,与人近到一米伸手就能捉住时,才不情愿地飞开一截距离,口中不时地发出"咕咕"的声音。

我十几年前刚到大院时,每天能见到喜鹊在高大的树枝上喳喳地叫。随后的日子里,见到的喜鹊数量越来越多,从十几只快速地繁衍到几十只、上百只,到现在的几百只之多;它们也从高枝上逐渐飞落到了低枝干上、灌木上,胆子大的还会在马路上踱着步,更有与猫狗们抢食的。

鸟儿们繁殖得快,食物就成了问题。春天和秋天还好,虫儿多,嫩叶多,果实多,鸟儿们自得其闲,相安无事。但是到了冬天,食物少的时候,常常见到鸟儿们为了一只小虫子而争吵不已,相互撕扯,羽毛满天飞。不乏聪明的鸟儿,会观察丢弃垃圾的人们,人一走开就立马飞入垃圾桶,找寻起来,往往都有大收获。还有更聪明的鸟儿,看到有好心之人定时定点投放猫食,就会错开人在的时候,定时去抢食,常常是满载而归。

有一天,一只喜鹊落在我家窗台外,小心地向窗户里张望着,试探着叫了一声。我和夫人看到了,欣喜的同时,都向喜鹊招了招手。喜鹊蹦跳着调整了一下位置,做好了随时飞走的准备,又叫了一声。听到它的叫声,我马上回应道:"你好啊,喜鹊。"声音有些大了,惊得喜鹊飞走了,夫人有些不舍,责怪起我,我也后悔不已。

晚饭后在操场上散步,遇见一位老领导,聊到喜鹊白天登窗之事。老领导说他们家也常遇见,已经退休的老嫂子将窗户打开,在窗台上放了一些饼干之类的吃食,现在有很多鸟儿光顾他们家。每天在窗台上放食物,观察鸟儿们觅食,与鸟儿们进行着不大顺畅的交流,成了老嫂子重要的业余活动,乐此不疲。我和夫人听后,头脑中灵光一现,心中就有了主意。

第二天早上,我将一只苹果放在窗台外的花架上。果然,时间不长,一只灰喜鹊就十分小心地盘旋而来,掠过花架复而返回,叽喳地叫个不停,许是发现美味的惊喜,或是召唤同伴的呼声,还有表示不解的疑惑。我们在玻璃后面观察着,屏住呼吸,丝毫不敢发出声响。这只灰喜鹊终于抵不住诱惑落到了花架上,但是不马上啄食,而是仔细认真地观察着。忽然看清了玻璃后面的我们,立即转身飞走了,我和夫人想近距离观看鸟儿啄食的美好愿望,也随之破灭了。

我想了个办法,在窗台里放了一个衣架,可以从衣服夹缝间观察到窗台外面,而不被鸟儿们察觉。果不其然,不久来了只乌鸦,没有感觉到危险,放心大胆地开始啄食起苹果。一边吃一边"呀呀"地发出欢喜的叫声,啄一下抬头看一下,吃一口叫一声,很是惬意。听到叫声,又来了只乌鸦。两只乌鸦吃了一会儿,一只大苹果就被吞噬了近四分之一,留下了一个明显的坑。乌鸦飞走之后,又来了只灰喜鹊,应该是先前的那只,响亮地叫了两声,为没有第一时间吃上美味而感到不甘。灰喜鹊快速地飞落下来,啄了起来,几下子就将坑扩大了快一倍。我和夫人看到鸟儿啄食的可爱动作,开心地呵呵笑了。或许是感到了玻璃后面的动静,忽然想起来要观察一下才行,这只灰喜鹊立即飞到花架边框上叫了一声,瞪圆了眼睛张望着,没有见到新的动静,很快又回到了苹果旁边。接下来是吃一口抬头看一下,啄一下张望一下,直到将苹果啃剩下一半时才停口,满意地发出一长串"唧唧"的叫声飞走了。我和夫人看了,会心一笑。

　　我夫人前段时间去了上海,照顾女儿坐月子。由于疫情影响,在月子中心里按照管控要求不得外出,快一个月了,不免有些寂寞难耐。我们每天视频时,她都要问我在窗台外放了苹果没有,有鸟儿来吃吗,我便每日将看到的情形描述与她,以飨其孤寂好奇之心。周末两天,我在家休息,就多放了只苹果在窗台外,先后招来了许多鸟儿,有喜鹊,有乌鸦、八哥,还有白头翁、小麻雀。人坐在客厅里,听到鸟儿们欢快的叫声,就知道它们来了。我答应夫人要多拍一些鸟儿啄食的小视频给她看,但是举起手机拍摄时,引起了鸟儿们的警觉,它们马上飞离而去,拍了几次都没有成功。于是,我就坐在衣架后面等待着鸟儿们到来。因为没有观察到动静,飞来的鸟儿就放心地吃了起来。我成功地拍摄了几段视频,转发给夫人和女儿,她们看了赞叹不已,发回许多评论:这只鸟儿羽毛真漂亮;那只鸟儿要强会护食;还有那只鸟儿嘴馋胆子大,低着头一味地吃食,也不抬头观察;再看看这两只更有意思,一只站岗放哨,一只低头猛吃,应该是一对鸟"夫妻"吧,"丈夫"在站岗,"妻子"在吃食……我看到鸟儿们开心地吃食,跳着欢快的步子,唱着悦耳的歌曲,我也很受感染,心情愉悦。

　　一只只鸟儿飞来,吃好了再飞离,苹果逐渐成了一个小空壳,

心灵窗纸

最后一只喜鹊将剩下的苹果全部叼走了。可能是用力过度,没有叼稳,刚飞出去苹果就掉落楼下去了,摔成了几个碎片。喜鹊不满意自己的技术,惭愧于自己的吃相,有些懊恼地叫了两声,迅速飞落下去,将摔成几片的苹果中最大的一片,叼起而走。

这个周末,观察并拍摄鸟儿们吃苹果的视频,成了我一个人在家的主要活动,感觉到收获满满,很是充实。上海月子中心里的娘俩,也是满足并开心不已,不时地提醒着我要及时更换苹果,多拍些视频转发分享给她们。

有智者说:"要想获得,必须要先舍得。"是的,先要有舍然后才能有得,舍得既是一种处世的哲学,也是一种做人做事的艺术,百年人生也不过就是一舍一得的重复。在窗台外放一只苹果,就能听到鸟儿们愉悦的叫声,就能看到鸟儿们欢快的舞步,就能获得与鸟儿们沟通、观察它们的机会。打开了另一个世界的窗户,实现了人类与自然的紧密联系,感触到了鸟类的快乐,从而会使得自己心情愉悦、获得满满,更加充实、更加满足。

期待着不久,来我家窗台外的鸟儿会越来越多,它们不用担心,不用害怕,不用躲闪,可以和我直视,可以和我互动,逐渐地与我进行沟通,哪怕是不连贯的交流——那一定是一个令人向往和憧憬的美好时光。

在窗台外放一只苹果,我乐此不疲。

☆已刊登于 2022 年 9 月 2 日《现代快报》,有改动。

脑有所想

心灵窗纸

37 个女朋友

我的小外孙女满周岁时,女儿女婿在扬州的西园饭店,宴请了至亲好友。过生日的小外孙女,瞪着一双清澈明亮的眼睛,满是新奇地观察着周边的一切,也被喜庆的氛围所感染,愉悦地配合完成了仪式,满周庆典圆满礼成。

宴席进行间,主持人为了活跃气氛,邀请了七八个小朋友上台互动,玩小游戏。上台的几个小朋友中,有兴奋异常始终保持激昂状态所有问题都要抢答一点也不怯场的;也有羞羞答答问三句回答一句的;还有就是慢热型的,一开始低头不敢看向大家,但不一会儿就被氛围所感染,很快进入角色的,入戏以后异常放开、天马行空。

当天我们就见识到了一个先是慢热,后来又玩得热火朝天的小孩。这是一个 6 岁的小男孩,一头浓密的黑发,红扑扑的脸蛋上挂着灿烂的笑容。正在上幼儿园的他,是和爸爸妈妈一起来参加宴会的。主持人与客人开始互动时,许多小朋友抢着回答问题,这个小男孩既想参与,又有一些胆怯,后来在爸爸妈妈的鼓励之下,上台参与互动节目,眼睛低垂眼神却很坚定。

主持人问他:"你们班里有女生吗?"

他羞羞地回答:"有的。"

主持人又问："那其中有你的女朋友吗？"

他抬起了头，自豪地说："有的。"

主持人提高声音问："那你有几个女朋友？"

小男孩没有犹豫就回答："37个。"

现场笑声一片。

主持人又打趣地说："那你很厉害喽。"

小男孩摇摇头："不厉害。"

现场又是笑声一片。

接下来的互动节目中，这个小男孩表现得比其他孩子都突出。主持人也发现了这个亮点，与他互动得就多了一些。这个孩子更加自信主动，在主持人独唱时，他没有受到邀请，却主动跑上台去，用稚嫩可爱的动作伴舞，吸引来掌声一片，平添了现场的欢乐喜气，也收获了许多小礼品。

这个年龄段孩子的童真世界里，还区分不了男朋友和女朋友的差异。他的脑海里，能够在一个班里愉快地相处，就应该是好朋友。如果是班里的女孩子，那应该就是女朋友了。我们大家都说这个男孩子班上或者幼儿园里应该有37个女孩子，他与37个女孩子也应该是相处得比较快乐的。所以，在他的概念中，这37个女孩子都是他的朋友，都是他的女朋友。他在回答这个问题的时候，为自己的人缘好，为自己快乐的幼儿园生活，满满的自豪。人们的哄笑声，对孩子来说却是一个肯定、一个鼓励、一个增加自信心的理由。至于说自己还"不厉害"，我想，或许是这个孩子觉得这些都是很平常的，真正厉害的还应该是学习好、受到老师的表扬多、得到奖励的星星多，或者是唱歌跳舞才艺表演能力突出的小朋友，抑或是老师教育他做人要谦逊低调一些。

孩童的世界是简单的，因为简单所以也是幸福的。孩童的想法是天真的，因为天真所以也是快乐的。没有繁杂，没有市侩；没有太多的欲望，没有隔夜的烦恼；能被眼前的美好而感动，会为现在的满足而感恩。

可是，成人却往往用自以为是的世俗的眼睛去看待孩子，用自己固有的看待世界的眼光去要求孩子。孩子眼里的女朋友和成年人眼里的女朋友不是一个概念，而成年人却用自己的概念去理解孩子回答的问题。听到孩子回答有"37个女朋友"时，现场的笑声，是会心的愉悦的轻松的笑声，但不可避免地还掺杂着许多市井和俗套，禁锢住人们的思想，影响着人们的快乐。

我相信，有了那天宴会的经历，会让这个孩子更加自信，更加活泼，更加可爱。

我也相信，有了那天宴会的经历，人们会从孩子的天真回答中，领悟到一些人生快乐的真谛，放下，看淡，简单而快乐。

☆已刊登于2023年4月15日《中国改革报》改革网，有改动。

爱的测试

实验室里，一排排仪器仪表、一列列试管容器之间，一位穿着白大褂、带着护目镜和面罩的研究员，正在用电子显微镜观察新研制出的医用试纸稳定情况。身材适中的他，国字脸大眼睛，理了个小平头，目光坚定有神，显得很是精干，只是头发间已掺杂些许白发，宽大的额头上，浅浅地出现了一道抬头纹。

三年多来，面临着突如其来的世界级疫情对国家经济和民众生活、生命安全影响的压力，这个国内医学界顶级的实验室，承担着防疫疫苗和疫情状况测试试纸研究的任务。身为国内著名的疾病防控方面的专家，他义无反顾全身心地投入实验中。最新研制的疫情状况试纸项目已近尾声，之前的试验结果，测试的准确率已经处于世界领先水平，再经过最后一次稳定性测试，就可以达到国家专项评估标准要求，获得批量上市许可。

正在他全神贯注地观察记录的时候，放在外间的手机铃声忽然响了。助理员一看是他夫人打来的电话，连忙走到他的耳旁轻声报告。他斜看了一眼助理员，压低声音怒斥道："也不看什么时候，什么电话也不要接。"助理员悻悻而退。

夫人见电话迟迟没有人接，于是又反复拨打。在外间的助理员，见电话铃声反复不间断地在响，焦急不已却又不敢去打扰研究

心灵窗纸

员,只能是抓耳挠腮干着急,默默地将手机设置为静音。

过了许久,研究员面带喜色大步走出实验室,将手中的数据交给助理员,吩咐道:"快,马上上报。"同时向实验室的所有人员高兴地宣布:"告诉大家一个好消息,我们最后测试的试纸稳定性数据,全部符合要求。我们的这个项目取得了成功,圆满完成了国家交给我们的光荣而又艰巨的任务!"实验室里掌声一片,大家相互祝贺,几个年轻人彼此拥抱着、蹦跳着。

这个试纸的研制成功并且推广上市,将为国家防疫政策的调整做出一个坚实的物质准备,为稳定民众情绪奠定了一个扎实的基础,是国家民生工作的一件大事,更是国家以人民为中心的大爱体现。

已经连续奋战几日,没有得到很好休息的研究员疲惫地瘫坐在沙发上。助理员在上报完毕之后又埋头忙着各种报表的填写,这一切工作完成了,才想起研究员夫人之前来过电话之事。看到躺在沙发上,闭着双眼沉睡的研究员,心中生出许多不忍,始终没有去叫醒他。

天幕慢慢地低垂了下来,夜晚的月亮显得特别圆。实验室的门打开了,有些寒意的微风随着室外灯光拥进室内,研究员一个激灵,醒了过来,揉了揉惺忪的双眼,伸了一个大大的懒腰,打了一个长长的哈欠。看一下走进来的助理员,研究员问:"我睡了多长时间?"助理员回答:"超过 4 个小时了。"研究员:"后续工作都顺利吧?"助理员:"一切顺利!专家评审会明天上午召开,不出意外的话,试纸将于获准三天之后上市。"研究员满意地说:"很好,大家都辛苦了,我也可以回家了。"助理员连忙提醒道:"您夫人今天一天打了好几遍电话,上午和中午您在实验室里,下午您在休息,不方便让您接电话。我担心您家里有事,您是否抓紧回复电话?"研究员连忙拿起手机,打开一看,果然有十几个未接电话,其中夫人的未接电话标识的数字为 10 个。

/084/

结婚以来,研究员一心扑在研究工作上,家里大大小小的事情都由夫人操持,可以说这个家是由夫人撑起的,这其中的各种心酸曲折、艰辛苦难,都由一个弱女子独自承受,研究员对夫人充满愧疚,也充满感激。

等待接听的研究员内心里满是期待,但是"嘟嘟"了十几声之后,电话里出现了无人接听的提示音。研究员担心不已,急忙打车回家。打开家门时,却见到夫人正和她的闺蜜在厨房里忙碌着,两人有说有笑,什么事也没有发生一样,研究员心中的一块石头落了地。

夫人见他回来面带愠怒,嗔怪地说:"你还知道回来呀?"他嘿嘿地笑着,也不搭话,忙着把厨房里的菜肴端到餐桌上,摆上碗筷。

夫人坐下来之后,直直地盯着他:"你为什么不接我的电话?"他回答:"实验处于关键时候,今天上午和中午终于攻坚完毕,马上我们有一个新产品将要在全国上市。下午感觉到累得不行,就在沙发上躺了一会儿,没想到睡得很沉,一直躺到天黑。后来我打你电话也没接通,我就赶忙回家了,没有什么事情吧?"夫人说:"当然有事!刚才我手机放在外面,厨房里面吵没有听到。"说完,夫人看了一眼闺蜜,又看了一眼研究员,低下头去,喃喃地说:"和我们单位有业务往来的一位企业主,向我们单位借50万元,单位领导口头同意了,但是并没有在借条上签字。我们财务科一直由我负责办理此类事情,我以为是熟人,不会有问题的,就擅自做主支付给他了。谁知道领导听说后,狠狠地批评了我,并告诉我,这个企业已濒临破产,基本没有偿还能力,如果要不回来的话,将由我个人承担。我借出去的这笔50万元的款项,现在明白是被骗了。接下来的一段时间里,我将要出去追债,也不知道会发生什么样的情况。"说完抬起眼来,看了一眼研究员,略带哭腔地说:"怎么办啊?"

研究员心中一惊,对于这个工薪家庭来说,50万元可不是一个小数目啊。但是看到夫人焦急的眼神,研究员没有犹豫,拉起夫人的手坚定地说:"不要着急,冤有头债有主,跑了和尚跑不了庙,这个事情一定会有圆满的结果。实在不行,我们家里一起来偿还债务,天塌下来有我顶着。"接着,研究员又看向夫人的闺蜜:"你们都是财会人员,应该有经验的,我们大家一起来分析一下,从哪几个环节入手可以追回债务?"

夫人的闺蜜听闻后一脸的惊诧,眉毛上挑,睁大眼睛,不可思议地看了一眼研究员的夫人,张了张嘴想说什么却又没有说出口。研究员的夫人忽然一改满面愁容,脸上绽开了笑颜,眼角闪烁着泪花,激动不已地抱住研究员:"好老公,谢谢你包容我、关心我、疼爱我。"

研究员见这两人一反常态,疑惑不已:"你们这是?"夫人扑哧一声笑出声来:"我和闺蜜今天上午聊到了各自家庭时,感觉到在家里大大小小事务都要管着,男人们都在当甩手掌柜,感受不到男人的关爱,心中很是失落。于是,就想着谎称出了大事,看看各自丈夫的反应,来测试一下丈夫在关键时候对这个家庭的关爱程度,也测试一下丈夫到底能不能成为这个家庭的顶梁柱。老公,你是合格的!关键时候你顶得起来、担得起责任,没有抱怨、只有关爱,你太好了,我是幸福的。"夫人的闺蜜在一旁尴尬地说:"我的那一位,听到我陈述之后,只是一个劲地埋怨,既不安慰也不想办法,我觉得很失望、很生气。听到你的回答,我为闺蜜感到高兴,祝福你们。"

研究员心中一震,颇为不悦,但很快冷静了下来,推开夫人,假装怒责道:"我在为国家消除疫情的影响研究测试试纸,减少麻烦,而你们却在为家庭的爱情制造测试试题,增加麻烦,这不是添乱吗?"随即,他拉住夫人胳膊,嘴角上扬:"感到庆幸的是,我的试纸研究成功了,国家下一步将调整疫情防控政策,社会开放、经济复苏,我们国家将迎来新的腾飞,作为研究人员我是合格的。同时,我在夫人的测试中,圆满答题,作为丈夫我也是合格的。我相信,我们家庭今后的日子一定会更加甜蜜幸福、和谐美满的。"

　　研究员夫人脸上洋溢着满满的幸福，眼含热泪，认真地点了点头，旋即双颊红润，快速地在研究员脸上亲了一口，然后将头紧紧地靠在研究员的胸口上。一旁的闺蜜羡慕不已，不由得鼓起掌来，还不忘竖起大拇指。

　　☆已刊登于2023年6月5日《金陵作家》，有改动。

心灵窗纸

北极阁上空翱翔的鹰

连续两次台风临近南京,山雨欲来风满楼,却都择道他行。一次只给南京带来了一晚上的狂风暴雨,吹折了几根老树枯枝,紧接着的另外一次,仅给了一阵雨水一丝阴凉。然后,南京历史上罕见的连续几十天的高温天气立刻消失得无影无踪了,南京又呈现出碧空万里、天高云淡的怡人景象,真正算是进入了秋天。

我,一只久居紫金山的鹰,一段时间以来,为躲避酷暑,只能蛰伏在山腹紫霞湖一带清凉的地方。因为天太热,小动物们和鸟儿们也都很少出行,我也常常是饥一顿饱一顿。天气终于凉爽起来了,于是我乘着风势追着阴凉展翅而行,飞到了附近的北极阁上空,想着在此打些秋风。春华秋实,秋天是收获的季节,多猎取食物,好为了过冬做准备。

我的眼瞳孔较人眼大,眼睛里有3种颜色的光感细胞,所以看到的是彩色的世界。我的视网膜不一样,结构更复杂,视野更为宽广,视物更清晰,可以看得到比人类更复杂的色彩,也要比人眼灵敏得多。

北极阁位于南京市玄武区,又名钦天山、鸡鸣山、鸡笼山,北依明城墙台城、玄武湖,西连鼓楼岗,东接覆舟山,南朝时为皇家苑囿之一,是中国近代气象发祥地,在中国气象界和世界气象界都有着举足轻重的地位。

北极阁公园占地 6.07 公顷,绿地率 85.8%,周长 5.7 公里。《建康志》云"(山)高三十丈,周回十里",系紫金山余脉。山体浑圆状似鸡笼,古称"鸡笼山","鸡笼云树"列居金陵四十八景之中。

我在山顶翱翔,看到山顶部分,像笼子一样被围了起来,严丝合缝,只有鸟儿靠着翅膀才能飞过去。山顶最高处白色塔楼上,一口铁皮锅侧翻着,中间立一根细细的铁棍,应该是人类气象台的探测设备吧,它和旁边竖立的尖尖的信号发射塔,组合起来,像人类作战时手持的矛和盾,似乎有不欢迎我的意思。

我知道,北极阁山顶,现为江苏省气象台,山顶南侧还有宋子文公馆。

1927 年,中国近代气象学和地理学奠基人、近代中国"问天"第一人竺可桢先生,在此筹建中央研究院,建立了中国近现代第一个国家气象台。2010 年 3 月,此处建成中国北极阁气象博物馆,这是中国第一个气象专业性博物馆。

我还知道,刘宋时,在山顶上建立了第一个日观台,为南京第一个气象台。明代朱元璋在此建"观象台",又名"钦天台",鸡笼山南设国子监,这是十四、十五世纪中国最大的国立大学。明洪武十八年(1385 年),在此又建观象台,上设铜铸的浑天仪、简仪、圭表等天文仪器。清朝建"万寿阁""御碑亭"于其上,因亭阁位于明代"万真武庙"后上方,故称"北极阁"。

山顶上原来有一座大雄宝殿,明清时期香火极盛,八方香客来上香求福,南侧的"进香河路"由此而得名,只是"文革"之后日趋冷清凋零败落。

我还听说,2019 年 10 月 31 日,联合国教科文组织宣布南京入选"世界文学之都",南京成为中国第一个获此称号的城市。南京有着丰富的文学历史和文化遗产,从古代的《昭明文选》《文心雕龙》到《红楼梦》等,南京在中国和世界的文学史上占有重要地位。此外,南京还有许多与文学相关的名胜古迹和现代文学活动,如金陵图书馆相关图书展览等,吸引了众多文学爱好者和游客前来参观和体验。北极阁东南侧,建有南京世界文学客厅,一条文学走廊蜿蜒盘旋。

穿过薄薄的云层,我还看到,北极阁山的一侧是侵华日军南京大屠杀北极阁附近遇难同胞丛葬地,一块镌刻着"侵华日军南京大屠杀北极阁附近遇难同胞纪念碑"的石碑格外醒目,每年12月13日前后,热爱和平的民众都会前来悼念逝者。南京是一座博爱和平之都,国际和平城市协会于2017年9月4日向全球公告,南京成为第169个国际和平城市。

我翱翔在北极阁的上空,看到山路上一群锻炼的人,抬头看着我,议论起来:"看,是老鹰。"

"哦,它应该是在高空中徘徊寻找和发现猎物,然后以最快的速度俯冲用双爪狠狠地将猎物解决。"

"我喜欢雄鹰,雄鹰代表着自由、勇猛、力量和胜利,它精神顽强,泰山压顶不弯腰,惊涛骇浪不低头。"

"是的,雄鹰的精神象征意义非常丰富。首先,这些特质鼓励人们追求自由,勇敢地面对困难,以强大的力量克服障碍,并最终取得胜利。其次,雄鹰还象征着智慧和重生。在西方国家的传统文化中,鹰是宙斯的化身,具有一定的预知能力,可给人们带来预示,使人们免于灾祸,象征着未卜先知。再次,雄鹰在面临生命困境时,会选择经历痛苦的蜕变过程以获得新生,这种顽强的精神可以帮助人们渡过难关,实现自我超越。最后,雄鹰也是勇敢、阳刚、高贵、梦想、远见和独立的象征。它的存在提醒我们要有坚定的信念,不屈不挠的毅力,勇往直前的精神,以及为自己的目标而努力奋斗的决心。"

"雄鹰还代表大展宏图,鹏程万里。比喻某人在事业上、学业上等方面,奋力前进、敢于拼搏,以此迈向未来,如同雄鹰展翅翱翔一样。"

"大自然总是给人启示的,生活也一样,不少的事情和事物也会给人以思想上的启发。"

这些勤勉自律的人还在议论纷纷，我却腼腆起来。他们议论的，本是我在自然界立身存活必须有的，与生俱来的秉性，或者说，我成为自然界的一部分，定位是一只老鹰，无可选择。既然无法改变命运，那我就必须面对一切困难和挑战。我每天都在做的普普通通的事情，却被人们给予这一番崇高的评价，真是三生有幸，颇觉受之有愧。

其实，我知道，我眼下的北极阁，不是一个普通的小山岗，它蕴含着丰富的内涵，是南京这个文学之都的浓缩，是南京数千年历史的缩影，更是南京这个勤劳奋进城市的缩影。南京人，始终保持饱满旺盛的干劲，不屈不挠的拼劲，锲而不舍的韧劲，不达目的誓不罢休的恒劲，精卫填海的勇气，愚公移山的志向，万难不屈的毅力，脱胎换骨的决心；南京人，包容开放，自律自强，积极进取，他们品质高尚、品德优良，富有热情、富具创新，才是最值得尊敬，最值得称赞的。

想到这些，我心潮澎湃，眼中噙满热泪，感动不已。今天，我暂时没有收获到物质食物，但是我攫取到的精神食物，却已足够充盈。我不断地在北极阁上空翱翔，感受作为"一只南京上空的鹰"所独有的温暖的情怀，也感觉到无比自豪和满足。

☆已刊登于 2024 年 9 月 27 日《扬子晚报》繁星，2024 年 9 月 28 日《人民日报》人民号，有改动。

不忍打扰

金陵之东毗邻的句容,西北面的宝华山,36座山峰像36片莲花花瓣一样,围绕着主峰,散落在方圆30平方公里的地区。宝华山古木参天,叶稠阴翠,根株结盘,绿草茵茵,落英缤纷,集"林麓之美,峰峦之秀,洞壑之深,烟霞之胜",水流石不动,山静云自飞,人在山中走如在仙境行。据说乾隆皇帝六上宝华山,发出了由衷的感叹:"宝华深秀处,问路记吾曾。"康熙也曾数度来游,赐银赐物,不吝墨宝。

如此风景奇丽的宝地,自然也吸引了很多游客来此踏足。当地政府看到了商机,房地产开发商蜂拥而至,于是宝华山西侧的宝华镇境内,沿着仙林大道和汤(汤山)龙(龙潭)公路方向七八公里的道路两侧,就有了数十家楼盘,吸引了许多南京人来购买入住。十几年前我就在宝华山南麓的度假村,买了一套小户型的公寓房,时常去小住一两天,洗洗肺、清清神。白天在山道上悠闲地散步,晚上抬头看满天的星星,经常会在山地里挖些野菜,或者捡些柴火用柴火灶烧一锅红烧大鱼头,惬意得很。偶尔也会邀请一些好友,一起去访山问山,避尘世躁乱之忧,得清凉静谧之雅。

这个叫"山一方"的小区,因为建得比较早,所以也是宝华镇上所有小区里最靠近宝华山的,可以说是建在了宝华山腹地、4A级的国家森林公园里。静谧的环境,清新的空气,满目的葱郁,的确是一个宜居的好地方。只是,芳邻们大多还没有到退休的年龄,来这个距离南京50公里左右的地方居住,的确有些不方便,所以平时来的人很少。就是节假日和周末,我粗略统计了一下,来的人也不会超过十分之一。

我和夫人也是心向往之,但囿于事务繁杂,还有一些推不掉的应酬,所以也不能每个周末都去,有些无奈,只能在小区微信群里了解一些情况,聊以安慰。最长的时候,是前两年由于疫情影响,间隔了将近有一年时间没有去。这不,又有一个多月没去了。终于,一个周末,推掉了一个邀约活动,买了4个鱼头,便兴冲冲地奔了过去。

新竹子已经挺立于竹林之中,随风摇曳。我深深地吸了口气,山林的气息还是那般的清新怡人,令人神清气爽。我和夫人架锅洗鱼,支灶点火,忙活了起来。一会儿,红烧鱼头的香味便飘了出来。想让鱼头烧得更入味一些,我便多加了一点水,用火焖着。

房间北面的阳台,改成了厨房,有一个电磁炉,安装了一台油烟机。油烟机的排风口,时间久了,伸出窗口向下弯曲的部分都已经掉落了,从室外看,就像是一个张开的大嘴。

我夫人去北面的阳台,准备炒一个素菜,忽然听到油烟机里传来一阵"砰砰砰"的声音,她吓了一跳,急忙喊我过去察看。我看到有一只八哥,从油烟机排气管里飞出,却又没有飞远,停在了对面房屋的栏杆上,有些惊恐地看着我们。我敲了敲油烟机,没有什么反应,又打开油烟机开关,让风向外排出,停机观察,再也没有动静了。

我们离开后,不大一会儿,又听到油烟机里传来了"砰砰砰"的声音,连忙赶过去。听到我的脚步声,油烟机排气管里飞出了两只八哥。还是没飞多远,又停在了不远处的栏杆上,脑袋像卡通片里播放的动画形象一样左右晃动着,注视着我。我忽然间明白了,这应该是八哥夫妇,把我家的排气管当作新家了,在里面繁育后代呢。想想也是,对于八哥夫妇来讲,排气管隐蔽又宽敞、挡风又遮雨,的确是一个宜居的好地方。

我为我有这个念头感到欣喜。鸟儿愿意来家中筑巢,那就代表着家中风平浪静,给家中带来安稳的预兆。八哥的寓意是吉祥如意,心想事成,万事如意,喜事连连。八哥进家,就像燕子筑巢,可以带来福运,寓意家庭幸福美满,家人平安健康。

我也为我才有这个念头感到羞愧。之前怎么没有想到?还要敲敲打打,还开了油烟机开关,想赶它们走。

我悄悄地退出厨房,轻轻地和夫人说:"这个素菜我们就不要炒了,我们也尽量减少去厨房的次数,就让八哥夫妇安心住下来吧。"夫人面露微笑,认真地点了点头。

午休起床之后,我又听到"砰砰砰"的声音。来到卧室门口观察,只见一只八哥嘴衔一片青草叶,正在窗外晃动脑袋观察着。见没有动静,才放心地飞入排气口。整个下午,"砰砰砰"的声音频繁响起,清晰而明快,我知道这是八哥夫妇忙碌的脚步声。在我听来,这是一个家庭和谐的声音,这是一个孕育着新的生命的声音。这个声音是幸福的,幸福是会传染的。我感受到了八哥夫妇内心的幸福,我也感受到了我们夫妇内心的幸福。

八哥一家幸福美满,很是需要一个安静的环境,而公寓房面积不大、空间有限,我俩一个细微的动作,对于它们的宁静都是一种干扰。我们不忍心再打扰了,原定再过一晚上返回城里的,我和夫人商量决定,傍晚就离开了。

虽然不能陪伴八哥一家,但我会在心里默默地祝福它们。也期待着不久的将来,我再一次去的时候,能够看到它们一家,在小区里自由地飞翔,在山林里欢快地歌唱。

☆已刊登于 2023 年 6 月 9 日《现代快报》,原题为《八哥来了》,有改动。

茶　缘

偶得空闲,与夫人来到宝华山里,避尘世躁乱之忧,得清凉静谧之雅。群山环抱之中,空气清新,鸟语花香,不觉心静神适,已然融入自然。

晚饭后散步山道,夕阳西斜,余晖相映,两侧山坡上采茶女与葱翠的茶树相融衬托的美丽画面将我吸引了,似画中,似仙界。怕不小心会惊扰了这道风景,仿佛自己也融了进去,我驻足静立,沉醉地欣赏。

天色渐暗,十几个采茶女带着满满的收获,欢笑而行。我跟随着,顺着茶林中一条阡陌小道,走入了一个茶叶加工坊。进入细看,机器在规律地转动,锅炉散发的蒸汽使房间内热腾腾的,提前将初春的夜晚推入了初夏。新茶摊晾、杀青、搓揉、翻炒、烘干、装袋,不大的地方分成了几个区域。工人们忙碌着,无暇顾及两个外来人。空气中飘散着沁人心脾的茶香,闻之神清气爽、精神倍增。

老板是个壮实的中年人,能明显地感受到他身上的憨厚气息,见我们好奇地探问,便主动上前介绍,热情又详细。我竟然知晓了茶叶加工的完整过程,原来这就是清明时节茶啊。置身于这样的环境之中,真是个美妙的体验。

讨要了点茶叶准备回去尝试一下,用手捧着,一位老师傅见到忙制止我:"茶叶很是娇嫩,就像初生婴儿一样,不能直接用手捧的,否则性味会变。"哦,茶道精深,茶经奥妙,听之很有心得。老师傅找了一个干净的纸袋,又多装了一些递给我们。

刚走出院落,山墙上的路灯就亮了,照明小道,清晰的灯光延伸到远处。我不觉心头一震,乡亲纯朴之情已然领略,口中高声道谢。

回到住处,立刻烧水,急不可待地冲泡而饮。稍微吹凉一点,就品了起来——入口微苦,既而回甘,唇齿生津,沁人心脾,真是好茶!

我们平时喝茶是一种生活,既是生理的需要,也是一种生活方式,是一种交流行为。品茗也是品茶、喝茶,常与聊天交心相伴。品茶讲究品,茶叶的滋味和口感是一个方面,泡茶喝茶的讲究又是另一个方面。从茶叶的品质和类型到泡茶喝茶的器具,再到冲泡茶叶的手法,都是颇有讲究的,所以就有了"品茗之雅"。

我们平时喝茶是一种对紧张生活的缓冲,使人追求一种心静如水、大智若愚的境界。静静地看着茶叶在水中缓缓舒展,再缓缓沉入杯底,会得到清心寡欲、远离尘嚣的感悟。

我们平时喝茶也是对生活的一种感悟,喝茶是一种心情,品茶却是一种心境。真我时刻,手持香茗,心简如素。茶如人生,第一道茶苦如生命,第二道茶香如亲情,第三道茶淡如清风,一杯清茶三味一生,人生犹如茶一样,或浓烈或清淡,都要去细细地品味。

茗浓天下醉,茶品四海香。大文豪苏轼有诗云:"戏作小诗君一笑,从来佳茗似佳人。"现代著名诗人王伯刚亦有诗云:"有茶无酒亦风流,慢火烧开不尽愁。半盏品知人世味,一壶煮却日悠悠。"

我爱上了品茶,因为我见识了茶叶生长环境的美好,因为我知晓了茶叶加工过程的美好,更因为我能够感受到结果的美好。

我爱去看茶园,排列的茶树画出优美的弧线,有的直接圈成圆,完美又典雅;有的委婉地拐着弯,随意而浪漫。茶树的绿和天空的蓝,加上一片白云,最好还有采茶女的点缀和悠扬的采茶歌声飘来,赏心悦目、令人陶醉。随着雾气冉冉升起,山风徐徐吹来,就能嗅到空气中醉人的茶香。

  每一片茶园都是一首诗,每一片茶园都是一幅画。

☆已刊登于宜兴市《阳羡茶》,原题为《茶香浸泡的日子》,有改动。

到家了，请报个平安

又有一个多月没有见到外孙女了，虽然每天都能看到女儿女婿发她的视频，对她的生活点滴和成长经历颇为了解，但是隔着视频看活泼可爱的外孙女，总有一股想抱一抱的冲动。

小外孙女快一岁半了，认知能力提高得很快，认识了好多东西，也会模仿很多动物。在动物园里看到长颈鹿之后，你问她长颈鹿是什么样子的时候，她就会摸摸自己的脖子，然后向上比画着。让她学企鹅如何走路，她就会把双手伸直了向身后展开，然后左右摇晃着向前走去，可爱至极。女儿这个月满30周岁了，于是我和夫人就以此为借口，周末时乘坐火车赶往上海。为了祝贺女儿生日，也为了能够抱一抱外孙女，再和她混个脸熟，以此满足亲近一下的心愿。

一天的相处，小外孙女先是用怯怯的眼神看着我俩，后又躲在爸妈的身后，用清澈而又明亮的眼睛认真地盯着我们这两个感觉陌生又似曾相识的人，充满新奇和疑惑。时间不长，她就在爸妈的鼓励之下，慢慢地和我们亲热起来。抱上她，孩童身上特有的清香味儿，充满我的肺腑，令人惬意得很，我明显地感觉到她的体重增加了。

幸福的时光总是短暂的，我们乘坐晚上的火车要返回南京。

女儿虽然已经做了妈妈,但在和我们分别之时,仍然主动上前拥抱我们,还在我的脸颊上亲了一口,像许多年之前一样,又一次触动了我心底里的柔软之地。临别之时,女儿女婿都叮嘱了一句:"爸妈,你们到家了,给我们发个微信。"这也是我们送他们离开之时常会讲的一句话。那天火车因故晚点,到达南京时已经快要凌晨一点,女儿女婿一家应该已经熟睡了,但我夫人还是及时地在家庭群里发了条微信:我们安全到家了。

到家了,发个微信或者是打个电话,报个平安,是亲朋好友、至亲家人之间的一个约定,是亲情的牵挂,是温馨的关爱。及时报平安,是一个人成熟和担当的标志,更多地体现了一个人的责任感,个中还蕴含着中华民族传统礼仪文化之精髓。

在物质文化条件欠缺、通信手段落后的年代,离别的家人之间要报个平安的话,是颇费周折的。即便如此,许多人也是会想方设法地报平安。现在通信技术发达,打个电话、发个微信已经成为平常,实为现代人的确幸。但这举手之劳之事,却被许多人所忽略。原来为所离开之人到达目的地之后的主动行为,往往被牵挂的人追问提及了,才知道已经平安到达,被牵挂的幸福打了折扣,报平安的意义打了折扣。

人生是由许多相聚后分别、再相聚再分离组成的,聚散离合已成寻常。"雁来音信无凭,路遥归梦难成。离恨恰如春草,更行更远还生。"离别时悲伤,但被牵挂却是幸福的。离别之人的平安到达,是被牵挂之人的福报,更是对牵挂人心灵的安慰。每一次的平安到达,都是美好的,都是值得祝福的,都是应该及时回应的。

到家了,请发个微信或者打个电话,报个平安。

☆ 已刊登于 2023 年 7 月 7 日《现代快报》,有改动。

心灵窗纸

孩童的快乐

　　早晨上班时,经过慈悲社街上的一个早点店,见到门口一个牙牙学语的孩童,抬着头,伴着口中"哦哦"的叫声,双手挥着,双脚跳着,无节奏地一蹦一蹦的,脸上满是欣喜。我顺着他的视线看去,电线杆上有两只小麻雀,也在一蹦一蹦的,发出"啾啾"的叫声。孩子跳一下,小麻雀也跳一下,孩子叫一声,小麻雀也"啾"一声,孩子再跳一下,小麻雀飞起来又落下去。孩子的叫声在嘈杂的街道上显得很微弱,麻雀的叫声却清脆悦耳。不知道小麻雀是否听得到孩子的声音,但明显地感觉到这两只小麻雀在与孩子交流着、呼应着,分不清谁在逗着谁,彼此都很是愉悦。

　　我停下了匆忙的脚步,看看孩子灿烂的笑脸和专注的眼神,听着他含糊不清却很是开心的"哦哦"声,又看看空中雀儿欢快的脚步和跳跃的身影,听着它们唱歌般的叫声,我嘴角上扬,开心地笑了,一股暖流从内心深处涌上,暖暖的、充满快意。我有些感动,在匆忙中遇见了这般风景,感到了和他们一样的快乐。

　　孩子们眼里的快乐都很简单,只一个惊喜,有一个好奇,来一个拥抱,就一个美味,都会带来无比的快乐。他们的快乐是直接的、容易的,更是真诚的、纯粹的,因为他们内心单纯无虑,没有太多的琐碎、太多的桎梏,没有太多的欲求、太多的物质,孩童因简单而快乐。

  我们成年人为生活、为生计,为事业、为家庭,不停奔波、不断劳作,匆匆忙忙、熙熙攘攘,不知道错过了多少风景,失去了多少乐趣。我们能否停下匆忙脚步,放下琐事,也抬起头,看看蓝天上飘过的白云,目光追随着飞翔的鸟儿,像孩童一样去感知风景、感受快乐呢?我们只有简单了,才能更快乐。

☆已刊登于2021年12月30日《金陵晚报》,有改动。

心灵窗纸

很远的距离

我的夫人3月份就去了上海,陪护分娩的女儿。去的时候,上海已经进入了部分封闭状态,快三个月了,疫情防控仍在继续,由原来的"7+7"变成了后来的"7×7",发展到现在的情况,有的区域很有可能成为"7×7×2"。夫人完成了任务,就抢票返回,好在上海的地铁通了,免了不少的步履之苦。一路上全副武装、小心翼翼,能够想到的防护措施认真严格地执行着,不饮不食不厕,总算是顺利返回了南京。虽然南京已经对全国绝大部分地区的返宁人员,实行了48小时核酸证明免检的制度,但仍然对上海返回南京的人,不论来自上海的哪个区域,都一律实施严格的"7+7"措施。一下车夫人就被专车接入了定点隔离酒店。

与夫人分开快三个月了,忽然发现生活中的许多无奈:衣服放哪里了?怎么也找不到;地面脏得怎么那么快?拖把不会使用啊;晚上一个人吃什么好呢?看着冰箱发愁。也忽然感觉到自己的能力增强:炒的菜味道还是蛮好的,博古架上的灰尘也能擦得很干净了,家里的花花草草生长良好,坚持在窗台外花架上放一个苹果,已经让附近的鸟儿形成了固定记忆,竞相飞来觅食。呵呵,形势逼人啊,时势造"英雄"。

外孙女那粉嫩的小脸蛋就像花骨朵一样,如今她已出生快百日了,已经可以和大人们亲近互动了。她不时地瞪着乌亮的眼睛奶笑着,显出两个小酒窝;藕节般的小手小脚舞动着,可爱的小动作、微表情不断,手舞足蹈的,很是招人怜爱;就是睡着了,进入甜美的梦乡,仍然会不时地露出笑靥。可是,我和同在外地的亲家却不能去抱一抱小可爱,亲一亲小讨喜,甚是无奈之极。

上海离南京远吗?不到300公里的路程,如果乘坐高铁的话,一个小时可以到达。就是自驾,也只有三个半小时左右的时间。但是,中间隔着一道仍然严格的疫情防控措施,南京和上海之间的距离变得很远。夫人住的隔离酒店,离我家所在的小区,不到5公里的距离。平时,乘坐公交车需要15分钟左右的时间,散步过去也就一小时,应该不算远的。但是,中间隔着一道仍然严格的疫情防控措施,这5公里也变成了很远的距离。

距离这个东西,应该是能够看得见的、有形的、触手可及的,但现实生活中,有时候距离却是看不见的、无形的、遥不可及的,让人感觉到距离的遥远。有位哲者说:"最远的距离不是山与水、海与洋的阻隔,而是心的距离。"是的,现代社会中随处可见的现象,真的让人很有体会和感触。很远的距离,是人和人在一起却两心相悖;很远的距离,是人在一屋里却各自拿着手机自顾自地刷屏。防控期间,很远的距离是人在咫尺,中间隔着防控卡点,有的地方或许还有人为增加的过度的措施,而缺失了应有的担当和适度的人性化。

真心地祝愿:国人齐心协力,疫情早日散去,生活充满阳光,世界一片安澜。

☆已刊登于2022年9月14日《信息新报》,有改动。

心灵窗纸

晋升"孙管干部"

现行的公务员职级管理体系中,科级至部级,根据职务和职级大小,一般情况下分为县管干部、市管干部和省管干部、中管干部,由低向高、由下而上地晋升、发展,概莫能外。干部的晋升,要考核德才口碑,考虑位置名额,考察党性政绩,一关关、一层层,概莫能外。

说到晋升,大家都认为应该是职务晋升,其实生活中有许多晋升是与职务无关的,比如家庭中辈分的晋升、竞技比赛中排名的晋升等等。

半个月前,我就晋升了。我的晋升,与公务员职级晋升无关,不在现行的公务员职务级别之列,却比其中任何一级干部都要特殊、都要幸福,更有成就感。我的晋升,也不需要层层把关,更不考虑名额空缺,自然天成、喜从天降。我晋升的是——"孙管干部",因为我可爱的外孙女出生了,我晋升为爷爷辈了。社会上人笑称:有孙子带孙子当孙子,有孙子管孙子孙子管,故名"孙管干部"。

这个小可爱的降临,我们全家都晋升了一级,女婿女儿初为人父母是喜悦异常,我和夫人晋升为"孙管干部"也是欣喜不已。

这个小精灵一出生,就在空中胡乱地抓了几下,好像抓住了什么之后就握紧了拳头,随即发出了一阵听起来像哭的尖厉的婴儿的语言,似乎在问:"我到了哪里,地球上吗? 谁家?"被助产士包裹好后,她懒散地微微睁开左眼,眼缝中一道清晰的眼光寻觅着,估计是在琢磨:"好的哦,是在地球上,应该是上海的产房。呵呵,这家人还不错,来对了,哈哈。"随即嘴角微扬,安心了下来,用舌头舔了舔嘴唇:"我就不另外表示了,反正我是很满意的。"

这个小讨喜降临在春天,像花骨朵一样,迎着春风摇曳,细雨滋润,每天明显地成长,眼见着一点点地长高、增重,真是一天一个样。乌溜溜的眼珠子就像两颗水晶葡萄,晶莹剔透。看着粉嫩的小脸蛋,就想亲上一口,见到纤细的小手,就想拉上一拉。小讨喜的一举一动、一颦一笑似乎有一条无形的线在牵动着人心。

我和夫人从女儿怀孕起就期待无比,夫人因为已经退休了,所以提前到了上海。这阵子全国疫情防控形势严峻,上海的疫情管控更加严格。也算是很幸运吧,女儿生产前一天,是个周六,上午9点,女婿开车陪同一起去做产检,离开的同时,所在小区就被封闭管理了。女儿产检后,立即被医院留了下来,做生产准备。第二天上午,小外孙女顺产而出,母女平安,真是有惊无险、运气爆棚,令人欢喜不已。

我在南京,被阻隔着不能去看望,每天只能刷刷视频饱个眼福,却不能摸到,也不能嗅到,心中那个痒啊无法表述。于是就有了想穿越的念头,穿越时空,不受病毒的侵袭,不受疫情管控的约束,去见一见、去摸一摸,去看一看、去抱一抱,去嗅一嗅婴儿身上特有的奶香味。或许是白天想多了,一天梦里,真的穿越了过去,美妙无比,第二天醒来,自嘲地呵呵一笑。

每天,女婿和我夫人都将拍摄的视频发送到家族群里,我和同在外地的爷爷奶奶都会及时观看、点赞,好似久旱逢甘霖,心情美妙无比。我的微信收藏里,已经收藏了很多小可爱的照片,每天起床后我都要翻出来看一看,工作之余我也要看一看,时不时地也会傻傻地笑。下班回家后的主要事情,就是翻看他们所拍的视频和照片。前天,女儿女婿带着小可爱去拍了一组照片,我反反复复、颠来倒去地观看,全部都收藏了起来。

我的小可爱啊,上天将你赐予我们之时,幸运与你同时降临,你的面前条条道路金光灿烂,愿你快乐成长起来,去获取你光明的未来。所有的爱,给我们的小可爱,陪伴着你,一起成长、放飞。

我的小精灵啊,生活正在你的前方,你要微笑着勇敢地走上前去,将彩色的人生拥抱。我愿将恒久不变的浓浓的爱,化作你奋发求知的动力。我们祝你到达理想的彼岸,祝愿你健康永远、爱心永恒。

我的小讨喜啊,愿你享有期待中的全部喜悦,每一件细微的事物都能带给你甜蜜的感受和无穷的快乐。

感谢你小宝贝,因为你花朵开放、果实芳香,随你而来的是满天希望。愿我们的小宝贝永远在爱的海洋里遨游,在幸福的天空里翱翔,平安、快乐永恒。

祝福是份真心意,不用千言,不用万语,默默地唱首心曲,祝愿你岁岁平安,天天如意。

人们都说隔代亲,不到身前不知情。我何时才能含饴弄孙,如李白诗云"会桃李之芳园,序天伦之乐事"? 我渴望着。

我晋升为"孙管干部"了,我开心无比,高兴异常。愿疫情早日过去,风调雨顺,国泰民安,世界安澜。

☆已刊登于2022年9月14日《信息新报》,有改动。

乐养小野鱼

那年春暖花开时节,一个周末,我和夫人闲来无事突发奇想:走一走家附近的小巷子,寻觅一下这个住了几十年的城市里的烟火气。

城市改造的速度是飞快的,难得还能留下几条老巷子,残存下来的背街小巷也被截得缩短了许多,像一位临近岁暮的老人,挣扎着残喘。然而,就在这一丝丝的喘息中间,仍然传递着强烈的生活信息,仍然承载着儿时的美好记忆。

我家附近的民福巷、莲花桥,还有后宰门东村和西村,人口密集拥杂,遍布小吃店、杂货店。走不了多久,你就会闻到空气中飘荡的鸭油烧饼和炸油条、炸糍粑的香味。走着走着,你就会被身后自行车铃铛清脆的响声惊扰;逛着逛着,你就会被街头卖梅花糕的吆喝声吸引。

一个相对空一点的小场地上,摆了不少景德镇的瓷器,琳琅满目。货主说大甩卖,观赏和购买的人很多。我和夫人同时被一个鱼缸吸引住了,这是一个白底彩花两节组合的鱼缸。上半部分是一个直径约 60 厘米的鱼缸,下半部分是一个高约 60 厘米的底座,鱼缸比较厚重,四周和底座上都彩绘了鱼儿和荷花,游动的锦鲤栩栩如生,灵动得很。我和夫人对视了一眼,藏住心中的喜爱,询问起价格,满意地买了下来。离得不远,正好有一个中年人推着一辆三轮车,在卖小金鱼儿,红、白、青、黑,品种繁多。我就买了十几条"珍珠""墨龙睛""狮子头",还买了鱼饲料、小抄网,以及换水吸管,还仔细询问了饲养要点。回到家里,我将洗好的鱼缸码放好,注水放鱼。看到十几条小鱼儿在鱼缸里欢快地游动,赏心悦目,心情非常愉悦。每天上班前下班后,观赏鱼缸里的鱼儿,换水加食侍弄鱼儿,成了我一个阶段里必做的事儿。

可是好景不长,天气逐渐热了起来,小鱼儿们食量大增,原来我隔几天才投食一次,后来我每天投食一次,每次都被抢食一空。原来我一周才换水一次,后来我隔天就换水一次,但很快水就会浑浊。不知道是抢食不均,还是水中缺氧,或者其他原因,陆续有鱼儿死去,最后只剩一两条。后来,我又陆续补充了几次鱼儿,但金鱼儿都娇贵得很,都养不了长久,这让我和夫人颇为烦恼。

和一位好朋友聊起此事,他也很有同感,他家也有一个和我家相似的鱼缸,好看的鱼儿原先也有十几条。什么增氧泵、多用循环抽水管、污泥吸附海绵等,利器装备买了不少;什么《金鱼养殖要点》《饲养观赏鱼注意手册》等,专业书刊看了不少,每天花在侍弄鱼儿上的时间很多,可谓是精心用心,但仍然是养不好。这些观赏鱼类死了一批换一批,都不太长久,很是闹心,最后干脆就不养了,眼不见心不烦。

有一次和朋友去郊外钓鱼,由于是个野鱼塘,小杂鱼非常多,好不容易钓上了几条,但因为太小,都被同伴丢在地上。我却灵光一现,把小杂鱼捡起来,装入矿泉水瓶中。带回家里的几条小杂鱼,在我的鱼缸里畅快地游动。因为是野生的鱼,生命力特别地顽强,侍弄起来非常省心,隔三岔五地投一点食物,十天半个月换一次水,好像都不影响它们生长。后来,我又带回了几条小杂鱼,还有小泥鳅、小螺丝,都放在了鱼缸里。有次我和夫人去琵琶湖,还带回了一些水草。

野生的鱼儿特别敏感胆子小,当你走近的时候,它们会迅速地沉到水底,我和夫人在投食后就躲在柜子后面,从缝隙中观察它们的"尊容"。"小掺条"会一直在水面上游荡、抢食,小泥鳅从水底忽然窜上水面,吃到食物后又迅速潜回水底,一对小眼睛仔细警惕地观察着,有趣得很。

我听从有经验的朋友的话,每当有新的鱼儿放入鱼缸之前,我都会先用一个盆将鱼儿养上一两天,放进一点儿食盐,消毒杀菌,然后再倒入鱼缸内。当然,每年的春天和夏天,我都会在鱼缸里撒入一点儿食盐,消毒杀菌。后来,我用一个剪了底的矿泉水瓶子,在鱼缸里养了一株吊兰,长势喜人,挺拔得很。为了便于鱼儿潜底,我在鱼缸里又放了点河泥。有了泥土,我便不再换水,只是在鱼缸里水少的时候,将预先放了一天的自来水注入进去。几年下来,鱼儿在我的鱼缸里悠闲地游动,我也就这样悠闲地养着鱼儿,再也没有失去鱼儿之虑。

有一年冬天,我在大运河畔捡了一只小乌龟,原来放在阳台上的,我担心被冻坏,就把它放到了鱼缸里。没有料到,小乌龟食欲大开,一天一条小鱼,没有几天就把我鱼缸里的鱼儿吃得差不多了。因为它每次都吃得比较干净,一直等到我发现一条大的鱼只剩脑袋漂浮在水面上的时候,鱼缸里的鱼儿已经被它吃得所剩无几了。我心疼不已,急忙捞出乌龟。

又一年的开春,我有意识地早早去郊区钓鱼,见到一个壮汉正在起虾笼,就上前与他套近乎,用一根香烟换回来了十几条小鱼儿,还有几只河虾,我的鱼缸里面又热闹了起来。

可能是鱼缸小的原因,也可能是我不经常投食的缘故,野生的小鱼儿虽然养了很多年,却一直没有比最初的时候长大多少,但从不缺乏活泼爱动、机警敏感。现在,每当我投食的时候,这些小鱼儿不再胆小,都会竞相抢食,动作迅速、张口精准,吃入嘴里便迅速离开,不一会儿又进行下一轮进攻。我能够清晰地听到鱼儿嘴巴

心灵窗纸

张合的声音,虽然有些轻微;能够清楚地看到鱼儿游动的身形,虽然只是快速闪动。"啪啪啪"小嘴儿张合的声音,就像是鱼儿在欢快地歌唱;"唰唰唰"小身躯灵动的身影,就像是鱼儿在曼妙地舞动,家里平添了许多生机和乐趣。

我养野生小鱼儿,有许多个年头了,优哉游哉,趣味盎然,乐在其中。

☆已刊登于2024年1月17日《金陵作家》,有改动。

身份证旅行记

前几天酷暑难耐,便请了个短假,携妻自驾去大别山区避暑养肺。自南京出发,入安徽境内几十公里就是大墅服务区,我们约好与同行的朋友夫妇在此会合,随后驾车驶入。考虑到时至半晌,还有近300公里路程,我们商量决定买上干粮,路上聊以打个牙祭,待到霍山县城再停歇就餐。两位当家女士你推我抢,争相掏包付款,客气满怀。一路顺利地赶到了大别山麓的霍山县城,这个短暂假期有了一个美好的开端。

办理入住手续时,我夫人找遍了随身包裹,却怎么也找不到身份证了。她记得行前将身份证放在一个粉红色的小布袋里,小布袋里还放了一点备用的零钱。细想想,可能是在服务区里争相付款时落下了。用驾驶证办理了入住手续后,我们就思忖如何寻回遗失的身份证。查询大墅服务区的电话未果,就拨打了安徽高速服务热线96566。服务区没有固定电话,工作人员热情地推荐了片区民警电话。打过去很快就通了,民警欣而应允马上去现场查看,但同时告知我们:因为时间已过去了近5个小时,服务区这个人流量特别大的公共场所,真的不能保证能够寻回。何况小布袋里还有些现金,不敢奢望有人拾金不昧,能把身份证扔在附近就已经非常好了。民警宽慰我们说:如果小布袋真被人拿走了,可以帮着在附近找寻一下身份证。

　　焦虑等待中,我和夫人想着找不回身份证,接下来的旅行中遇到需要出示身份证时怎么办?外出没有身份证,确实心中没底;身份证被别人捡拾之后会发生什么,更是心中没数。夫人忧心不已,我也只能在一旁宽慰着,没有更好的帮助,似乎这个短假将会无功而返、充满灰暗,心情坠入谷底,虽然已是饥肠辘辘,却没有一点食欲。

　　宛如一天之久的 20 多分钟后,手机铃声响起,显示是民警回电。我们的心情复杂起来,找到了还是未果?大概率是被别人拿走了。无限忐忑中接通电话,对方却问道:"请问是什么颜色的小布袋?身份证上姓名是什么?小布袋里有多少现金?"听到令人欣慰的问话,我们喜出望外,心情如风筝般飞扬了起来。一一作答后,对方又问:"已经找到了,你们是返回来取吗?"我们计划不走回头路的,所以请求对方帮忙寄回南京,他爽快地答应了,要求我将地址发给他,我立即照做。电话里感激不尽,好一个热情尽职的民警。

　　从通话中了解到,我夫人是将小袋子遗落在了柜台前地上,后来路过的人捡拾到,交给了老板娘,老板娘认真地保管着,一直没有动过,见民警询问时,立即拿了出来。

　　又过了一会儿,接到了一个陌生的电话,是那个老板娘打来的。原来民警委托她寄回身份证,因为时间较晚当天已经不能办理邮寄业务,老板娘担心我们着急,来电说明情况。第二天上午,又接到了老板娘的电话:身份证可以寄,但现金不行。怕我们不相信,她将电话交给了邮政业务经理。我忙说:"钱本来就不多,身份证找到了已经很是感谢了,既然现金寄不了,那么扣除邮寄费用剩余的就作为感谢你们的心意吧。"对方迟疑地回答:"这怎么办呀?这怎么行呢?"反复说明之后,见没有其他更好的办法,对方才无奈地答应了,反倒是感谢起我来了。很快邮递单号就发来了,我回复了一个感谢的短信,对方立即回复:不用谢,应该的。我心里一热,感觉内心暖流涌动,好一个诚实守信的生意人。

似乎受这个完美故事的影响,接下来的几天在大别山里,我们旅行顺利愉悦。大别山满目葱茏的植被,凉爽宜人的环境,清新纯净的空气,特色暖心的民宿,引来了许多周边地区的游客。汩汩流淌着的溪水,清澈见底、奔流不息,清新的山风徐徐吹面,清脆的鸟鸣声声传耳,暑天里平均22摄氏度的气温和每立方米近3万个负氧离子的静谧环境,人人休闲自得、心旷神怡,个个流连忘返、不思回乡。

返回家中,拿到与我们分开旅行已提前几天到家的身份证,心中感叹不已。身份证的遗失和寻回,增加了些许传奇的色彩,平添了令人愉悦的情趣,这个短暂的假期,充实而又愉快。那个暖心的短信我一直留着,无意间再次翻阅到时,仍然会有一股欣慰的暖流涌上心头。当然,我也没有忘记给96566又拨打了一个电话,将不知道姓名的认真负责、高效执勤的民警表扬了一下。

有智者说:人生有两次惊喜,虚惊一场和失而复得。一个小小的身份证的旅行史,记录了一段暖人心的佳话,记载了一个不寻常的经历,记忆了一节美好的历程。都说安徽人杰地灵,民风淳朴,我经历的这一次身份证的失而复得,足以证明、可见一斑,同行的朋友夫妇也颇为感慨,在单位里聊到此事时,同事们也都竖起了大拇指。

美丽的环境,美妙的故事,美好的民风,安徽就是下一次旅行的不二之选。

☆已刊登于2022年10月31日《信息新报》,有改动。

生命的哭泣声

（一）

夜幕像一张无形的网,将一群携家带口的人紧紧包裹着。萧瑟寒风夹杂着天空飘落下来的沥沥细雨,打在人们的脸上身上。每个人都感到冷凄凄的,人人脸上都挂着紧张迷茫,眼神显得慌乱无助,被人流裹挟着机械地向前迈着脚步。近千人的队伍只听到喘息声,偶尔传出的一两声咳嗽,感觉就像一把刀子划破夜幕,显得特别突兀,咳嗽的人自己都被吓得一惊,旁边人的手早已捂上了他的嘴,周边的人,心都扑扑地跳个不停。

远处传来了零星的枪声,长剑似的刺穿夜空,像一个鬼魅在天空中找寻着什么,又像是地狱里的阎罗发出的怒吼声。人们的脸上写满恐慌,呼吸压抑而急促,大人们把孩子紧紧地抱进怀中。

村子里静悄悄的,人们都跑了出来,留下的牲口也感到了不安,只是被拴着没有办法跑开,只能惶恐地卧着,瞪着眼睛紧张地等待着未知的命运安排。看家狗都跑得不见了踪影,村外野地里一两只丧家犬实在压抑不住了,发出两声恐惧的吠叫。

枪声追命似的不断传来,隔空刺入人们的心尖,一点一点地消磨着大家的忍耐度。又一阵尖利的枪声传来,人群出现了骚动,能听到牙齿打战的声音。一个声音浑厚的男人压低着嗓音对大家说:"乡亲们不要怕,跟着前面的队伍走,一定会冲出包围圈的。大家要看好自己的孩子,扶好老人跟紧了,千万不要出声。"这是一个中等个子的中年人,宽额头、浓眉毛,大大的眼睛十分有神,黑黢黢的脸上充满坚毅。他右手握着一把匣子枪,左手向几个干部模样的人挥了挥:"你们分开引导群众,不能落下一个人。"人群又安定下来,恢复了之前的秩序,向前移动的速度明显地加快了许多。

一个刚过周岁的女孩子,显然被压抑的氛围吓着了,感受到了恐惧,两眼惶恐地看着这一切,泪水簌簌掉落着,嘴唇颤颤地紧抿着。突然一声强烈的爆炸声传来,人们紧张地张望着,小女孩胸口激烈地起伏着,眼泪像线一样任意地落下,太久压抑着的紧张情绪终于爆发了,张开嘴哭了出来。她哭的声音尖厉刺耳,像是一匹终于挣脱缰绳的烈马窜入夜幕。人群都紧张地看了过来,孩子的妈妈赶紧用手捂住孩子的嘴巴,孩子急切地喘息着,用力地扭动,拼命地挣扎,小脸蛋憋成了紫红色,声音仍然顽强地从妈妈的指缝中传出。有几个孩子也随着哭出声来,迅速被大人们捂住了嘴巴,陆续停止了哭声。可是小女孩的哭声仍然响亮地传出,人群又一次出现了骚动。

带队的男人跑了过来,明白了情况,看到哭叫不停的孩子,又抬头看向远处传来枪声的方向,断然地对孩子妈妈说:"你把她丢到旁边的芦苇荡里去吧,不能让她的哭声引来敌人。"孩子妈妈愕然地看着男人,一时没有了意识。男人看女人没动,决然地说:"不能给千把号人带来危险,快!"又转向身边的一个战士,说:"你去,快。"战士犹豫不决,但看到男人瞪着的血红的眼睛,连忙抱起孩子跑向了芦苇荡。男人指挥着队伍继续向前走去,身后传来了孩子无助的哭声。

(二)

天渐渐地放亮了,人群终于到了大山腹地。大伙儿身上冒着热气,热气遇冷凝成了水雾,眉毛和头发都结上了水珠。身后"扫荡"的日伪军终于甩掉了,人们逃出了险境,冲出了包围圈,现在安全了。心情平静下来以后,跑了一天两夜粒米未进的人们,这时才感到十分疲劳,纷纷沉沉睡去。

男人浑身疲惫地走到女人面前,布满血丝的双眼看向女人,欲言又止。女人低垂着头,伤心地流着眼泪,两人就这样默默地站立着。一名战士走了过来,他是男人的警卫员,在转移过程中被派去带领尖刀班,冲在前面,完成任务返回首长身边。看到首长和妻子一个在不停地叹气,一个在无助地流泪,简要了解情况之后,警卫员立即说:"首长,我去找回来。"

男子脸上掠过一丝欣喜,但连忙说:"不行啊,现在那里应该是被日伪军占领了,你去是很危险的。"

警卫员坚决地说:"首长,我不怕!我一个人去目标小,没有问题的。"

男子心头一震,眼睛里很是感动,却又很是犹豫。见男子没有回答,警卫员又说:"首长,你放心吧,我会小心的。"

男子感激地拍了拍警卫员的肩膀:"那你小心啊,情况复杂就立即返回。"

警卫员答"是",转身离去。

被晨雾笼罩着的村庄寂静萧瑟,了无生气,只有零星传来的枪声才让人感觉到还有生命的存在。

道路旁边的房子被火烧得只剩下残垣断壁,土坑里,一个倒卧身亡的老人,衣服上满是泥土和血渍,胸口枪眼处流的血已经干涸,眼睛不甘地睁着,充满愤怒与绝望,警卫员上前用手轻轻地合上了他的双眼。

因为天黑,丢弃孩子的那名战士也说不清具体位置,只记得当时情急之下把孩子放在了一个木桶里。警卫员找到了芦苇荡,芦苇荡太大了,一片连着一片,漫无边际,不时地有水鸟被惊飞,一声连着一声呱呱地叫着,使空寂的芦苇荡平添了诡异的氛围,胆子小的人就会头皮发麻,浑身起鸡皮疙瘩。

时而在深水里游着,时而在浅水里走着,时而在芦苇丛中穿行着,两个小时过去了,仍然没有找到孩子的警卫员心急如焚。连夜奔走,未知的敌情危险和掩护群众突围的高度责任感带来的紧张,极大地消耗了他的体力,警卫员在一个土围子前,无力地仰面朝天躺了下去。他看到天空中出现了一只白色的大鸟,张开翅膀飞来,停在面前,用羽毛轻拂着他的头发,怪异地朝他张开了嘴,发出了一声像孩子哭的叫声。他努力地想看清大鸟的面孔,却怎么也看不清楚。

大鸟不见了,但是大鸟儿那像孩子般哭泣的叫声还在耳边响起,真真切切地传来。

这个声音一阵有一阵无,软弱无力,却又清晰可闻。警卫员打了一个激灵,翻身而起,竖起耳朵认真地听了一会儿,欣喜地朝着声音传来的地方走去,手被芦苇划开了口子,脚也被芦苇扎了几下,他浑然不觉。哭声越来越近,断断续续,警卫员奋力地踉跄向前,左脚被一个芦苇根绊到,他扑倒在地,头晕目眩,一阵困意袭来,太疲劳了,真想就这么睡去。这时,天空中又传出了一阵微弱的呜呜的哭声。警卫员努力地睁开双眼,抬起眼皮,模糊中见到前面不远的水洼里,有一个木桶漂在水上,微弱的声音从木桶里传来。警卫员挣扎着走上前去,看清了木桶里有一个孩子,正是要找的小女孩,他欣喜不已,连忙抱起小女孩。孩子已经虚脱,一脸的泪痕,浑身湿透了,哆嗦不停,凹陷的眼睛惊喜地看向他,伸出小手,紧紧地抓住了警卫员的双臂,生怕再被丢弃,头软弱地耷拉在警卫员的肩膀上。

警卫员抱着小女孩在茂密的芦苇荡深处隐蔽了下来,挖了不少鲜嫩的芦苇根充饥。天黑以后,他带着孩子潜回大山,一路上有几次与日伪军巡逻兵相遇,都被他机敏地躲开,有惊无险。

心灵窗纸

（三）

男人见到了孩子,血红的眼睛里噙满了泪水,激动地抱住警卫员:"谢谢,谢谢!"孩子妈妈一下子扑上前去,接过孩子,紧紧地抱入怀中,左手颤抖着把孩子从头到脚抚摸了一遍,又仔仔细细地查看孩子,眼泪断线似的流了下来,口中喃喃道:"你是个狠心的父亲。"男人愧疚地低下了头。

听说了找寻的经过,众人惊叹不已:孩子在木桶里,估计是惊慌中胡乱地划了很远的距离,这么长久的时间里,没有遇到野兽,没有掉入水中,没有被冻死,哭声又没有招来敌人,却还能在那么久之后依然能够哭出声音来,实属不易,真是命大。那只大鸟的出现,是警卫员在极度虚弱状况下出现的幻觉,可大鸟的哭叫声也是小女孩意志力的体现啊。

小女孩因为危急时刻的哭闹,影响了近千人的安全,危及他人的生命而被丢弃,也因为关键时候的哭泣声,救了自己的生命。

男人和妻子商量后,让孩子认了警卫员为干爹。

经历了这场生死的小女孩,长大以后,性情变得沉稳起来,比同龄人更显得成熟。许多年以后参加工作,女孩能力突出,大局观强,成为领导和同事喜爱的独当一面的女强人,夫妻恩爱,家庭和睦。警卫员因为在后来的战斗中受过伤,一直没有后代,离休后,就与干女儿一家住在了一起,幸福快乐,直到高龄离世。

女孩子从没有怨恨过父母,那年日伪军"扫荡"盐阜地区一个根据地,事发突然,根据地里还有近千名群众没有及时撤退出来。当时敌我实力悬殊,形势十分危急,上级下达的任务是必须安全转移出所有人员,不能出现大的伤亡。大部队在外围袭击敌人,包围圈内只有少数武装人员掩护群众,近千人完好无损安全地转移,谈何容易。担任盐阜地委副书记的男人,是这次转移工作的总指挥,压力巨大。他把所有人员分成了10个大组,对各项工作做了严密的分工,规定了许多注意事项,包括人噤声牲掩口、不能生火做饭,撤退的路线也做了仔细的侦察。因为组织严密,一天两夜后终于安全地转移了出来,只有一个老大爷,因为舍不得家里的牛而悄然返回,途中被敌人杀害,还有一个小姑娘失而复得,圆满地完成了任务。当时"扫荡"的日伪军紧追不舍,如果被凶残的敌人追上,那必将会出现非常悲惨的局面。在小女孩不停哭闹的情况下,一个孩子的生命安全和近千人的生命安全相比,一个父亲的责任与一个领导者的责任相比,孰轻孰重,没得选择。

　　盐阜地委因为1945年初春的这次成功突围,被华东局通报表彰。

☆ 已刊登于2023年1月10日《扬子晚报》紫牛新闻,有改动。

心灵窗纸

甜美的声音

　　我的一位老战友,辽宁大连人,性情稳重、做事踏实,因为表现突出,提干之后又保送上了军事学院,应该属于兵中的秀才。
　　部队在浙江宁波,回家休假时,需要在上海转车,上海有直达大连的快车,是他回家的不二选择。
　　入伍5年,他只在第二年底回了一次家,去年底提的干,家里人非常高兴,一直盼望着他早点回去,好为他张罗终身大事。离军校开学报到还有近半个月的时间,可以回家见父母和兄弟朋友,回到家乡那个亲切和熟悉的环境,怀揣着军校录取通知书,他心头满怀喜悦。
　　因为宁波到上海的火车晚点,原来较为宽裕的购票上车时间,被压缩得十分紧迫。当他提着行李跑入车站站台时,这趟快车已经开始启动。他急忙向将要关门的列车员喊话,把行李摔上踏板,然后双手抓住车门边的把手,跳上了火车。列车员有些不悦:"怎么回事?"他连忙解释:"到上海的车晚点了,不好意思,谢谢你啊。"因为匆忙,也因为乘坐这趟快车的人特别多,他只买到没有座位的票。上车后,他就提着行李在火车车厢连接处找了一块空地,坐了下来。
　　江南8月份的天气,依然是暑气逼人,刚才的一阵奔跑,已经使他汗流不止、浑身湿透。上了列车，定下心来，他用毛巾擦了擦身上的汗，心情放松了下来，火车行进带来的风，吹在身上有些清凉。这时列车上一个甜美的女声开始广播："各位旅客大家好，欢迎大家乘坐上海到大连的快车，预祝大家旅途愉快……"声音清亮甜美，时而低沉柔和，时而高亢亮丽，富有迷人的磁性，像是徐徐春风扑面而来，更像是<u>丝丝蜂蜜软糯香甜</u>。正值青春年华，又是荷尔蒙爆棚的年纪，我的老战友听得情不自禁地入了迷，这一定是一个清纯可人的姑娘。他有一种立刻想见一见女广播员的冲动，但是一向做事沉稳的他，还是忍耐了下来。10多个小时的漫长旅途，有了甜美的声音陪伴，不觉得疲乏，反而觉得愉快而又短暂，甚至还有些恋恋不舍之感。

出发之前，他已经和家里通了长途电话，把自己的行程安排提前告诉了家里。到家后，喜欢唠叨的妈妈，拉着他的手，喋喋不休地问这问那，并且告诉他：从第二天开始，就安排他相亲，总共有4个姑娘，都是秀丽可人的，都对他的军官身份非常认可。因为他在家时间很短，所以就密集安排了，如果双方满意，那就尽快把关系确定下来。

我的老战友听了，心里五味杂陈：既为家人的精心安排感到欣慰，又为家长的过度操心感到酸楚，还觉得婚姻大事这样安排有一些儿戏草率了。然而，隐隐之中，那个甜美的声音在心底里出现，又让他有些神往。

睡了一个踏实觉之后，他的精神状态已经恢复。第二天见面的是一位小学老师，斯斯文文，有些腼腆害羞，他感觉交流起来有些累。第三天见面的是一位国营大商场里的营业员，性格直爽、快人快语，有些大大咧咧，他感觉性格差异太大，不是同路人。第四天见面的是一位区机关干部，刚一见面就问东问西，有种想在短时间内就要把他的情况摸个底朝天的架势，还问他什么时候转业，颐指气使的态度使他有一种压迫感。

晚上吃饭时,他和爸妈说:"这几天见了三位姑娘,都不太满意。感觉这样安排,就像在菜市场买菜一样,这么短时间见面是不可能有感觉的,更不可能产生感情。后面请不要安排了,不然既对不起姑娘,也对不起自己。"见儿子态度坚决,他的爸爸轻轻地摇了一下头、叹了口气。他的妈妈却拉着他的手,急切地说:"儿啊,你在部队没有条件和时间来谈情说爱,我们也是没有办法才这么安排的,你要理解呀。明天是最后一个,都安排好了,你一定要见一见,也许你的缘分就到了。"他无奈地点了点头。

到了约定见面的时间,仍然不见姑娘的身影,他联系介绍人。过了一会儿,介绍人打来了电话,说把时间算错了,姑娘是列车员,工作四天,休息三天,今天已经出车离开大连了,实在抱歉。他心中忽然有一种感觉:不会是那位发出甜美声音的姑娘吧?他急忙问介绍人:是大连到上海的快车吗?介绍人给予了肯定的回答。他没来由的一阵狂喜,一路哼着歌曲回到家里。细心的老妈一看,也跟着欢喜起来:"和姑娘见面啦,很满意吧?咦,怎么这么快就回来了?"他摇了摇头:"没有见到。"老妈拉下脸来:"那有什么好高兴的?"他满脸堆笑,得意地看一下老妈:"好戏就要开演了。"说得他爸妈是丈二和尚摸不着头脑,看到儿子的反常表现,如堕雾里。

接下来的三天里,我的老战友足不出户,也有亲戚知道他回来、临时安排相亲的,他都坚决拒绝。老两口问他啥也不说,每天对着镜子,练习着微笑,反复说"你好",然后找出报纸,读新闻稿,美声、高音、低音依次轮换,普通话、大连话轮番上阵,乐此不疲。老两口以为儿子魔怔了,暗自叹息不已。

第四天,我的老战友早早起床,把自己拾掇得利利索索,一身崭新的海军军官服,一双锃亮的大头皮鞋,一头齐整的短发,在镜子前反反复复地比画后,信心满满地出发了。

路上没有忘记买了一捧鲜花,来到预约的咖啡馆门口,他从上到下把衣服拉扯了一下,在皮鞋上吹了又吹,挺了挺胸,深吸了一口气,这才推门而入。

　　姑娘个子高挑,有些清瘦,画了淡妆的脸盘上,五官端正,大大的眼睛清澈明亮,无邪地注视着他。话未开口先微笑,甫一张嘴,整齐而又洁白的牙齿就吸引了他的目光:"你好,很高兴和你认识。"他一时手足无措,脑子像短路一样:"啊……啊,好,好……""这分明就是那个甜美的声音,就是那个令人着迷的姑娘,这就是让人神往的爱情吧?天哪,我被幸福砸晕了。"他想。

　　见他慌乱的样子,姑娘扑哧一声笑了。愣住了好一会儿,他才逐渐恢复正常:"不好意思,有些失态了。"接着,他把前几天乘坐快车回大连时遇到的情况说了一下,问那个广播员是不是她。姑娘听后,微微低下头去,一朵红云浮上脸庞,轻轻地点了点头。我的老战友压抑着狂喜不已的心情,又深吸了一口气,壮了壮胆子说:"我是一名军人,做事比较直率。我喜欢你,想和你确定恋爱关系,不知道你是什么意思。"姑娘深深地埋下头去,能感觉到她的脸上是红云朵朵、彩云飘飘。时间像凝固了一样,我的老战友深刻地体会到什么叫"度日如年",能清晰地听到自己怦怦的心跳声。埋下头去,只能看到一头秀发的姑娘始终没有回音,他的手心里已经感觉到微微出汗,继而是鼻尖上、额头上也冒出了些许汗珠,呼吸渐渐地急促起来。

　　像是过了几年的时间,姑娘终于抬起头来,双眼深情地注视着他,轻声细语、语速缓慢:"我了解了你的情况和你家里的情况,我喜欢军队、喜欢军人,我同意……""我同意"这三个字,轻微得像蚊子哼叫,但我的战友却听得真真切切、响如重鼓。

　　咖啡屋里背景音乐悠扬而又抒情,他闻到了满屋飘来的沁人心脾的清香,心中不由得激荡起来,开心的歌词窜入脑海:"解放区的天是明朗的天……""今天是个好日子……"

　　他激动地伸出双手想去握姑娘的手,姑娘像受惊的小鹿一样,迅速抽回双手。他愣了一下,自责不已:我怎么这么毛糙?以前做事是比较稳重的,今天怎么了?口中连忙说道:"对不起对不起,非常喜欢你,有些小激动了。"

  看到儿子笑得始终合不拢嘴,老两口心中一块石头落了地。

  第二天,我的老战友趁热打铁,约了姑娘一起看了场电影,吃了一顿饭,姑娘欣然赴约。第三天,他们俩又去逛了老虎滩、星海广场。那天,我的老战友,"不经意间"拉上了姑娘的手。

  又一个四天的分别,再见面时,我的老战友说他父母想见姑娘。姑娘犹豫了一下,点了点头。隔天,我的老战友也去了姑娘家。

  十几天过得飞快,我的老战友去了军校报到之后,书信成了他和姑娘之间联系的鸿雁,当然也会有电话联系。两人谈生活、谈工作、谈理想,更谈感情,甜甜蜜蜜、热情似火。

  一年后,我的老战友军校毕业,和心仪的姑娘结成一对佳偶,步入了婚姻殿堂。

  我的老战友,已经转业多年,在大连市公安系统工作。因为做事沉稳、扎实,较真、负责,很快成长为一名中层干部,还被评为全国公安系统的模范人物。两口子恩恩爱爱、相敬如宾,成就了一段佳话。

☆已刊登于2024年2月28日《金陵作家》,有改动。

我的"小夫人好兄弟"

四年前我换了一个工作岗位,之前的单位给了一些补助,我和夫人商量之后,决定更换一辆车。从小卧车到SUV,车身变宽了,视野开阔了,偶尔开个长途也没有之前的疲劳感,驾乘的舒适度明显提高。这一辆SUV,从外观到内饰,从安全性到操控性,从车辆空间到内部配置,我和夫人都是非常满意的。更换了车辆之后,外出闲游的次数就明显多了,去看望在外地的老岳母和刚出生的小外孙女的次数也明显多了,后备箱超级大,每次都会装上满满当当的心意。

新车上路不久,有一次在沪宁高速上正常行驶,一辆大货车超过我们时,就听着砰的一声,感觉到挡风玻璃被什么击中了,仔细一看,挡风玻璃中间偏下部位裂开了一个小口子,应该是被石子等硬物飞速地击中了。从方向来看,如果不是挡风玻璃挡住了像子弹一样飞来的硬物,那当时开车的我,将会遇到多大的生命危险呀?

4年多时间,我已经开车行驶了5万多公里,安全顺利、畅达愉快。我对爱车就像对自己的兄弟一样,呵护有加:定期保养清洗,始终保持车容整洁;遇见坑洼不平的道路,都会慢下来,小心翼翼地行驶;遇到灰天土路时,我会尽快通过,减少车辆被污染时间;

我选择的停车位,都是靠立柱边上的,可以利用立柱后面的空间,尽量拉大与其他车辆之间的停放距离,防止开关车门时相互碰擦;我认真仔细地阅读车辆使用手册,不时地与客户经理进行沟通,保养时跟在师傅旁边观看学习,很快掌握了车辆驾驶和保养中的注意事项,对于车辆出现的各种情况,能够准确判断,并且能及时处理,绝不让车辆带故障行驶。

我和车辆经常进行着交流:每次车停好之后,车灯有个滞后熄灭时间,我都在离开不远的地方注视着,嘴里会说:"休息了,兄弟。"很多时候,这句话刚讲完车灯就熄灭了,好像他能听懂我的话。清洗车身的时候,我也会说:"兄弟,你辛苦了。"擦洗干净之后,我会问:"兄弟,你还满意吗?"在路上遇到同款的SUV时,我会说:"兄弟,你看那一边你的同胞兄弟,你们是一样漂亮。"在路上会遇到一些体量大的SUV车,我就说:"块头大又怎么样?只是傻大个,都没有我们这么英俊。"遇到路途颠簸,或者不小心轧上石块时,我会满怀歉意地说:"添麻烦了,兄弟。"小有碰擦时,我心疼不已,反复摩挲着伤痕,很是内疚地说:"对不起啦兄弟,让你受委屈了。"每一次车辆停好之后,我真诚地说:"辛苦了兄弟,谢谢你!"每每没有得到回答,但我认为他一定是听懂了。

年逾八十的老岳母喜欢坐在我的SUV后座上,打开车窗惬意地向外看着风景。94岁的老姑妈,有些晕车,但是乘坐在我的SUV上,行驶近百公里的路程,也不会感到头晕难受。大舅哥的小孙子调皮得很,坐上我的SUV之后,一定要让我把全景式天窗打开,他便站着探出头去(其实是危险动作,请勿模仿),欣喜地四处观看,嘴里欢快地喊着"冲啊,冲啊",两只小手做着射击状,嘴巴发出"突突突"的声音,好不快活,我只好把车速降了又降,慢慢地行驶。

一次聚会,三个老同学中,已经有两个更换了车辆,看到两辆新的SUV,落后的那位满眼羡慕又心有不甘,就和他的夫人商量着要更换新车。因为他家里还有一辆家用车,他的夫人认为没有必要更换,这位老同学就朝我们使眼色。我们两个老同学也是心领神会,于是我们就从安全性、实用性讲起,甚至于讲到身份地位的要求,不断地敲着边鼓,颇费了一些口舌。最后,当听到因为儿子工作调整,单位离家距离远了,父子两人上下班都需要开车,家里必须再买一辆车时,同学夫人才松了口。那天,我的这位同学比我们多喝了两壶酒。以后的几次见面,这位老同学始终开着新购的 SUV,得意之情溢于言表,我们就戏称他是"喜新厌旧"。可是时间不长,他却开着家里的老车来了,脸色像走丢了老兄弟似的。一问才得知,儿子到了新单位,职务得到提升,感觉到开新车更体面,于是就找借口向老子借车,当然是好借不好还、一借就不还的那种,有夫人偏袒,老子拗不过儿子,很是无奈。再后来的聚会,这位老同学因为要喝酒,夫人又不会开车,所以基本不开车了。

  有人说车辆只是代步工具,我却认为,车辆是有生命的,是有灵性的,你呵护于他,注入情怀,他必会对你投桃报李的。

  我夫人见我对这辆 SUV 情有独钟,投入深情且一往情深,就笑着对我说:"我看这辆车,就是你的小夫人了。"呵呵,这就是我的好兄弟,我的钢铁好兄弟,我的"小夫人好兄弟"。

  "宝马雕车香满路,笑语盈盈暗香去",真心实意付出情,人生处处尽欢喜。又到了车辆保养时间了,4S 店的提示短信已经收到,我要陪我的"小夫人好兄弟"洗脸清肠做体检去喽。

☆已刊登于 2023 年 4 月 15 日《中国改革报》改革网,有改动。

心灵窗纸

我家有"老外"

　　牙牙学语的小外孙女,可以较为清晰地叫"爷爷"、"奶奶"和"婆婆"了。可是"外公"这两个字发音难度大一些,女儿女婿努力地教了几遍,还是不能成功,就让她叫"公公"。小嘴是嘟起来了,但发出的音离"公公"还有明显的差距。坚持让叫"外公"的话,这个小机灵鬼就耍了个小聪明,快速地叫出"外外"。哈哈,知道是在叫我,"外外"就"外外"吧,这可是我晋升"孙管干部"之后,得到的第一个明晰的确认,听到这个称呼心里美滋滋的,哪还会细究是否精准呢。其实早在一个月之前,我和夫人带她到安徽石台的山里小住时,她就会叫"外外"了,比叫"爷爷、奶奶"还早呢。叠词好发音,对于一个咿咿呀呀学说话的孩童来说,每一个自己发出的词语、每一天自己发生的变化,都值得称赞。

　　一位老同事有两个外孙子,从小由他和老伴带大。他整天忙忙碌碌、乐在其中,脸上始终挂着灿烂的笑容,老远就能听到其爽朗的笑声。有一次小聚时,谈到两个小外孙,他脸上的笑容凝了一下,眼神有点失落地对我们说:"我们家这两个'老外',外地的爷爷奶奶平常很少来,可是一来的时候就疯扑上去,叫得那是一个亲切呀,让经常相处在一起的我和老伴,感到腻歪得很,顿生妒忌,好一对白眼狼!"说着,还轻轻地摇了摇头。再一次小聚时,有人调侃地问到他家的"老外"怎么样了。他立马神采飞扬地介绍起来,语速很快,听的人都插不上嘴,只能是在他讲述停顿的间隙,才能提出心中的疑问。紧接着又是一段沉浸其中的描述,免不了有些责备,但能明显地感觉到他发自内心的自豪和快乐。

外公外婆和爷爷奶奶都是直系亲属,加了个"外"字,其实就是一个称呼上的区别,而在血缘关系、感情亲疏上是一样的、没有区别的。称呼只是人生的一个界定关系,抑或是一种礼貌以及意识形态上的尊重,发自内心的尊重才是最重要的。

孩童的认知,相随于长期的陪伴,相长于经常的交流,相增于贴心的关爱。长期没有见到的亲人、长辈来到,乍一见面,孩童的心里是有许多惊喜的,这样欢喜若狂的心情,天真无邪的孩童是会不加掩饰、淳朴自然地流露出来的,绝没有亲疏之分、远近之别。认为家里"老外"是"白眼狼"的,恰恰是狭隘心理固有观念的一种不良反应。不相信的话,你但凡看一看这个孩童十分钟之后的情况吧,他会欢快地扑入长者的怀里,不分彼此都是亲密无间。这一点来看,成年人要比孩童复杂一些,也沉重一些。

外公外婆大多是南方人对妈妈的爸爸妈妈的称呼,而北方人对妈妈的爸爸妈妈的称呼则为姥爷姥姥,似乎北方人刻意地避开了这个会引发男女双方亲疏区别歧义的词语,这一点来看,北方人要比南方人智慧一些,更快乐一些。

女儿女婿都有国外留学的经历,两个人独处时,就会用英语顺畅流利地交流。小外孙女成长阶段也受到这样的环境影响,已经能够听懂一些英语单词,认识不少用英文标注的图片。女儿女婿安家在上海,我和亲家分别在南京和扬州,可以想象,这个小机灵鬼在如此丰富的语言环境中,以后应该会说普通话、上海话、南京话、扬州话,当然也会说英语了。

有一种亲情叫作"隔代亲",那是一种爱的延续。李白有诗云:"会桃花之芳园,序天伦之乐事",已经晋升为"孙管干部"的"60

后"的我们,会友叙旧、含饴弄孙是当下的两大美事,让我们一起来焕发尚未泯灭的童心,开启黄金第二春的美好时光吧。

假期快到了,女儿女婿确定带上我家的"老外"回南京和我们团聚了,我和夫人的幸福指数亦开始暴涨。我想着,抱着身上溢满了孩童特有体香的小外孙女,听她用那一双清澈而又明亮的眼睛专注地看着我时叫声"外外"。

我家有"老外",我的幸福是和你在一起,你是我今生最大的幸福。

☆已刊登于2023年10月12日《现代快报》,有改动。

想有一个"好人杯"

浏览网页时,看到一个视频很使我感动:一个家境贫困的女中学生,因为营养不良,在上学的路上晕倒在一个路边小卖部门口。小卖部里的人没有迟疑,立即上前施救。女孩子清醒之后,喝了一口水,还要坚持去上学。众人见她状态依然不好,都上前劝阻,并拿来食物和水,决定将情况告知学校老师。老师来了,观察一段时间之后,见女孩子好转,才带着女孩子到学校,众人的身影温暖至极。看似简单的一个善举,却拯救了一个人的生命,温暖了一众人的心灵,这是一群好人。

还有一个路口的监控视频,看了使人颇有感想:一个穿着校服急于上学的女学生,在等红灯时不小心碰到了一位衣着得体的中年妇女,弄脏了她的衣服。虽然女学生及时道歉,但这个妇女不依不饶,连声责骂,还扇了女学生两个耳光,并让她赔钱。女学生翻遍了全身,才找到5块钱,怯怯地递过去,却被这个妇女一把打掉。见这个妇女不肯放过自己,女学生流下了委屈的眼泪,连连鞠躬甚至于跪下求饶,但仍然撼动不了这个妇女的狠心,她还在不断地谩骂着女学生,把女学生手上拎着的书包打落在地,踩上一脚。这时走来一个身着运动服饰的中年男子,在了解情况之后,果断地说:"我赔你100块钱。"他搀扶起女学生,让她赶快上学去。女学生走之后,男子一把夺过那一张100块钱,并用手指着妇女的鼻梁,厉声责问道:"你还是个人吗?你没有孩子吗?以后不准欺负弱小。"这个妇女先一愣,但很快反应过来,想上前与男子争打,男子握拳在空中一挥,她被吓得怔在原地,男子不屑地转身离去,他的背影洒脱至极。男子看似粗暴的行为,却惩治了邪恶、彰显了社会正义,替大众呼出了一口爽朗之气,这是一个好人。

以一己之力,与人为善、成人之美,帮助弱小、纾难解困,惩恶扬善、弘扬正义,这些应该就是好人吧。好人无处不在,好事经常发生,这样的情况时常会出现,每每令人感动。我以为,心存善念是好人,助人为乐亦是好人;见义勇为是好人,舍生取义更应该是好人。

存善念、做好人,有利于他人、有利于社会,好人和好人之间应该是没有区别的。如果一定要找出区别的话,那么我想,做好人行善事之后,这件事的影响力和受众面应该是不同的,有一般影响力的、小众的、短时的,更有影响巨大的、普遍大众的、时间长远的。前面两个视频中出现的好人,应该是普通意义上的好人,而能够坚定信念,舍生取义,为大众幸福而牺牲的人,就应该是"大义上的好人"了。

雨花台烈士陵园陈列了1519名烈士的事迹,我每次去参观时,都会被震撼到,都会被感动着。

一个民族不能没有英雄,更不能忘记缅怀先烈。

雨花英烈堪称中国历史上舍生取义的杰出群体,据统计,雨花英烈牺牲时的平均年龄不到30岁,年龄最小的袁咨桐烈士牺牲时年仅16岁。他们中很多人受过高等教育,还有部分留学海外,可以说是社会的精英,他们在长期的理论学习和残酷的斗争实践中,建立了坚定的马克思主义信仰和共产主义信念,自愿舍弃自身优越的生活条件和个人的美好前程,为民族、为大众、为大义而慷慨赴死。以雨花英烈为代表的无数仁人志士,用自己坚定的革命信仰,用自己的鲜血和生命铺就了新中国成立的道路,为大众谋幸福而舍生取义牺牲自己,留下了万古流芳的"好口碑"。他们做出了牺牲与奉献,才有我们今天的幸福与安宁;他们承受了苦与难,才有我们现在的甜与乐。

恽代英烈士是其中最有代表性的一位,2009年恽代英烈士被评选为100位为新中国成立作出突出贡献的英雄模范人物之一。他1921年加入中国共产党,1923年担任上海大学教授,创办并主编《中国青年》,是一位著名的民主主义思想家,中国共产党早期青年运动领导人之一,他的一切奋斗和贡献都是为了实现中国的民主和自由。他是黄埔军校第四期政治教官,参与组织和发动南昌起义、广州起义,1930年5月6日在上海被国民党当局逮捕,1931年4月29日被杀害于南京雨花台,年仅36岁。周恩来高度评价:"他的无产阶级意识,工作热情,坚强意志,朴素作风,牺牲精神,群众化的品质,感人的说服力,应永远成为中国革命青年的楷模。"他在狱中留下了豪迈诗篇:"浪迹江湖忆旧游,故人生死各千秋。已摈忧患寻常事,留得豪情作楚囚。"就义前,面对敌人的威逼利诱,他坚贞不屈,说道:"我身上没有一件值钱的东西,只有一副近视眼镜,值几个钱?我身上的磷,仅能做四盒洋火(火柴),我愿我的磷发出更多的热和光,我希望它燃烧起来,烧掉古老的中国,诞生一个新中国。"多么铿锵有力、豪迈激昂,多么感人肺腑、激人奋发。

恽代英与瞿秋白、张太雷被称为"常州三杰",他们为了劳苦大众的幸福,为了中国人民的解放,为了中华民族的复兴,用信仰铸就、用鲜血捍卫、用行动践行,生动诠释了共产党人的初心使命。他们的信仰是坚定的,他们的牺牲是伟大的,三位先驱就是"大义上的好人",雨花英烈等为国为民舍生忘死的先辈们都是"大义上的好人"。

好人是有操守的,好人是有作为的,好人是要能为社会谋福利的——这是恽代英烈士定义的"好人",这就是"大义上的好人",雨花台烈士陵园管理局将这段话印在了会议室的茶杯上。管理局的一位老领导形象地说:"这是一个好口杯(碑),这是一个好人杯。"我们听到的人,心中一震,感慨万千,都想拥有一个"好人杯"。

端起这个茶杯,你会不自觉地认真品读这一段话,仔细品味其中的深意,陷入沉默反思之中。喝一口这杯茶水,一丝微苦,继而回甘,入喉润肺,甘甜可口。喝了这杯茶水,提神凝气,精神振作,已然向"好人"迈近了一步,好一个催人奋进的"好人杯"。

"好口碑"是众人口头的褒奖和心中的赞扬,是正能量的评价,而"好人杯"是指人们用来饮水或者饮酒的完好的杯子,两者之间似乎有些风马牛不相及。但如果这个杯子里面盛的不仅仅是水,还有满满的昂扬向上、满满的正能量,那这个"好口杯"一定也能够是"好口碑"了。

存一个善念是容易的,经常存善念是不容易的;做一件好事是容易的,经常做好事是不容易的;做一时的好人是容易的,经常做好人是不容易的;做一个普通的好人是大家容易做到的,但做一个大义上的好人却是绝大部分人不容易做到的。然而,我们这个社会是需要好人的,不但需要普通意义上的好人,更需要大义上的好人。

每天手捧"好人杯",提醒自己为别人、为大家,存善念、做好事、做好人;每天看着摆在案头的"好人杯",醍醐灌顶,警示自己,净化心灵,不断校准自己前进的方向。

当然,想有一个"好人杯",就会有一颗"好人心",就会有一份成为好人的努力,就会有一个做一辈子好人的心愿。

拥有一个"好人杯",就更加会想留下一个"好口碑"。

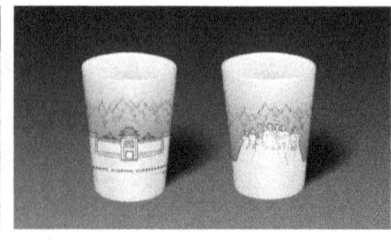

☆已刊登于2023年10月24日《金陵作家》,有改动。

嗅出桂香中的甜味

经过大院的一片小树林时,空气中飘来了一阵花香,明显地感受到了醇厚香甜的味道,好闻极了。细看,是几株桂花开了,小小的花朵缀满了枝头,正笑盈盈地跳着欢乐的细碎舞步,向阳迎风唱着只有花儿才能听懂的歌曲。

我不觉地移步到了树旁,深吸了一口饱含甜味的花香,努力地充满每一个肺泡,昂首闭目,品味着沁人心脾的香气,感觉到神清气爽、浑身舒坦。又贪婪地吸了几口,抿紧了嘴怕跑了香气。吸入的香气,从鼻入腹,回到口腔,荡到舌根,漫遍味蕾,便生出了满满的甜滋滋、香糯糯,似蜂蜜赛饴糖,不自觉地又生出了满口的津液。

秋风吹过,散落于院落、路边和山谷的桂花就按捺不住地吐出花蕾,竞相开放了,随意地把馥郁的香气洒满环宇。唐代诗人宋之

问有诗云:"桂子月中落,天香云外飘。"

  我们品味甜的味道一般是用嘴巴,是先从口入再到舌尖、舌根的味蕾,然后入胃入腹的。而品味桂花香气中的甜味却是能够用鼻子嗅出来的,因而觉得更醇厚、更甘甜。

  嗅出了桂香中的甜味,我便想起了唐代大诗人刘禹锡的诗句:"莫羡三春桃与李,桂花成实向秋荣。"

☆已刊登于2021年11月14日《信息新报》,同时发表于网易新闻、今日头条,有改动。

脑有所想

夜里小猫叫

我居住的大院绿树成荫，植被茂盛，是鸟儿的天堂，也是猫儿的天堂。因为没有天敌，猫儿们繁殖得很快，数量增长了许多。有不少爱猫人士，常常会买些猫食，或者从饭店打包带回一些食物，定点投喂。时间久了，人和猫相处得也还是比较愉快的，猫儿们见到人们也不怕，常会"喵儿喵儿"地上前打招呼、绕脚献殷勤。猫儿们生活在一个舒适惬意的环境里，自由自在、悠闲自得。在院内散步，时常能看见懒散地躺着晒太阳或者弓着身体伸懒腰的猫儿们，你还别说，多了些小黄、小白、小黑、小花们，院子里真的增添了不少灵动和生气。

有一天我推着小外孙女散步，忽然听到路边草丛里传出"喵儿喵儿"的声音，原来是几只出生不久的小猫在草丛里嬉戏打闹。这几只小花猫毛发蓬松、耳朵娇小、摇头摆尾、憨态可掬，叫声尖细嗲嗲的，一个赛一个地萌，看了就使人有一种想抱一抱的冲动。刚会走路的小外孙女坚持要从婴儿车上下来，试探着用小手去触摸它们，欲行又止、欲罢不能，也学着"喵儿喵儿"地叫着，这一幅可爱怡人的画面，吸引了很多路人驻足观看，只是猫妈妈始终不曾露面。我在想，这位猫妈妈真是心大得很，放心地任由孩子们与人们相处，或许它就在不远处观望，或许是外出觅食去了，暂时无暇顾及吧。几天后我路过这里,发现又多了一处爱心人士定时投喂点。

然而事物都是一分为二的,猫儿们数量多了这事,也不全是美好的,比如春天的晚上,猫儿们的叫春声、打斗声,常常会惊扰人们的美梦;又比如,在院子里的草丛里,偶然能见到小鸟的尸体,应该是猫儿们的"杰作"。

今年进入梅雨季节之后,连续十几天下雨,雨量比平常大许多,潮湿闷热的天气,让人憋屈得很。昨天上午的一场大雨之后,下午终于见到了太阳,人人都有一种能够长长地呼出一口气、舒坦宽心的感觉。

天黑下来之后,我在客厅里听到了楼下传来了一声又一声的猫叫,声音尖利急促,夹杂着许多不安和惊恐,在寂静的夜晚显得很是突兀。这应该是一个出生不久的小猫儿在叫,是有伤痛还是饥饿?或者是走失了,被猫妈妈遗弃了,而在呼唤着妈妈?

尖厉而又凄惨的叫声,像是一柄钝刀子,从人的耳膜进入,一点一点地刮磨着心脏,让人很是难受。我从飘窗向下望去,夜幕垂垂,昏暗的路灯光照在树枝上,朦胧懒散而又软弱无力,什么也看不清。只是小猫的叫声,穿透力特别强,感觉到在很远,听起来却很近。我有了下楼去救护的念头,但转而一想,用不着我下去救护吧,那些爱猫人士、好心的人,听到小猫的呼救,应该比我还要心急又焦虑吧。再不济,临近的那几户人家,肯定听得比我更加真切清晰,这一声接一声的呼叫,他们应该难以忍受。

我想起几年前的一个夜晚,我因为加班回到家已经很晚了,洗漱完毕准备就寝,就听到了楼下传来的小猫呼救声,只是时间不长,小猫的声音嘶哑减弱下去,叫的频率也逐渐低了下来,有气无力很是绝望,之后就再也听不到了。我很是伤感,却又无计可施,许久难以入睡,期盼着能再次听到小猫的声音,却始终未能如愿。当晚,做了一个在汪洋大海里不停地游泳的梦,我奋力地划水,身体却没有半点的移动,无边无际的海呀,何时才能游到陆地?一种无力感充满心头,醒来一身虚汗。

　　起风了,一阵紧似一阵地拍打着窗户,气温有些下降,但是小猫的叫声却是一声紧似一声,并没有停息的意思。我担心起来,担心小猫的声音嘶哑减弱下去,或者戛然而止,那将是一个小生命在衰减,或者消逝。我有一些愠怒,这个猫妈妈也太狠心了吧,或者是太粗心了吧?不管孩子出现什么问题都不应该遗弃的,就是丢失了也应该及时出来寻找啊,小猫的呼唤声传播得很远,加上母性的天性使然,应该很快就能找到的。

　　我又伸头看向窗外,努力找寻小猫的身影,还是无果而终。我想着,再没有人救护的话,我就会下楼施以援手,再也不能让悲剧重复发生了。这时,听到小猫的叫声急促起来,"喵喵喵喵"地叫,没有了凄凉的拖音,叫声有了很大的变化。难道是猫妈妈来啦?或者是爱心人士来救助了?不得而知。再仔细一听,小猫的声音欢快起来,有了许多的喜悦,"喵儿喵儿"的声音,低垂而又婉转,喜悦而又娇嗔。我看不见人的身影,应该是猫妈妈找来了,母子喜相逢,地上有乐事。

　　我刚才有些沮丧的情绪,随着被小猫亲昵欢快的叫声感染,立即得到了释怀。风停了,已经久违的月亮儿也从云缝中钻了出来,露出了微笑,将一丝鹅黄洒满枝头,她一定是知道了刚刚发生的一切,迫不及待地投下了赞许的目光。我抬起头来,向月亮儿招了招手,开心地问候:"你好呀,谢谢你。"我又低下头去,向刚才小猫叫的地方挥了挥手,真诚地祝福:"平安成长。"

　　辛弃疾有诗云:"室有相乳猫,庭有同心兰。推梨更逊枣,左右儿曹欢。"这是何等和谐美好的温馨场景啊,我知道,今晚我一定能做一个好梦。

☆已刊登于 2024 年 7 月 16 日《现代快报》,有改动。

一声叹息

年底前的一个周末,我在家想把一个鱼缸从背阴处搬到飘窗下,好让里面的鱼儿晒晒太阳。鱼缸是景德镇陶瓷的,分上下两个部分,上半部分是一个直径约 60 厘米的鱼缸,下半部分是一个高约 60 厘米的底座,都比较厚实。见鱼缸里没剩多少水,我就试着用手抱了起来。我感觉到有些吃力,就有了想放下来的念头,但是随即一想:也就三五米的距离,咬着牙撑一撑就能够完成了。于是就奋力地挪步向前,立时感觉到手上腿上腰上都非常吃力,穿着拖鞋的脚在地板上紧密地挪着小碎步。移动了不到两米,就感觉到腿打战、腰乏力,忽然脚底一滑,心想不好了,身体就向前冲去。也就一刹那的时间,整个人还来不及做出什么反应,鱼缸就砸到飘窗边缘,摔得四分五裂,而我扑在了破碎的鱼缸上。出于本能,我的右手作为整个身体的支撑点,按压在破碎的鱼缸上。我连忙爬起来,看着一地的碎片,很是茫然。再抬起手来看看,只见右手被划破多处,血流不止。在厨房里忙碌的夫人,听到响动连忙过来,见此情形惊吓不已。稍事恍惚之后,急忙找来纱布和毛巾,缠住我的手,嘴里不自主地说:"这怎么办,这怎么办?"我说:"去卫生院吧。"做过医务工作的夫人却坚定地说:"打 120!"我被送到了医院急救,家里、楼道、电梯里滴落了很多鲜血。

同病房一位较我先到两天、年龄相仿的病友，是一个装饰板加工厂的老板，左手的整个食指被机器传送带割断。受伤当天，他见机器传送带出现故障，而车间负责人又外出办事，就自己拉下闸刀之后去检修了。电闸刀处既没有上锁，又没有安排人看守，更没有挂出警示牌。一位从浙江来上门催货的客户，见到工厂停工，心中一急，便自以为是地推上了电闸刀。突然，高速运转的传送带飞快地将老板的手指打断。

德国飞机涡轮机的发明者帕布斯·海恩提出了安全管理中著名的"海恩法则"：每一起严重事故的背后，必然有 29 次轻微事故和 300 起未遂先兆以及 1000 起事故隐患。事故的发生是量的积累的结果，但任何不安全事故都是可以预防的。导致我和加工厂老板受伤的共同点，就是因为有着许多个大意，许多个巧合，而酿成大错。如果我量力而行、知难而退，或者将鱼缸的水抽出一些来，或者不穿拖鞋，或者让夫人搭把手，都不会出现流血事件。如果加工厂老板意识到电闸刀关闭的重要性，就会做出相应的防范措施，哪怕是等车间负责人回来，也不会出现断指事件，当然还有那个自以为是的外来人的问题。搬鱼缸会出现摔伤事故，推电闸刀会出现伤害事故，本来都是可以进行预防的，只是我们严重缺乏了安全意识。

同事和朋友来医院看望慰问我，我躺在病床上，胡子拉碴、憔悴无力。有一位好朋友调侃地说："现在的你，就像是个打了一场海战失败回来的人。"另一位好朋友很有感慨地说："都快 60 岁的人了，不服老不行啊。"是的，如果以 10 年来划分人生阶段，那么无论是从智力体力，还是思维能力、反应能力和协调能力等，都会呈现出从零到一百再到零的曲线过程。虽然个体不同，但这个顶峰应该不外乎在青壮年时期，20 岁到 50 岁。年过半百以后，身体的各项机能都是在走下坡路的，但是许多快要退休的人和我一样，潜意识里还认为自己仍然处在无所不能的壮年时期，"岁月虽多不觉老,心中依旧是少年"。临近退休的我,已经不能够像青壮年时期那样力量满满、反应迅速,已经不能熬夜,不能长距离奔跑,重体力活已经不适合做了,就是喝酒,稍微超一点量,也需要两三天才能缓过来。

  我的这次血的教训,表面上看是一次意外,实则是不承认自己已经变老的必然结果。各个年龄段有各个年龄段能做的事情,任何僭越和反复都会被现实无情地打脸,偶然会有些侥幸,但如果满不在意,出问题是必然的,这是人生必须经历的无奈。

  我有每天清晨向亲朋好友发微信问候的习惯,右手受伤后已经停了很长时间,许多人因此而知道我受伤了。我的亲朋好友和同事,得知我受伤情况后,都是一声叹息:人不服老不行。

☆已刊登于2024年1月21日《现代快报》,有改动。

一双清澈明亮的眼睛注视着我

我和夫人属于去年底第一波"阳了的人",所幸属于反应轻微的,七八天之后核酸检测结果就为阴性,两次自测抗原也都是从两道杠的"中队长"降为一道杠的"小队长"了,除了还稍有轻微的咳嗽,其他一切如常。正在颇为得意之时,上海的女儿女婿却传来了不好的消息:他们小两口都中招了,9个月大的小外孙女出现了发烧的症状,聘用的阿姨也出现了情况,全家沦陷。情急之下,我和夫人决定驰援上海。

沪宁高速上车辆异常少,近300公里的距离,很是顺畅,比平时少开了一个小时。见我们到来,小两口异常欢喜,只是9个月大的孩子却是认生的,一刻也不能离开爸爸妈妈,我和夫人想抱一抱都被她无情地拒绝了,很是无奈,只能先干些买菜烧饭搞卫生的活了。只是,不管我们在干什么,都会觉得有一双眼睛始终在注视着我们,不经意间回头一看,就见小外孙女瞪着一双天真无邪清澈明亮的眼睛,正怯怯地又充满好奇地看着我们,满满的新奇,满满的疑问。我们欣喜得很,立即开心地朝她笑着,做着亲密的手势。见我们看过来,孩子连忙收回眼神,扑入爸妈的怀里。

有人说:人际关系中最容易处好的也最难处好的,就是大人与孩童之间的关系。在认生的孩子眼中,除了爸爸妈妈,再亲密的血缘关系,只要不是时刻陪同经常在一起的人,那也是不可信任的。可是,对许多孩童而言,你只要拿一个糖块,一个好吃的点心,或者一个新奇的玩具,陪着玩一小会儿,那你在他们的眼里就是一个好人,就是一个可以亲近的好人。因为我们和小外孙女有两个月的分离,就产生了很大的距离感,只得慢慢地尝试着,从对视时间的延长到拉上小手,再到抱一抱她,走路也小心了,说话也小声了,脸上始终挂着笑容。经过看似漫长的两天努力,终于可以将她抱入怀里,虽然只是一小会儿,也令我和夫人开心不已,成为相互之间比较为人好坏情商高低的调侃话题,谁抱上手,都会显摆一下。

  因为有发烧咳嗽流鼻涕的症状,孩子晚上睡眠不好,几次醒来哭闹,白天也是精神不振。但是处于快速生长期中的孩子,恢复得还是比较快的,两天之后就能独自在她的玩具角里开心地玩乐了,饮食也恢复正常了,夜间也不哭闹了。外孙女爱笑,看向别人的时候,总是微微地张开才长了8颗牙的嘴巴,可爱地奶笑着,两个浅浅的小酒窝随之显现出来。精神好了,"咯咯咯咯"的笑声,透着单纯、清脆、明快,极其富有感染力,传到我们耳里,像有一根线似的牵动着我们的心底,把我们的笑点无限地拉低了下来,也不由得会跟着咯咯地笑出声来。

  一位老战友专门请人做了1个木头的摇马,造型可爱,用细砂纸打磨了许多遍,很是用心。9个月大的孩子骑上去还不稳当,需要大人在旁边扶持,却是开心不已,骑上去就不肯下来,双脚快乐地一弹一弹地晃动着,嘴里发出"呀呀,啊啊"的欢快声音。有一天,夫人正在用扫地机器人扫地,我突发奇想,把外孙女放到了上面。孩子先是有些胆怯,却经不住好奇心的诱惑,还是坐了上去。扫地机器人因为孩子的一只脚拖在地上,明显受到了一点阻力,但还是能够正常运转,于是一幅孩童无规律地前行旋转的可爱画面呈现在我们的眼前,欢乐笑声一片。小外孙女受到感染,先是做出鼓掌的动作,然后双手向上抬起,迅速地落下来,整个身体随之往上一抬,屁股向后方重重地一顿,头向前伸出点着,小脸灿烂地笑着,动作连贯且有节奏地连续着这样做,表达着自己欢快愉悦的心情。这个动作比较独特,很少见其他的孩童做过,可能是表达自己快乐心情的方式不同而已,我夫人笑称连大人都做不来。外孙女的乳名叫"荔枝",所以我称之为"荔枝蹲"。孩子的快乐是不加掩饰的,"荔枝蹲"出现的次数,标志着这一天里"小荔枝"的快乐程度。现在遇到开心的事心情好的时候,"小荔枝"不仅坐着会来一下"荔枝蹲",就是站着,也会头向前伸出一点,屁股向后下方一顿,连续有节奏地动作着,嘴里发出呀呀的声音,算是完成了"荔枝蹲"。

我特别喜欢抱着小外孙女,闻一闻孩童身上奶奶的清香味。她的这双清澈明亮的眼睛,白中透青,黑中透亮,纯洁无瑕。她就用这双清澈明亮的眼睛,专注地看着我,看我鼻梁上架的眼镜,看我耳朵上戴的耳机,看我夹杂着白发的鬓角,还有些皱褶的额头。她也用这双清澈明亮的眼睛,看家里的挂饰,看窗外的景色,看镜子里的自己,还有阳光下自己的影子。这一双清澈明亮的眼睛里,一切都是新奇的饶有兴趣的,这一双清澈明亮的眼睛,就是她认知和了解这个世界的窗户。

真诚地祝愿天下所有的孩子,能够快乐健康地成长,世界安澜,国泰民安。

☆已刊登于2023年5月12日《金陵晚报》,有改动。

印入脑海的景色

初夏,周日,偶得闲适,我与已经退休的夫人一起,开车来到了句容宝华山。山南面的乡村道路上,都铺上了沥青,两边画上了白线,路面高低起伏、蜿蜒向前。我们观赏着映入眼帘的满目绿色,呼吸着清新的空气,闻着夹杂着的花香,听着虫鸣鸟语,就这样慢慢地行进着,感觉到心情平静,很是舒畅。

青灰色的路面蜿蜒向前,路两边的白线,就像两条白色的丝线,随着起伏的道路飞舞飘扬,这之外的视野里,满满的绿色、郁郁葱葱。坐在副驾驶位上的夫人,受到温馨静谧环境的感染,心情很是愉悦,童心爆棚。一会儿指着路边菜地里的秧苗,让我猜是什么,一会儿指着田里面的麦子,告诉我很快就要收割了,一会儿又指着飞过去的灰喜鹊,羡慕地说:"我们也能飞起来就好了。"

我们一路欢声笑语,不觉来到从华山村转向亭子的一个路口,山路变得平直了一些。前方约 80 米的路边,出现了一只鸡,当我看到它灰色的羽毛和有些尖的尾巴时,我连忙说:"野鸡。"话音未落,只见这只野鸡左右看了看,立即回头叫了一声,随着叫声竟然从它的身后草丛里跑出了几只小野鸡,一只、两只……一共是 6 只,毛色灰中带黄、黄中有褐,羽毛蓬蓬散散的,一个跟着一个,个个都萌萌的,好像我小外孙女的电动小鸡玩具。母鸡始终走在队伍的前头,走几步停一下,回头看到孩子们紧跟上来了,才放心地向前走去。就这样,这支队伍井然有序,走一小段一停顿,有些像压缩的弹簧,压一下伸展一下,一伸一缩之间向前移动。

我再将车速减慢。夫人见此,不由自主地说:"太可爱了,我要拍下来。"在她急忙调整手机的时候,可能是看到车子驶近了,野鸡妈妈急促地叫了两声,带着6只小野鸡,快速地穿过马路,钻入了路边的草丛之中。见到野鸡妈妈最后一个钻入草丛没了身影,我夫人遗憾地说:"这是多好的画面呀!就是顶尖的摄影师,也很难遇上这样美的题材。"没有能够及时拍下这个画面,我也觉得很惋惜。

遇见这样和谐的自然环境,遇见温馨的野鸡一家,美妙无比、美好至极。野鸡妈妈带着一溜儿小野鸡穿过山间道路的美好景色,感动了我,深深地印入我的脑海,定格了下来。我和夫人将车停在路边,回望刚才看见野鸡的这个路段,许久不愿离开。

晚上和朋友们小聚时,说到此事,其中一位年长者说:"今天是母亲节,遇见野鸡一家,是多么幸运和神奇啊,这只野鸡妈妈是多么慈爱和伟大啊。"哦,五月的第二个星期天,是母亲节,一众人等都感叹不已,为母亲母爱而举杯庆贺。

世间的母爱都是一致的,都是慈祥的,都是伟大的,人类如此,动物界亦如斯。有新闻报道:强地震袭过后,在一片瓦砾之中,搜救人员挖出一位女子,她已经没有了生命体征,但是她的怀里却紧紧地抱着一个幼儿。经过抢救,幼儿存活了。大火肆虐过后,在一片焦灼的土地上,人们从一只已经被烤焦的母穿山甲的怀抱里,找到了一只小穿山甲,小穿山甲存活了。场景有些凄凉,但其中蕴含着的伟大母爱,却震撼了我,也深深地印入了我的脑海。

曾经看到一段话,说的是:虽然世界上的语言千变万化,差异性极大,却有一个发音是近似的,那就是——"妈妈"。

俗语有言:"劝君莫打三春鸟,子在巢中盼母归。劝君莫食三月鲫,万千鱼仔在腹中。"这两句话的意思是说春天是鸟类繁殖的季节,幼鸟在等大鸟喂食,一旦大鸟死了,小鸟也就活不成了。鲫鱼也是在这个季节产卵,如果大鱼死了,就无法繁衍小鱼了,慢慢地就绝种了,到时人类再想捕食都没有了。看到野鸡一家走过山间道路的一幕,我想,绝大部分人都会像我一样,被感动了,心中生出许多温暖,而绝不会想到盘中餐食的。

古人贤德,哲语省人。人是自然界的组成部分,是世间万物的一分子。人和自然只有和谐相处,才能共荣共生。一个不期而遇,都会带来许多美好。如果只是一味地获取,必将受到自然界的惩罚;一个无心之举,将会带来许多遗憾。

又一个周末将至,我和夫人约定,再去这段山间道路上走一走,期盼着在大自然的怀抱里,与野鸡一家再来一次邂逅。抑或,可以与野兔一家、灰喜鹊一家、斑鸠一家,还有水鸟一家美好相遇,记录下美妙的景色。

☆已刊登于2023年5月22日《金陵作家》,有改动。

"油子兵"的三等功

我的兄弟李中尉,家境贫寒,却非常努力,然而命运跟他开了个小小的玩笑,高考时以三分之差与大学失之交臂。高考落榜后,为了不再给家人添负担,为了不再被外人看笑话,李中尉决然地选择当兵入伍。他抱定了一个念头:这次定要彻底走出家乡。因为有些底子,加上自己的刻苦复习,第三年就顺利考上了军校。

没有想到的是,军校毕业他却被分配到了安徽一个山区小镇上的后勤仓库。理想和现实又一次出现了偏差,对于一心想要走出农村、想要出人头地的他,打击不小。看着还不如老家集市繁华的荒凉小镇,李中尉有些心凉了。心凉了的李中尉满脑子产生了混日子随大流的思想,走路时身体晃动大了,军装扣子也扣不齐了,不上进的牢骚话多了,慢慢地有点"油"了。

时间就这么一天一天地度过,李中尉日常生活中既不先进也不落后,平时工作上既不积极也不主动,疲疲沓沓、松松垮垮,原来黝黑的皮肤渐渐地白了,原来瘦弱的身体微微地胖了,慢慢地有些"油腻"了。

李中尉负责单位的后勤保障工作,经常需要外出采购物资。一天,单位需要购买炊具,小镇上没有,他便赶往县城。走进县城百货商店的李中尉,一眼就被柜台里站着的漂亮售货员吸引住了,

心灵窗纸

姑娘眉清目秀、唇红齿白、亭亭玉立、清秀可人,端庄娴淑、举止大方。青春年少的李中尉,双眼放光、脑袋空白,像被施了定身术,呆立原地。姑娘见这个人一直在看自己,就白了一眼。李中尉触电般地醒悟了过来,赶忙走过去,声音低弱断断续续地道:"有有有锅吗?哦,不,有灶吗?哦哦,不不不,有大铁锅和大蒸笼卖吗?"姑娘嫣然一笑:"你到底要买什么?"李中尉强压住狂跳的心,咽了一口唾沫,深吸一口气,把手心里的汗在裤子上擦了一下,才说:"我要买成套的炊具,不知道贵店有没有?"姑娘一指对面柜台说:"那里就有啊。"李中尉:"谢谢你啊,请问贵姓?"姑娘笑而不答。李中尉鼓足勇气自豪地说:"我是××仓库的,你看我穿着军装。"满以为会引起这个县城姑娘的关注,可是姑娘回的一句话却让李中尉自豪的心情一瞬间消失殆尽,姑娘不屑地说:"我看你皮肤不黑,头发不短,穿衣不整,应该是个油子兵吧。"随即姑娘转身而去。被当头一棒的李中尉愣在原地,仿佛掉入冰窟。

  回来之后的李中尉,茶不思饭不想,明显地消瘦了。一见钟情的好姑娘,对自己这个军官的不齿,像一柄利斧将自己劈成两截,不屑的话似一把尖刀刺进了自己的心脏。一个曾经的有志少年,竟然堕落成了别人眼里的"二油子",这个反差实在是太大了,这个打击实在是太大了。"不行,我得改变,不蒸馒头争口气。"李中尉心想。

  一周之后,理发剃须整服装,把自己好一番拾掇的李中尉,挺直腰杆儿出现在了姑娘面前:"你好,你上次说我是油子兵,我不服气,我决心年底立个三等功给你看。"姑娘先是茫然地看着他,但见他一脸的认真,随即莞尔一笑,两个甜甜的酒窝出现在了红红的脸蛋上,轻声地说:"半年时间,我不相信。"说完转身离去。

  在后勤保障单位,没有重大任务,没有重大贡献,工作不突出,事迹不显著,立功何其之难!李中尉知难而进,口上不说,立即行动了起来:认真研读业务要求和纪律规定,反复学习军队条令,向立过功的先进模范看齐,严格要求自己,很快就做到了衣整身挺步伐稳、言正行端形象好;李中尉工作认真负责、主动担当,向业务骨干请教,善于思考和总结,关于工作方法创新的论文发表在军内报刊上,业务能力和管理水平大幅提升,突击完成了几项急难险重的任务,带队参加上级组织的业务比赛,获得多项第一;李中尉吃苦耐劳,任劳任怨,帮战友解困、替领导分忧,是年轻战友的贴心哥哥,是领导的称心参谋;在一次排除山体滑坡险情时,李中尉三天两夜没合眼,冲在前、干在先,及时发现潜在的危情,避免了重大损失,为抢救被埋物资还受了伤;李中尉义务帮扶困难群众,每周固定时间去镇上养老院照顾孤寡老人,还资助了两名贫困学生。脱胎换骨的李中尉,皮肤黝黑、身材精瘦。单位全体官兵看在眼里,记在心里,一致请求给予他立功奖励。年底,李中尉如愿以偿地立了三等功。

  半年没有见到姑娘的李中尉,表彰大会后,努力按捺住激动的心情,整理思绪,思考着如何向姑娘报喜。经过一天的琢磨,理清了行动思路。李中尉托人了解了姑娘的情况:原来姑娘从小就在军营里长大,对军人很是熟悉,应该也是对军人很有感情的;目前还没有谈对象,应该是很有机会的。当然,李中尉也托人在姑娘面前把自己好好美言了一番。李中尉又托人拿到了一张姑娘的照片,制作了一个大大的心形相框,把姑娘的照片放在正中间,选了十几张自认为形象好的自己的照片围了一圈。李中尉买了一束鲜花,没有忘记带上立功证书和奖章,找到了姑娘。看到李中尉捧着的三等功奖章和心形相框,姑娘瞪着大大的眼睛,怔怔地立在原地,明白过来之后,脸颊上飞上了两朵红云,低下头去,久久不说话。李中尉能够清晰地听到自己的心跳和呼吸声音,感觉到时间停滞了,空气也凝固了。像过了半个世纪的时间,姑娘才慢慢地抬起头来,迅速地接过鲜花和相框,眼神里一丝情愫闪过。李中尉跌入谷底的心脏开始狂跳起来,真想扑上去抱住姑娘,但见姑娘矜持的样子,只好忍住,抚摸着姑娘手上的鲜花,一字一顿清晰地说:"谢谢你对我的激励,谢谢你使我振作,军功章有我的一半,更有你的一半,你带给了我希望,我要还给你幸福。"听了李中尉的表白,姑娘的眼神里满是欣喜。那天是如何回宿舍的,李中尉至今都无法想起来。

第二天是个星期天,李中尉请假约姑娘逛公园,姑娘欣然应邀。李中尉穿了一身崭新的军装,挂上三等功奖章,手捧着一束鲜花,早早地站在公园门口等候着姑娘。那天,李中尉大胆地拉了姑娘的手。之后是一起吃饭,一起购物,一起看电影。之后的之后,他们就成了一家人。

得偿所愿的李中尉,意气风发,不断努力着,工作能力突出,后来被上级选调到了军区机关任职。

我的兄弟李中尉,现在是李上校了,儿子的个头快超过他了,那个心形的相框一直挂在卧室里,一家人在扬州幸福地生活着。

☆已刊登于2022年9月5日《扬子晚报》紫牛新闻,有改动。

遇见有情谊的人

女儿女婿都在上海工作，小外孙女出生之后，我们便时常去上海看望她。不到 300 公里的距离，开车需要近 4 个小时。虽然中间会找个服务区休息片刻，但仍然会感到有些疲劳。加上上海市区内，高架桥和隧道对外地车辆颇多限制，跟着导航走，也会一不小心就出错，开车的体验感并不是很好。虽然能多带些物品给外孙女，但我和夫人还是决定去上海时，尽量乘坐火车。

高铁是很便捷的，一个小时左右就到了。有的时候，如果我们不赶时间，会特意选择绿皮火车，运行时间会比高铁增加一倍，但人毕竟轻松舒爽了很多。有一次，我们突发奇想，近 30 年没有乘坐过卧铺车了，过往的美好体验令人向往，于是决定坐一次卧铺车去上海。我夫人从网上订了两张兰州到上海途经南京的绿皮车卧铺车票，我特意购买了两盒方便面、两根火腿肠，想彻底体味一下许久以前的旅行经历。两个多小时的时间过得特别快，我拍了许多照片，发了一组到朋友圈里，配上了简短的颇为感慨的回忆文字，结果招来了朋友圈里的疯狂点赞，应该是引起了强烈的共鸣，勾起大家的美好回忆了吧。还有朋友调侃说：再配上一包榨菜和一瓶啤酒，才能够真正地找回当年的那个味儿。

最近的一次，我们乘坐从上海返回南京的 K 字头快车。我夫

心灵窗纸

人在网上订了两个座位,号码紧挨着,分别是094和095,应该是能坐在一起的。可是上车之后才发现,两个号码对应的座位却相隔甚远,一个在左侧三人座位靠窗处,而另一个却在右侧两人座位靠窗处。夜间逾三个小时的路途,我们夫妻两人将要分开而坐了,想想就有些郁闷。于是,我就与两人座位上的一位女士协商:"您好,我们两口子的座位分开了,能否与您对调一下?我的座位就在旁边。"这位中年女士体态雍容,面色红润,衣着得体,举止大方,应该是生活条件不错的。见到我诚恳提出换座位的请求,莞尔一笑,轻声说道:"好的。"见女士愉快地答应,我的一颗忐忑之心放了下来。

这趟火车从上海发车之后,需经停昆山、苏州、无锡、常州和镇江,之后才能到南京。半个小时后,那位女士在昆山站下车了,上来了一位戴眼镜的先生,我连忙与其商量。这位带着高度近视眼镜的先生,身材清瘦,很是精干,年龄稍大,目光却犀利有神。他听到我的请求之后,看看离得不远就在旁边的座位,爽快地答应了,我的心随之安静了下来。

又半个小时之后,火车到达苏州车站,这位先生下车了。我又紧张了起来,不知道再上来的人是否会像前两位一样好商量。如果对方不同意,那么我们夫妇二人就只能分开来坐了。

上车的人还比较多,男男女女、老老少少、大包小包、匆匆忙忙,我的一双眼睛不停地张望着。直到火车快要开动时,才见到一个穿着时尚的年轻人哼唱着流行歌曲,拎着一款双肩包,双眼像探照灯似的找寻着座位号码,最后定格在我的身上。我立时就明白了,这个座位应该是他的。我连忙说:"我们是两口子,另外一个座位就在旁边,能否调换座位?"这个时髦的小伙子扭头看了一下我指的座位,没有迟疑就点了点头,坐了过去。我有些感动,心底里涌过一股暖流,连声道谢。

火车到达常州的时候,小伙子下车了。接着坐这个座位的是一位中年妇女,她衣着朴实,手上拎着一个大的旅行箱,身上背着一个大的挎包,满脸疲惫的样子。我主动上前和她提出我的请求,她的一双大眼睛在我们两口子身上来回扫了两遍,又看了一下我指的座位,轻声地说:"好吧。"我连忙说:"谢谢!"并帮忙将她的箱包放在行李架子上。她坐好之后向我们两口子看过来,我们都与她相视一笑、点点头,能清晰地听到她抬头看了一下自己的包裹之后说的"谢谢"!

可能是属于比较慢的班次吧,车开到南京时,比原来的时间又晚了半个小时。从上海到南京,近 4 个小时的时间,应该是漫长的,但是我们夫妇两人能够始终依偎在一起,感觉不到时间的长久,挺幸福的。

现在回想起来,这一趟本应该是漫长而又枯燥的旅途,因为遇到的人都是通情达理、有情有义的,而使得我们体验到了轻松愉悦、温暖幸福。

虽然当时对方答应调整座位之后,我及时表达了感谢,但现在细想起来,我没有在他们下车之时再一次表示感谢,还是颇有遗憾的。

有人说,送人玫瑰,手有余香。从换座这一件小事来看,正能量是每个人一点一滴的奉献而形成的。举手之劳带给了别人方便愉悦,无形中营造了轻松快乐的氛围,更是给社会吹来了一股清新之风。

曾经看到一个报道,高铁上一个强占别人座位的"霸座男",不知羞耻还振振有词,一时间车厢内氛围紧张,一时间社会上谴责声声。虽然国家及时填补了这一块的法律空白,相信以后不会再出现此类情况了,但许多人还在感叹失德行为和人际关系的疏远。最近又听到一则新闻,有一位坐在三人座位中间的女士,在列车行驶过程中想上厕所,请求坐在外侧的一位男士让一下,那位男士面前的小桌板是放下来的,人却没有让开的意思,只是示意让这位女

心灵窗纸

士从很小的间隙跨过去,女士很无奈。多次请求下,那位男士才把小桌板收起来,但是仍然不起身让出空间。这位女士请求了好长时间未果,连旁边的乘客都看不过去也来劝解,那位男士却始终不动。

这两则新闻,让人感觉到世上不通情理不近人情的人还是很多的,所谓世风日下。但是,通过我的这段旅行的体验,我却不这么认为。和我调换座位的四位同志,可以看出来是不同类型的人。他(她)们既是生活条件不同的人,也是年龄阶段不同的人,受教育的程度也可能是不同的,应该是阅历不同、经历迥异,对待我这个陌生人的请求,却都选择了给予理解和宽容,展现出了情谊和友善。我的这一次旅行经历,恰恰证明,中华民族传统文化仍在传承,"仁义礼智信"没有丢弃。所以我认为,抑或我觉得,这个世界,这个时代,在我们这个国度里,善良的、友爱的、有情谊的、充满正能量的,应该是占大多数的。

勿以恶小而为之,勿以善小而不为,举手之劳实乃小善,但却是与人方便,与己方便,积小善而能成大善,从小善而能至大善。成人之美,才能美美与共,多一些包容和善意,多一些理解和关心,人生处处都是风景,人间时时会有阳光。

陌生人之间友善的包容,善意的理解,充实着这个社会,支撑起文明,给人以温暖。

投桃才能报李,做有情谊的人,就能时时遇见有情谊的人。

☆ 已刊登于2023年9月1日《现代快报》,有改动。

仔细地刮胡须

早晨起来洗漱的时候,咳嗽了两声,清了清嗓子。随即听到客厅里传来了一个清脆的童音,和着我咳嗽的节奏,也"咳咳"两声。我连忙走进客厅,看到小外孙女正在客厅里她的专用餐椅上吃着早餐。刚才就是她学着我的样子,模仿我的声音。见我看着她,她抬起头来,用一双清澈明亮的眼睛看着我,奶笑着,露出8颗牙齿和两个浅浅的酒窝。

我的外孙女才13个月大,对周边的一切都充满着兴趣、充满着好奇,正是牙牙学语之时、欢喜模仿之年纪。她看到猫狗就会指着"汪汪"两声,看到唐三彩就会发出"马马"的声音。推着她在街上走的时候,她发出"呜呜"的声音,小手向上指着,几个大人才看到天空中飞过一架飞机。我不经意间的咳嗽,她也会模仿着咳两声,让人忍俊不禁。

她会学着妈妈舞蹈的动作,和着音乐节拍,稚拙地扭着身子,动作过大时,就会一屁股坐下,来一个屁股蹲儿。也不知和谁学的,要她转圈的时候,她会先将一只手抬起来,朝向想要转的方向,随后身体才笨笨地转着,萌萌地惹来一阵子欢笑。要她点头时,她会用力地上下点两下,常常由于动作太大,身体失去平衡,于是就张开双手,但仍然会又一次来个屁股蹲儿。可能是吃饭时用了饭兜,让她感觉到下巴上可以放一些东西的缘故,她会将喜欢的小玩意儿放在下巴上夹着。夹不牢的时候,掉下来了再捡起来,重新夹起来,直到认为稳妥为止。

因为女儿女婿回上海上班了,五一过后就将外孙女留了下来,家里的客厅就成了她的乐园。我们走路时需格外小心,因为会不经意间碰到地上零散的玩具。

有一天起得早,打开厨房的门,我发现地板上面站立着一个电动小猪,萌萌地看着我。我立时就意识到,家里有个小萌娃,这是昨天晚上没有收拾好的玩具,于是会心一笑,满满的温馨、满满的暖意、满满的幸福。

之前,每天早晨我都会刮胡须,拾掇拾掇自己。一般情况下,剃须刀刮过两遍,面上看不到什么明显的胡须,就算完成了任务。但是,自从抱上外孙女,她嫩滑的小脸在我的脸上蹭来蹭去时,我就意识到:我每天刮胡须的时候,必须要认真仔细了。不仅要比平常多刮几遍,还要用手在脸盘上上下左右摸一摸,直到感觉不到还有胡茬子了,还不放心地用剃须刀再刮几遍。

我的一位好友,烟瘾非常大。夫人劝了几次,让他戒烟,也买了一大堆瓜子、花生、戒烟糖,但都是不超过三五个月的时间,又照旧而行了,始终未见成效。有一次他感冒了,咳嗽得厉害,医生嘱咐他必须戒烟,否则后果非常严重。就这样的情况,他也只是咳嗽最厉害的两天没有抽烟,之后依然如故。但他很注意,人多的情况下,不在大众面前抽烟,实在忍不住了,会跑到室外去过过烟瘾。但是,他坐上我车的时候,还是能闻到身上浓浓的烟味。就这样的一个姑且称之为"瘾君子"的人,听到儿媳妇怀孕后,立马买了一条烟,自己谓之"戒烟烟",当抽完了这一条烟之后,他真的把烟戒掉了,只因为夫人的一句话:"你再抽烟,以后孙子就不让你抱了。"

现在我们俩,推掉了很多应酬,像被一根无形的线牵着一样,下了班就直接回家了,以和李白之佳句:"会桃花之芳园,序天伦之乐事。"

☆已刊登于2023年6月26日《江南时报》,原题为《刮胡须》,有改动。

心有所悟

心灵窗纸

三十二亩地里的孝顺

　　我的同事家住顶楼,顶层有一个较大的平台,疫情之后被他用作种植兰花,还有蔬菜瓜果。他特意购置了许多个塑料筐子,从荒地里挖了泥土,细细地筛掉了石块和杂物,还购置了一些营养土掺杂其中,又加了一些底肥,就成了优质土壤。他将每一个筐子,称为一亩地,于是,他就拥有了21亩地,不久又追加成了32亩地。

　　这32亩地,被他有序地放置在定制的不锈钢框架上,井井有条,颇为壮观。从省农科院购置的种子苗壮成长,每天都能感觉到不同的变化。下班之后或者是节假日休息时间,都能够见到他在32亩地之间忙碌的身影。现在,许多奔六十的人,在一起聊不到几句话就会谈到第三代,而我这位同事,我们在一起的时候聊不到几句话,就会谈到他的32亩地:花儿开得那么艳丽、千娇百媚、芳香扑鼻;果蔬长得那么喜人,开花结果、美味可口。

　　同事年逾八十的老母亲,经常会被他从安徽接到南京来。老人家身体硬朗,闲不住,但在小区里没有认识和熟悉的人,又没有什么事情可以做,总是感到苦闷得很。前几年来的时候,常常是一个人在床上坐着,无聊地看向窗外,话语不多,茶不思饭不想,睡不踏实,住不了多少时间就想回家。自从他的32亩地建好之后,再次来的时候,老人家的心思都花在这32亩地上面了,忙忙碌碌,乐此不疲,人也特别精神,面色红润,脸上始终挂着开心的笑容,话语中夹杂着呵呵的笑声,饭量也增加了,觉也睡得很是香甜。这不,在小儿子家已经住了半年多了,其他儿女要她去,都被她拒绝了,老人家坚决地说:"我哪儿也不会去了,南京就是我的家。"

老人家每天醒来的第一件事,就是去天台上转一转。背着双手,像视察部队一样检阅种植的花儿和果蔬。看到长势喜人的劳动成果,每每都会发自内心地开心不已,不住地点头,脸上露出满意的笑容。

同事家里每天择菜留下的边角料,都被老人家宝贝似的收拾起来,精心地放置在一个塑料桶里,用水沤着。据老人家的经验,这样沤出来的肥是有机肥,特别适合果蔬的生长,营养价值比市面上卖的复合化肥强过百倍。需要浇地施肥时,往清水中加入一半沤过的肥水,果蔬就能长势良好,绿色环保。有一次聊天时,同事无奈地说:"老娘喜欢择菜,现在我们家的蔬菜,在老人家眼里,只有中间的一小部分才可以留作食用,其他的大部分都应该是边角料。谁要浪费一点,老娘都会数落半天。"

天台成了老人家活动的重要场所,果蔬成了老人家精心养育的孩子。每一个细小的变化都逃不过老人家的眼睛,每一个小小的虫子都逃不过老人家的目光。谈到32亩地的情况,老人家就滔滔不绝、神采飞扬。有时候会像将军指挥部下一样,吩咐我的同事:靠北面的那几亩地,需要松土加底肥了;靠南边的那几亩地,要多浇浇水;还有西边的那几亩地,要搭架子了,好让花果的藤蔓攀爬;东面那几亩地,可以搭个塑料膜棚子,好遮挡住强光烤晒;黄瓜、南瓜开花了,需要摇摇花朵,或者折下来一个花朵,与其他的花朵相互点一点碰一碰,这样才能授好粉多结果……

没过多久,我的同事聊起了32亩地的情况时,苦笑着说:"我的32亩地里,结了许多黄瓜和西红柿,还有丝瓜、茄子、辣椒,都成熟了,很是诱人,我和夫人想采摘下来品尝。但是我的老娘总说等一等、等一等,就是不让我们去摘。有一天我见西红柿都熟透开裂了,还有两颗熟透了掉落地上,就摘了几个下来,被老娘看见了,很是不高兴,一天都不跟我讲话,满是责备、满是心疼。我知道,我把她的心爱之物拿走了,我把她的挂念摘走了,惹得她不高兴了。"

旋即,我的同事又自豪地说:"自此以后,看到果蔬成熟了,我和夫人都要请示老娘,批准后才能动手,大多数情况下是不会批准的。但是,也有例外,就是在得知我的岳父母都有糖尿病,许多水果蔬菜需要忌口,而我们种的西红柿和黄瓜是可以放心食用的情况时,我老娘立即命令我,把我们种的 32 亩地里成熟的西红柿和黄瓜全部采摘下来,送给他们品尝,我听到后心里很是感慨、很是宽慰。现在早晚陪老娘上天台视察 32 亩地,成了我和夫人每天必做的事情。看到老娘满心的欢喜,精神抖擞、容光焕发、充实满足的样子,我和夫人也是开心不已,满满的幸福。"

同事描述的一幕,鲜活地呈现在眼前,我仿佛能够切身感受到这温馨暖人的场景,心中也会升腾起满满的暖意。

"羊有跪乳之恩,鸦有反哺之义。"而人也应有尽孝之念,莫等到欲尽孝而亲不在,终留下人生的一大遗憾。要想将来不后悔莫及,现在就要从身边的小事去感恩父母,回报父母,"谁言寸草心,报得三春晖"。

能够为老人家找到一件非常感兴趣的事情做,能够为老人家找到一件做了就非常开心的事情,从而激发出他们心底里的快乐和喜悦,代替了老人家因为岁月流逝而容易存在的孤独和失落,让他们面露喜色、面色红润,日子充实、心意满足,发出"呵呵呵"的笑声。我想,这应该是孝顺的本意吧,32 亩地里就有。

★已刊登于 2023 年 7 月 19 日《金陵作家》,有改动。

半百咏怀

金陵城中有口皆碑的妇幼保健医院,每天都有天使降临。五十年前一个春天的黎明,一声婴儿的啼哭,似一个友好的宣告,似一个与世界的招呼,似与清晨的静谧紧紧地相握。

成长、学习、参军,一路走过。年年岁岁,匆匆忙忙,蓦然回首,已经步入军营三十余载,不觉已至半百。

岁至半百,人生如梦。有夏花之灿烂,有秋叶之静美,有春风之和煦,有冬雪之凄冽。自忖心态,不羡不妒更不恨,知恩知足更知乐。

父母养育之恩,亲朋帮携之恩,组织培养之恩,领导知遇之恩,吾知恩感恩!

事业小成,工作顺利,生活安定,身康体健,医院无家人、监狱无亲人,无仕途金缕之奢望,吾知足惜足!

亲朋和谐,家庭和睦,心态平和、心情平静、心绪平实,无不良嗜好之困虞,吾知乐常乐!

昔日"小鲜肉",现今成"大叔",青葱容颜敌不过似水流年岁月刀锋,颇有感念感想感怀。

半生只尽绵薄之力效力滴水之功,却受涌泉以待馈赠满满,实多感受感思感恩。

心灵窗纸

早得爱妻之热拥,午知爱女之诚意,感觉亲情爱意,温暖满怀,似乎有些飘了。

晨进手工拉面,加了几片牛肉;晚食野生长鱼面,添了一勺红椒,美味至极,大快朵颐,面面俱到,已然长命百岁,似乎有些晕了。

半山上新笋挺立,生机勃勃。王安石故居前小道卵石累累,坚实如新。园内看喜鹊登梅枝,复见梅花鹿回首。登城墙而远眺,感受钟山之青翠雄伟、前湖之波澜隽秀,隐喻高升安康、踏实前行,似乎有些醉了。

明日,想着把格桑花种子播撒到楼前花坛、山坡、草丛,期盼早成一片花海,引来无数蜂蝶,还有人们赞许、欢快的目光。

心有所悟

被吼出的幸福感

被吼了还能生出幸福感？可以想象到，说这话的人甫一出口，自己就会先露出不好意思的表情，随后讪讪地笑了。乍一听到这话的人，没有立时的同感，反而会生出些许的疑惑：这个人有被虐症吧，就是人们常说的"犯贱"。是的，生活虽然并不总是幸福美好的，但是生活中的人却都是向往美好的。不仅憧憬着美好的生活、美好的工作，而且还憧憬着美好的社会交往，想象着遇见善良的人、顺利的事，风和日丽、国泰民安；想象着遇见好听的话语、开心的笑容，善意的举动、真诚的赞扬。没有谁喜欢被人呵斥，更没有谁愿意被人吼，谁都想听好听的话、表扬的话、友善的话。要是被吼了，就会沮丧，就会生气。

可是世事多变，难以预料，不能绝对。我就经历了被吼后生出幸福感的事。

几年前，女儿被国外一所大学录取为研究生，要从上海虹桥机场登机。正值五一放假期间，我和夫人决定开车送女儿。后备箱塞满了行李之后，我驾车驶上了沪宁高速，因为是假期，高速上车流量较大。进入苏州境内时，天空飘下了毛毛细雨，只见前方的车辆都明显减速了，逐渐地停了下来。当我刹住车，停下来的时候，忽然听到"砰"的一声响，车辆猛地一震——不好，车被追尾了。我连忙下车查看,果然是后面一辆黑色轿车狠狠地撞击了我们,车的后备箱被撞击得凸了起来,里面的行李都露了出来。后车司机也下车查看,这个年轻人也不知道是疏于观察还是思想走神,没能及时看到前方堵车情况,刹车不及。但是他却责怪起我们:"在高速上为什么突然要停车?"我心里生出许多不满,就指了指前方说:"你不看看前方什么情况?"对方一看前方一大片停车堵塞的车辆,只好低头不语。我们连忙拍照并打电话报警,还想着给保险公司报告情况,此时我们一家人都下车站在车的旁边,车辆在最左边第一车道上。正当我们都在拍照和查看两辆车时,前方堵塞情况已经缓解,高速公路上车辆又开始恢复正常行驶,可是我们却对身旁滚滚车流浑然不觉。这时就听到一个声音朝我们大声吼着:"你们在干什么?不要命了?赶快人上车,开到边上来。"寻声望去,只见一辆警车停在了紧急停车道上,一名中年警察急切地向我们招手。我们一众人这才反应过来,赶忙上车,小心翼翼地向右拐入紧急停车道上。旁边的车辆嗖嗖地快速行进着,像一把把刀子似的从身边刮过。直到车辆在紧急停车道上稳稳地停下后,我的一颗狂跳不已的心才放了下来。刚才我们处于极度危险之中,但却浑然不知,想想都后怕至极。这位中年警察走了过来,询问清楚情况之后,态度缓和了下来,用责怪的语气说:"刚才你们多危险啊?随时都可能发生二次事故,真是不要命了。"听到他批评的话语,看到他真诚的眼神,我的心里生出了许多感动,连声感谢。之后,根据他的指引,我们两辆车开到了高速出口的交通事故快速处理中心。

  这是一个责任心非常强的交警,处理紧急事情,条理清晰、重点突出,同时也充满了人情味。在当时那种紧急的情况下,只有把处于极度危险之中却茫然不觉的我们,当作亲人,视作家人,才会那么急切、那么坦然,才会不讲究、不矫情,自然流露。被人认同、被人重视,而且是被陌生人无条件地认同和重视,这是多么幸福呀。

我高中毕业就入伍了，那时少不更事，生活能力不强，训练成绩落后，工作表现不好，还屡屡违反部队纪律，但是得到了好多战友、领导的关心帮助，这才逐渐地成熟成长了起来。其中也少不了个别领导，性情耿直、心直口快，在指正我的时候，声色严厉，会随口说上一两句口头语，听到后会令人心头一紧。现在回想起来，那是怎样的一种心情？其中包含着恨铁不成钢的责备，包含着亲如兄弟的感情，包含着许多认同和重视。遇见这样的领导，对于一个初出家门、不谙世事的年轻人来说，是幸运的，是幸福的！

面对孩子所犯的重大错误，没有哪个家长不会责吼教育的；面对强暴，没有哪个有正义感的人不会为弱者责吼指正的；面对亲朋好友误入歧途，没有哪个真心的人不会责吼帮助的。

当你遇到挫折、遇到困难、遇到危险、遇到人生转折关键处时，有人能为你设身处地着想，对你充满认同和重视，真诚地帮助你，为你解困，即使是在急切的情况下吼了你，我想，你是会感觉到幸福的，这就是被吼出的幸福感。

☆已刊登于2023年8月9日《江苏法治报》，原题为《"被骂"的幸运》，有改动。

心灵窗纸

别样的下酒菜

朋友欢聚,整几样下酒菜,推杯换盏之间,雅俗共赏之时,抒发情怀、增添感情。自己小酌,整两道下酒菜,咂嘴润喉之间,怡情雅致之时,舒缓心情、增添情调。

喝酒能抒怀怡情、减轻压力,更能拉近感情、增进沟通。但是在国内的酒桌上,如果没有几道像样的下酒菜,喝酒的氛围和情调以及喝酒的效果,将大打折扣。通常我们邀请亲朋好友聚会时,都会说"我请你吃饭,吃什么(特色的)菜"或者"有什么(特别的)菜肴",而很少说"我请你喝酒,今天准备喝什么酒,喝多少酒"。接受邀请的人心里明白,实际到了桌上,几杯酒下肚,上了哪些菜肴,都有什么特别的美味,全然不知道喽,第二天往往只回忆起喝了多少酒,而很少能回忆起吃了什么菜。可见,酒菜酒菜,酒和菜是不可分割的好兄弟,菜肴只是下酒的道具和媒介。

有一次,几位朋友相约而聚时,做东的朋友准备了几道特色菜肴,大家品尝后都赞不绝口,夸奖他是用心用情、精心安排。但是几杯酒下肚之后,精美的菜肴却很少有人问津了。觥筹交错之间,世界风云变幻、人间世事冷暖、家庭琐碎事务、个人恩恩怨怨,却成了彼此喝酒的理由,也是那个时间唯一爽口的下酒菜。

在一个创办企业的朋友公司办公室里,几个人喝着茶聊着天。

当时,他正在绘声绘色地讲着自己的创业故事,眉飞色舞、激情洋溢,脸上绽开着笑容,强调某一句话时,左手的食指直直地竖了起来。在场的一位媒体朋友,随手拍了一张这位老总的逆光照。这张照片,无论是拍摄的角度,还是人物的表情以及用光的效果,都堪称佳作。一众人等,看后都赞赏不已,被拍摄者也是高兴异常。另外一位朋友突发奇想,提议道:"这么好的作品,这么感动人的照片,我们应该庆贺一下呀,有酒吗?"老总立即回答:"办公室里就有啊。"他并迅速从柜子里拿出了一瓶45度的酒,麻利地找出了几个杯子,斟满了酒。每人一杯,兴趣盎然,就这样一边聊着照片一边喝了下去,没有任何辅助食物,没有一丁点下酒小菜,一瓶酒很快就见了底。这张随机拍摄的照片,竟然成了美味下酒菜。

还有一次,几位朋友欢聚时,酒过三巡、菜过五味,主人已经基本劝不动酒时,无意间聊到某一个共同认识的人,大家对他的所作所为津津乐道,当然也对他的个别行为有异议,于是都纷纷叙述、竞相数落起来。找到了一个共同的话题,大家竟然又情绪激奋,掀起了几个小高潮。不知不觉间,都有些微醺上脸,出现了几分醉意,感觉心满意足。

我在想,找到了一个共同话题,不也是一道美味的下酒菜吗?

相比较于大鱼大肉、山珍海味,某些场合,可能一碟花生米,再拍上一盘黄瓜,更加应景适情。

相比较于满桌菜肴、盘山碗海,更多的场合,一个共同的话题、一个共同认识的知心好友、一个妙趣横生的故事、一处清丽宜人的风景,更能触碰到喝酒人的内心世界,调动出澎湃激情,成为别样的下酒菜。

☆已刊登于2023年4月26日《现代快报》,有改动。

心灵窗纸

从"高楼"到"高楼门"的责任

南京这个大都市里,高楼大厦鳞次栉比,小平房已经很难找到了,似乎只存在于记忆之中。

南京城中,鼓楼广场的东北侧,有个叫"高楼门"的街道,不太宽,烟火气却很浓。关于高楼门的来历有一种说法:民间把牌坊俗称为门楼,明代这里有一座又高又大的牌坊,且地势较高,因此出现了"高门楼"的地名,后来又演变成了"高楼门"。

不久之前,我所在的单位从一座32层的高楼搬到了高楼门,从逼仄压抑变得宽敞明亮。在13层楼上的办公室里,极目远眺,能够清晰地看到紫金山、玄武湖、鸡鸣寺、北极阁,山峦巍峨、寺塔肃穆,湖泊碧波荡漾、山林郁郁葱葱,满眼的别致景色,满满的养眼怡情。

乔迁新居的喜悦和兴奋,在我和同事之间洋溢。收拾整理、卫生清洁,人人精神振奋,个个神采飞扬,短短几日,工作和生活就井然有序。后勤部门的同事特别有心,第一顿饭,寓意丰富:有"红红火火"的盐水大虾和西红柿炒鸡蛋,也有"牛气冲天"的酱牛肉,还有"脚踏实地"的红烧蹄髈,更有象征"富足有余"的清蒸鲳鳊鱼。一切都是新局面、新气象,一切都是朝气蓬勃、昂扬向上。

围坐在宽敞明亮的餐厅里,有同事灵光一现:"我们这是从'高楼'到'高楼门'了啊。"又有一位同事一语双关:"我们从'高楼'到'高楼门'来,是既有'高楼'又有'门'了。"引来身边一众人等会心一笑。旁边一位年长的同事,却认真地说:"从'高楼'到'高楼门',办公条件大大地改善了,这是上级领导对我们的关爱。我不仅仅感觉到了喜悦,同时也感受到了压力和责任。我们只有努力工作,用更好的工作业绩,才能回报这份关爱。"周边的人目光凝重,都默默地点了点头。

  是的,从"高楼"到"高楼门",不仅仅是简单的位置搬迁挪移,这背后还有许多的曲折艰辛,亦有许多的关怀关爱,更有许多的希冀期盼。这背后还包含深厚的中华民族传统文化底蕴,淳朴的做人哲理,敦实的做事基准。作为自变量的我们,不变的是初心和使命,永恒的是责任和行动。

  词典里对"高楼"的注释为:高层的住宅大楼或办公大楼。"高楼"在城市中象征着进步、发展、稳定、安全,象征着人类的文明进步和快速发展,是当代城市建设的主要标志和象征。"高楼大厦"是一种常见的比喻,指的是在艰难险阻的环境中,用勇敢智慧建设起来的高耸而稳定的建筑物。"高楼大厦"展现了集体的力量和凝聚力,表达了追求卓越和完美的信仰。

  "安得广厦千万间,大庇天下寒士俱欢颜。"唐代大诗人杜甫的这一首《茅屋为秋风所破歌》,契合并且凝集了我们在这个时代的神圣责任。不辱使命,不负韶华,"风雨不动安如山",在"高楼门"再次竖立起心中无形的新"门楼",这是我们之前在"高楼"的责任,更是我们现在在"高楼门"的责任。

☆已刊登于2023年9月1日《金陵作家》,有改动。

父爱也是细腻厚重的

父亲担任市住建公司的领导时,国家号召城市居民下放支援农村,干部要带头。于是,母亲带着哥哥和弟弟回到了老家乡下,我因为老户籍警一句无心的话而和父亲、爷爷留在了城里。

负担重了,家里平时很少见荤腥,但会隔三岔五地买上两毛钱猪头肉。买猪头肉的任务一直都是交给我的,我打小就不吃肥肉,于是我买的猪头肉里会有很多瘦肉,虽然父亲和爷爷都酷爱吃肥肉。

父亲会在周日带着我陪爷爷去大伯家,大妈烧的砂锅红烧肉香气扑鼻、入口即化,就着卤汁能下两碗米饭,那叫一个好吃,现在想起来,还会生出口水。父亲见我很是开心,去大伯家的次数就增多了。父亲节假日帮朋友家修家具、补房屋,没有工钱的,但伙食很好,我便会跟着去打牙祭。有一年,组织部门上门对被列入副区长人选的父亲进行家庭情况调查时,一位邻居怀疑他将公家的工具带回来帮人做家具干私活,因为是买的二手工具没法证明,结果落选了。父亲淡然一笑,以后再没提起过,但仍然会义务帮别人。

初中时,我的一条长裤膝盖处破了一个洞,父亲找了块布帮我补上,努力地细细缝补,熨平了,感觉很满意。我穿到学校时,却因为有色差而被同学们嘲笑了。回家后,我好一通埋怨,父亲看了只是讪讪地笑,很是愧疚。从此以后,我破损的衣裤都被送到了裁缝店。

到老家乡下,有70多公里的沙石路,父亲常会骑着那辆"二八大杠"单车往返。有一次,父亲带了百余斤的生活物品,实在是累了,不小心摔入路边沟里,挣扎了许久才重新上路。到家时,浑身是泥水和汗水,还有些许血迹。家人问时,父亲只是淡淡地说:"没事,没事。"我听了心里一酸。

那会儿,一个大院子就是一个"向阳院",有一台9寸黑白电视机,每晚在院子里播放,去看的每人交一分钱电费。遇到好看的电视剧,我会看得很晚。因为会影响到第二天学习,父亲便严厉地批评了我。风靡一时的《加里森敢死队》快要大结局了,我抵不住诱惑偷偷地溜去看,结束时已经很晚了。回家时提心吊胆,怕免不了一顿骂了,但一推家门却发现是虚掩着的,我悄悄地进屋,发现父亲已经睡了还明显地发出鼾声,我轻轻地爬上床放心地睡了。第二年,父亲下决心买齐了所有的零配件,按照图纸自己摸索着组装了一台12寸黑白电视机,屏幕上还贴了一个彩膜。多年后,军校放假,我在家无意间聊到此事时,父亲笑着说:"那天我就知道你又去看电视剧去了,中途我去看过你两次,没有忍心叫你。你不回家,我怎么睡得着觉?你回来高高兴兴的,我再讲你一顿,你还怎么睡觉?呵呵呵……"我听了心里一热。

我们兄弟都工作后,有次陪父亲回老家拜年。中巴车上人多拥挤,忽然听到坐在前面的父亲喊了一声,没听清楚喊什么,我们忙问,父亲却说没事,但能看到他脸上明显的不悦。下车后我们再问时,父亲才说:"刚才车上有人偷钱包。"我们不解地问:"为什么当时不告诉我们呢?"父亲慢慢地说:"你们兄弟三个,年轻气盛身强力壮,当时我要告诉了你们,你们肯定是要出手的,手上没个轻重就会伤人惹出是非了。那个人没有得手,就算了吧,而且也不知道他有没有同伙,我也不想你们受伤。我们回来本来是开开心心的,大过年的要平平安安才对。"我听了心里一震。

我的脑海里时常会呈现出这些平常的小事,细细品味,能深深地感受到细润甘甜的父爱。

都说父爱如山,有担当、有负重,可磅礴、可张扬。其实,父爱也是朴实有温度、细腻而厚重的。

☆已刊登于2023年6月29日《金陵晚报》,原题为《父爱的细腻厚重》,有改动。

"过了河"的恭城"卒子"

出差去广西南宁,忙碌之余,与同行的同事相约寻觅一家当地特色小吃。其中一位同事的大学同学就在南宁,接到电话,立即决定带我们去了一个能喝到正宗恭城油茶的小饭店。

这是一个穿着得体、举止优雅的小资女人,脸上挂着微笑,眼神纯净地看着我们,知性得很,她款款地向我们介绍起来:"桂北人喜食油茶,然各地油茶的制作方法、配料,乃至所用的茶叶都有差别,恭城油茶是比较广泛流传于大街小巷的一种。喝正宗的恭城油茶,配上几道广西特色菜,才算不枉此行。"

这是一个门面不大,只有五六个包间却装饰精致的小饭店,以广西的红柿子为主题。墙上张贴着许多精美的图片,有美丽的桂北风景,有穿着瑶族服饰的美丽姑娘,有介绍油茶制作过程和饮用方法以及功效的。包间里一面墙上满是红彤彤的柿子,喜气得很。还有一面墙,粘贴了许多网络语言,俏皮却又实在:百"柿"人生只有你自己才是主角;又有油茶又有酒,借问酒家何处有;秦时明月汉时关,恭城油茶我喜欢……甫一进入,你就会被独特的文化氛围所感染。

见有客人进店,一位个子不高,身穿一件像柿子一样红色T恤的老大姐连忙前来招呼大家。店门旁摆着一套打油茶的工具:

心灵窗纸

一个带凹槽的电磁炉,一口带把柄有嘴的生铁锅,一只特制的"7"字形木槌,一个带长柄的特制滤器(茶叶隔)。老大姐坐了下来,戴上口罩,为我们演示制作传统的恭城油茶。只见她用热水将茶叶泡软洗净,将茶叶、生姜、花生、蒜头等放入茶锅内,置于炉火之上,然后用茶槌反复捶打,力度适中,且有韵律,"橐橐橐"的声音均匀且富有节奏。锅热放油,与茶姜一起炒至微香锅底微粘时,再倒入开水,茶锅内立即冒起无数的水泡,茶香四溢扑鼻,用茶叶隔过滤去渣,一碗浓郁喷香的油茶即成。

众人被此新颖独特的油茶吸引住了,迫不及待地端碗品尝起来。然而,恭城油茶入口的经历是难忘的,先是微涩、微苦,过后才是茶香。那是一种沧桑的味道,有点曲折,就像经历了凄风苦雨,千锤百炼才呈现出来的生命之美。一位女同事皱起了眉头:"很不好喝啊。"

老大姐始终面带微笑,很有亲和力,见我们大多是第一次来品尝油茶,便娓娓道来:瑶族人喜喝油茶,一年四季不断。常喝油茶,可以除湿祛病、益气提神、健脾养胃。当地打油茶,讲究"合水",即当地的茶、当地的水、当地的姜。桂北的恭城,土壤中富含硒,经常喝恭城油茶,可以延年益寿。恭城人,一天不喝几碗油茶,就觉得生活没有了滋味。喝油茶已经成为一种社交活动,婚嫁、庆典、聚会都少不了油茶。恭城人请客,通常只说"请到我家喝油茶",即可意会了。恭城油茶可以追溯到唐代,至今已有上千年的历史。它不仅是瑶族人民的传统饮食,还被誉为"中国式咖啡",成为当地的一种文化象征,2022年恭城瑶族油茶习俗被联合国教科文组织列入人类非物质文化遗产代表作名录。恭城地区流传着这样一句打油诗:恭城油茶喷喷香,既有茶叶又有姜;当年乾隆喝两碗,给它赐名"爽神汤"。油茶的配料,一般有葱花、香菜、米花、麻蛋果、馓子等,根据个人喜好,可全部放,也可选部分放。酥脆的花生、脆甜的米花等配料入碗,小葱花撒上,热腾腾的茶汤一阵冲淋,茶香四溢,趁着米花瞬间吸收茶汤的滋滋声,米花未及软烂那一刻吃上一口,简直"赛神仙"。讲究一些的,会先将适量葱花置于碗中,油茶一冲,茶香、葱香四溢,懂的人,就知道有人正在享受喝油茶的乐趣了。"一碗苦、二碗呷、三碗四碗好油茶",当地人喝油茶,通常会将第一遍到第四遍的茶混合倒在一起,遇到尊贵的客人,就只喝第二遍和第三遍混合在一起的油茶。制作油茶的材料也很有讲究,一定要用本地谷雨时节产的茶叶嫩芽带一点茶梗制作的茶叶,一定要用本地的小姜、本地的蒜头。

听了老大姐的介绍,大家纷纷行动起来。一口苦涩,继而回甘,和着配料的香脆可口、甜糯适宜,立时全身通透、神清气爽。油茶还有消食的功效,先说要"三碗不过冈"的一位男同事喝了六碗,也不觉得胀腹,之前皱眉头的那位女同事,竟喝了五碗。

有同事问得仔细,萌生了购置一套器具,回家以后每天打油茶喝的想法,于是几个人与老大姐加了微信。大家惊讶地发现老大姐的微信名竟然是"卒子",问起来,老大姐说:"中国象棋里小卒子是最不起眼的,只是一枚普通的棋子,却不可或缺,我只想做一个普通的人,但是在可能的情况下,我会尽力地推介恭城油茶,为家乡作贡献。"我们纷纷投去赞许的眼光,为老大姐的低调和从容点赞。

恭城油茶是传统饮品,具有浓厚的历史和文化背景,它不仅是一种饮品,更是一种生活态度和文化传承。这位老大姐,的确不起眼,但从她如数家珍的叙述之中,你能深刻地感受到她对家乡的热爱,对油茶的热衷。她平凡中现自信,平复间见坚毅,不卑不亢,从容淡定,做人的谦卑和为家乡振兴做努力的执着,使她的身上透露出一种不俗的人格魅力。我们遇到这样一位老大姐,是确幸的,恭城有这样一位"卒子",是确幸的。

我们这一众人和不少围观的食客,都被她和她所介绍的油茶吸引住了,已经心怀感想、心生荡漾、心神往之。会下棋的人都知道,"小卒子过河赛大车",这位老大姐所表现出来的能力,她身上所散发出的魅力,使我感到她已经不是一枚普通的"卒子",她这枚"卒子"已经过了"楚河汉界",正在发挥出"赛大车"的大作用。我相信,每一位进了这个饭店的食客,都会有如我们一般的美好体验,都会牢牢地记住恭城油茶,都会难忘广西之行。回来之后,每逢聚会,我都会向亲朋好友介绍恭城油茶,介绍这次不寻常的体验,当然也会情不自禁地提到这位老大姐,每每都会感到满心的温暖。我们这一行同事,回来之后有没有购置器具,天天在家打油茶喝的,我不确定,但我可以确定的是,以后遇到油茶,我是一定还会痛快地喝上三大碗的。

恭城发展需要这样的"卒子",每个地区的壮大都需要这样的"卒子";民族振兴需要这样的"卒子",中国复兴更加需要这样的"卒子",这样热爱生活、热爱家乡、热爱民族的"卒子",这样过了河的"卒子"。

☆已刊登于2024年8月9日《现代快报》,原题为《恭城"卒子"》,有改动。

心有所悟

驾驭服饰

在一家著名的服饰企业里参观,豁达精干的女董事长介绍时一句充满哲理的话使我颇有感慨。

我的一位年轻同事,准备试穿一件有些艳丽的服饰时,女董事长连忙制止,说:"这件衣服你可能驾驭不了。"看到大家露出疑惑的眼神,女董事长忙解释道:"每一件服饰都应该和这个人的身材、肤色、气质、身份以及场合等相对应。搭配好了,服增亮色人增气,相得益彰,相互辉映。而搭配不好,就会或使人呆板木讷,或使人心浮气躁。每一件服饰都是有灵性的。"众人闻后释然,看向敬业精业的女董事长的目光中充满了赞许。

每一件服饰都是有小脾气、小灵性的,你得到它就必须举手投足适应它。同一件服饰,为什么有的人穿上非常得体,而有的人穿上却显得难看?那就看你能不能适应它,驾驭得了它。一件你自认为满意的服饰穿上身,你的身形气质、你的言行举止都得与之符合。你呵护于它,它能感受得到,它就会发挥灵性,衬托出你的光辉。你对得起它,它衬托于你,你才能驾驭得了它。

驾驭服饰,不能见别人穿得好拿来就好,不是价格高名气大穿上就好。驾驭服饰,因人而异,不一而足,实质就是在诸多因素中,找到最大公约数,实现最佳搭配,适时而动、适度而为、适量而配,只有适合的才是最好的。

　　一件上好的服饰，我在想，穿着它的人应该是身材挺拔，气宇轩昂，言谈自若，举止自信，大方又自然的。人与服饰交融呼应，驾驭自如。

　　一件服饰，不论材质、设计、做工，一众人群，不论身材、肤色、气质，总会有一款服饰与人相对应，应人应景应情，穿对了，别人看了赞赏，自己倍感自信。

　　驾驭服饰，是人与服饰的搭档配合，是人与服饰的情投意合。茫茫人海，浩瀚服饰，众里寻它千百度，蓦然回首，却在灯火阑珊处，适合你的那件服饰正在向你招手。

　　驾驭服饰是驾驭人生的一个重要组成部分。让我们一起驾驭服饰，穿出精彩人生吧。

☆已刊登于2022年4月29日《现代快报》，有改动。

劳动咏乐

前段时间雨水充沛,因为在机关工作走脱不了,心中便一直惦记着种下的那几个品种的蔬菜。星期天得以偷闲,早饭后便携妻赴郊外那一小片属于自己的菜园。

一路上揣测着结果——被水淹了?被虫蛀了?也可能被鸟吃了?担忧不已。

曾经让我腰酸背痛手脱皮的那个小菜园啊,强烈地牵扯着我的思念;那种下的菜苗啊,像孩子似的急切地盼着我的到来。

出人意料地好——瓜蔓遍地游、藤叶爬满架,柿茄已挂果、椒菊可至佳。见到满园景致,心中甚是喜乐,自豪感尤盛、成就感极强。

没有忘乎所以,忙换鞋下地,拔草整蔓、理栅固架、平路开垄,很快就有些手软腰酸,立时就开始汗流浃背。我辨识不清啊,离劳动人民是远了,还是近了?

妻轻声的一句话,差点将我刚生出的劳动人民归属感浇灭:"这才干了多少活啊?"

采摘了几十个成熟的西红柿、青椒和茄子,开心不已。自觉收获满满,有着小丰收的感觉,一天餐桌上的菜已自给自足矣。

莫名又生出些许纠结:要不要送一些给亲朋好友呢?可是不

患多寡只患不均啊。自嘲一笑,多此一忧了。

  还是沉浸在劳动带来的快乐之中吧——这是天然环保绿色的呀,我劳动的成果;这是我养育的孩子呀,我投入的爱的结晶。

  劳动后午饭真醇香,劳累时午觉真酣甜。

  工作后劳动真美好,闲暇时劳动真快乐。

  我喜爱这样的劳动,可以活动筋骨,锻炼体魄。

  我热爱这样的劳动,可以舒展身心,宽慰愉悦。

  我热衷这样的劳动,可以放下一切,融入自然。

☆已刊登于2022年10月31日《信息新报》,有改动。

李木匠

（一）

和县位于安徽省东部，古称历阳，因为县南有历水而得名，东柴西米南豆北棉，和县乌江卫花（棉花）闻名长江中下游，被誉为"湖洲丝棉甲天下，温暖不如乌江花"。

1911年11月12日，和州光复，改和州为和县。

和县城北白果村李家，是木匠世家。到民国初年时，这一代兄弟仨，个个手艺精湛、技艺超人，加上为人厚道、做事本分，所以在方圆百十里之内大名鼎鼎，人称"李木匠"。除了精通家具木工活，老大擅长建筑木工，老二擅长箍桶，老三擅长雕花。

老大用木材从来都是很讲究的，比方说：家具的正面用料和背面用料是不同的，外面用料和里面用料也是不同的；还有这个料和那个料的搭配也是很讲究的。再比如，木料的曲直程度、木质结构松紧程度、内外色差，还有干湿度等，在他的眼里都差别很大，只有非常考究才能起到应有的作用，才能坚固牢实、经久耐用。曾经有一户人家想新建房屋，备了不少木料，但是老大发现，建房子用的木材还没有干透，老大说："没有干透的木材盖的房屋不牢固。"然而主家却急于建好房屋，自认为木材干得差不多了，就是没有干透的木材，盖起房子之后，才会干得更快，从而使房屋更结实牢固。

心灵窗纸

老大不想昧着良心,坚决不干,主家几次加了酬劳,都不为所动,最后主家另请了其他的木匠。结果不到半年,新房屋开始倾斜最后倒塌,主家后悔不已。后来此人上门赔礼道歉,再请老大去,老大依然严格按照祖传的要求去做,再盖起来的房屋一直都很稳固。

老二箍桶从来不用一根洋钉(铁钉),板和板之间都是用的榫卯连接,严丝合缝、结构紧实,做的各种各样的桶、盆,注入水之后越泡越严实,从来不会漏水。每做好一个桶或者盆,老二都会在把手处,雕一个方正的"李"字。做好的新桶新盆,用水泡一个晚上,干透后再刷上两遍桐油,以后不管放多久,绝不会漏水。十里八村的人家用的木桶或者木盆,大多数把手处都有一个"李"字,家家户户以用"李木匠"做的桶和盆为荣。许多嫁到外乡的姑娘,把李木匠做的木桶和木盆,刷上红漆,作为彩礼带到婆家。

老三透雕和半透雕的手法娴熟,雕出来的花,精巧细致、栩栩如生。橱柜上雕繁花似锦、龙凤呈祥、五谷丰登,椅凳上雕松鹤、虎豹、孩童,木窗上雕荷花、螃蟹、花瓶,案几上雕祥云、飞鸟、人物,八仙桌上雕八仙过海,床上雕鸾凤和鸣。还雕屏风,雕挂件、摆件,个个都是精品,人人十分喜爱。过年的时候,晚辈们都能得到老三用桃核雕的各种小挂件,用红绳子串上挂在脖子上。也有积攒到三个以上的,就用绳子穿上,戴在手腕上。

兄弟仨每年春节过后都要出去觅活,走街串村,一走就是一整年,除了带上木匠家活什,还要带上被褥和一年的衣物,吃住在外。临近过年时,才会带上一年的收获,匆忙赶回家里。遇上慷慨好说话的人家,除了支付工钱,还会提供食宿;如果遇上抠门小气、精于算计的人家,工钱给得少不说,还会找各种理由克扣工钱,甚至不提供吃住。兄弟仨只能找一间破庙,或者在人家的围墙边搭一个简易的棚子。夏天天气炎热、蚊虫叮咬,冬天寒风瑟瑟、冷风飕飕,晴天一身泥土,雨天里外湿透,饥一顿饱一顿。如果赶工期,就得起早摸黑,甚至熬夜赶工。

大戴界有户人家,两口子带着两儿两女,日子过得清贫,孩子们逐渐长大之后,原来家里的一张大床不够睡了,便攒了几根圆木,请"李木匠"帮忙做两张床。兄弟仨仔细设计、精心制作,只用两天时间就做了两张结实的床,还顺带用剩下的边角料做了几张板凳,没有浪费一点木料。这户人家要按照做橱柜的工钱结账时,兄弟仨连忙摆手,只收了其中应得的工钱,戴姓两口子称赞不已。

　　大黄庄黄财主要做成套家具,给女儿做嫁妆,说的工钱很合理,兄弟仨做了两个月才完工。结算工钱的时候,黄财主说他家里没有现钱支付工钱了,只打了个欠条,称绝对不会赖账。并且当着兄弟仨的面写了两行字,读给他们听:没有支付李木匠工钱,年底支付工钱。兄弟仨口拙,磨了半天也没要到钱,只得让黄财主按上手印,拿上欠条离开了。讲好年底结账的,当兄弟仨拿着欠条上门时,黄财主却不认账了,说是工钱已经给完了,不相信可以看之前写的条子。兄弟仨都没有上过学,除了"李"字会写会认,其他大字不识一个。他们拿出欠条找了一个私塾先生帮忙念,人家直摇头,原来上面写着:已经支付李木匠工钱,没有拖欠工钱。纸条底下是年月日,还有双方画押手印。李家三兄弟傻眼了,感觉到胸口堵得慌憋屈得很,挥舞双拳就要找黄财主算账。黄财主家二十几个家丁携枪带棒,立刻凶神恶煞般围了上来。兄弟仨讲又讲不过,打也不敢打,双眼冒火紧握双拳愣在原地,许久没有离开,深深体会到被欺负之后的无力感。吃了没有文化的亏,这两个月是白忙活了。

　　年根时间,是在外为生活奔波的人们返家过年的时间,也是各路土匪强盗猖獗之时,许多人一年攒下来的收入,还没到家就被抢劫一空。家中还有妻儿,还在期盼着他们带回下一年的依靠,望眼欲穿却往往等来的是失望和沮丧。兄弟仨从小就随着父辈学手艺,也同时练习武术,会些拳脚功夫,加上身强力壮,一般情况下,面对十来个歹徒毫不逊色。因为有些名气,所以很少有人敢抢劫兄弟仨。但饥寒贫穷年代,也常常会遇到亡命之徒,所以每年回家过年时,兄弟仨身上都是伤痕累累。累死累活、拼命苦干一年的收入,也只能勉强维持一家人的温饱。有的时候,兄弟仨遇到贫困潦倒、孤独鳏寡之人,还会义无反顾地接济,一家人下一年的生活就会更加困难。

(二)

和县位于苏皖交界,南面有江,西边有山。民国初年,出了不少的江匪、土匪和乡村恶霸。

小卜界有户吴姓人家,家里一个姑娘十八年纪,正是青春年华,五官端正、皮肤白皙,身材高挑、性格温和,说话轻声慢语、容貌清秀可人,是个人人夸赞的好姑娘。

五里之外的大董界,有胡姓兄弟两人,从小习武,身强体壮。二人带着几个所谓的徒弟,实际上是地痞流氓,整天游街逛市,依仗有一身的武功,经常干一些欺男霸女、鸡鸣狗盗的坏事。父母死去后更是没人管教,老百姓又招惹不起,两兄弟与官府沆瀣一气,成为当地一霸,人称"二胡"。

这年夏天的一天傍晚,"二胡"在城北集市上闲逛,带着连抢带骗搜刮来的"战利品":一只山羊、几只鸭子和鸡,准备回家打牙祭时,忽然见到前面走过来一个非常漂亮的姑娘,心中不由一阵惊喜,赶忙上前拦住正要回家的姑娘。姑娘受到惊吓急忙躲闪,"二胡"岂能放过,示意几个小兄弟要强行带姑娘回家。姑娘拼命反抗,大声喊叫,但岂是几个壮汉的对手?路上的行人纷纷躲避,没有人敢上前制止,姑娘被几人带向大董界。

出了集市不远,姑娘的哭喊声,引起了在路边小树林休息的三个汉子的注意。三个汉子,就是"李木匠"三兄弟。那年老大二十来岁,身高体壮,老二十六七岁,老三才满十五岁。老二老三虽然年龄不大,因为常年习武做工,长得壮实勇猛,正是"小老虎"的年纪。见到强抢民女,三兄弟义愤填膺,走出树林站在路口,拦住了

"二胡"的去路。姑娘见到有人相救,已经哭红的双眼充满期待地看向他们。三兄弟义正词严,要求放人。"二胡"颇感意外,见三兄弟态度坚决,二话不说就指使手下兄弟上前驱赶,三兄弟岿然不动,"二胡"便带领手下冲上来要殴打三兄弟。三兄弟也不含糊,立即背靠背面向外,做好迎敌准备。老大孔武有力,左扑右打,挥拳虎虎生风、身形灵活如鲫,击掌如铁、扫腿如风;老二和老三也是勇猛无比,拳拳到肉、掌掌劈骨。"二胡"和兄弟们感觉打在对方身上的拳头就像打在钢板上,而吃对方一拳却像是重锤击石。很快,"二胡"手下的几个兄弟都倒在地上呻吟不止,"二胡"也被打倒几次。"二胡"中的老大,以为李老二年纪小,认定不是他的对手,于是专门对付老二,结果几个回合下来之后,被李老二打得抱头鼠窜。前方有条河沟,叫"近近沟",实在是被打得急了,胡老大就跳进了河沟里。"二胡"从来没有见过这么勇猛厉害的人,刚才的打斗让他们吃了大亏,才知道自己多年来依仗的所谓武功,实际上就是一些花拳绣腿三脚猫的功夫,在"李木匠"面前根本不值一提,所以打心底里产生了畏惧。胡家老二是个秃顶,背后人称"秃子连长",比较狡猾,见形势不妙,连忙双膝跪地双手抱拳:"三位哥哥,不不不,是三位爷,这位姑娘我们放了,我们对不起姑娘,鸭子和鸡都送给她,就当作赔礼道歉了。不打不相识,我们是大董界的'二胡',以后有用得着兄弟的地方,尽管来找我们,我们保证以后再也不做伤天害理的事了。"老大眼神坚毅,一挥手:"我们是白果村的'李木匠',你们兄弟以后好自为之。"

等到"二胡"兄弟们相互搀扶着走开之后,姑娘扑通一声跪在老大面前:"感谢恩人相救。"老大连忙扶起姑娘:"姑娘不用谢,每一个正直的人,都会像我们一样路见不平拔刀相助的,你赶快回家吧。"姑娘看向老大的眼神饱含柔情,低声说:"我家就在不远处的小卜界,你们身上也有一点伤,还请恩人兄弟到我家去治疗一下。"老大一想:天将要黑了,一个姑娘家走夜路实在是令人不放心,不

心灵窗纸

如我们好事做到底,送姑娘到家吧。

听到姑娘的一番复述,吴家老爹老妈拉着三兄弟的手,千恩万谢,硬是留三兄弟在家吃了一顿饭。吃饭的时候,姑娘显得很是局促,红着脸低着头半天不语。吴家老爹老妈对"李木匠"家的情况早有耳闻,但还是又仔细询问了一遍,李老大一一如实回答。

过了几天,李家来了一个媒婆,给李家老大说的姑娘就是吴姑娘。

秋天,正是开花结果丰收的时候,李老大迎娶了吴家姑娘,英雄救美和姑娘报恩的故事,成了当地流传开来的一段佳话。改过自新的"二胡"要来祝贺,被李老大拒绝了。

春来暑往,李木匠家添丁进口,吴姑娘先后生下一个女儿和一个儿子。一家人生活虽然清贫,但也其乐融融。

穷人家的孩子早当家,长子长孙早结婚。李老大的儿子15岁的时候,就成家立业,娶妻生子,跟着父辈做了木匠。

1927年,为支持国民革命军北伐,打击北洋军阀张宗昌的直鲁联军和直系军阀孙传芳的"五省联军",李木匠三兄弟参加了北伐军的进攻战斗。战场炮火连天,弹片横飞,李老大不幸被一发炮弹击中,光荣牺牲。

全家人极其悲痛,吴姑娘和一双儿女,更是披麻戴孝一年。一年后,在有心人的撮合下,吴姑娘和李老二成为夫妻,以后又有了一女一儿。两年之后,李老三也成家生子。

李老大的儿子,跟着两个叔叔,走村串巷,挑起了一家人的生活担子,传承了"李木匠"的"吃苦耐劳、侠肝义胆、正直诚实、为国为民"的秉性,也加入了抗日保国的民族大义活动之中。

(三)

4月份,依然是初春时节,时常会出现倒春寒的情况,天气仍然有一些料峭。这一天,虽然才黄昏时分,但天色已经阴沉。和县县城南边,长江边上,一层薄薄的雾弥漫开来,冷风瑟瑟。不时有零星的枪声划破天空,像魔鬼的爪子肆虐地挥舞,像锋利的宝剑刺破薄雾。长江边的围埂上,四个身影匆忙前行。

三位壮汉身材魁梧,都是皮肤黝黑,单薄的外衣遮不住一身的肌肉。另外一位,是年轻稚气、身材单薄的年轻人,左手臂弯处向下流着血,显然是被枪击中了,脸色有些灰白,气息局促、步履踉跄。三个身板壮实的汉子,面色严峻,相互对视了一眼,眼神中充满坚定,默契地轮流背着小伙子快速奔跑起来。

小伙子身上穿着的衣物已经破烂不堪,混杂着泥土、汗水和血水,依稀还能辨出左臂伤口上方被血水染红的蓝灰色布料上,缝着一块方布,印有"N4A"的字样。

三位壮汉是李木匠兄弟二人加一个侄子,半个小时之前,他们三人经过江边芦苇荡的时候,听到密集的枪声和嘈杂的呼喊声。三人急忙蹲下,发现远处一队日伪军正在对芦苇荡进行搜寻,从他们的喊话中得知,是在追捕一名新四军侦察员。老二眼尖,发现离他们几米处有一个年轻人倒卧在地,右手扶着左手,手上渗着鲜血,应该就是那个受伤的新四军侦察员。三人没有迟疑,扶起年轻人,迅速向不远处的树林奔去。身后的日伪军也快速追来,枪声激烈起来,子弹在四人身边呼啸而过。由于对周边地形比较熟,又个个身强体壮,借着雾色,很快四人就摆脱了追捕的日伪军。身后的追喊声越来越远,枪声也微弱起来。夜幕降临时,四人跑到了县城的北面。侦察员怕连累了百姓,坚决不同意进村。拗不过侦察员,三人简单处理了他的伤口,留了食物和一套衣物、一床棉被之后,就将侦察员安排在村南一片坟地里。第二天,三人早早地赶到坟地,却发现侦察员不见了,只见横卧的一块石碑上,那套衣物和棉被被叠放得整整齐齐。

一年之前,侵华日军第六师团派出坂井支队,由十一旅团长坂井德太郎指挥,辖步骑各一个联队、山炮一个大队,于 1938 年 4 月

23日从芜湖出发,到达和县对岸采石镇。24日在海军的协助下,从和县以东登陆,遭到县长赵永智组织当地青年建立的自卫队的顽强抵抗。

三位壮汉当时就在自卫队的队伍中,参加了激烈的抵抗战斗,表现得很是勇敢。子弹在耳边呼啸而过,炮弹在身边轰隆爆炸,身边不断有战友倒下,战斗异常惨烈、悲壮。面对自卫队的顽强抵抗,日军加大了兵力,试图早日拿下和县。在惨烈的战斗中,女英雄成本华被俘,日军占领了和县。

当日军得知成本华竟然是一位领导时,妄想从她嘴里得到县里抵抗组织的详细情况。日军对成本华动用了惨无人道的酷刑,但她却不吭一声。日军镜头下的成本华昂然挺立,面带轻蔑的微笑,神态极其从容,体现了中华儿女的英雄形象,这样的毅力和顽强抵抗的精神,让日军都深感震撼。牺牲之年,成本华年仅24岁。

面对装备精良的日军,自卫队伤亡惨重。自卫队被打散之后,三位壮汉潜回到县城以北十里之外的白果村家里。知道成本华的英雄事迹后,三人都紧握拳头,默默地流下了眼泪。

日军在和县境内,烧杀抢掠、奸淫妇女,无恶不作,犯下了累累罪行。

和县北面的乌江黄泥坝有一条长江支流,水面约20米宽,流速不快,冬天的时候水面边缘会结冰。这年冬天的一个上午,一位母亲带着两个孩子在河坝南面的地里挖野菜。母亲40岁出头,身材高挑却很消瘦,大的女孩10岁左右,小儿子才四五岁。刚挖了一会儿,忽然听到远方一阵喊声传来:"花姑娘的,花姑娘的,哟西哟西。"母亲猛然抬头,看到远处一队日军正向他们跑来。两个孩子惊慌失措,躲到了母亲怀里,母亲这时候却没有慌乱,一手一个拉起孩子就向河边跑去。河边有一个采菱角常用的木盆,一般只能容一个成年人蹲坐。情急之下也顾不了许多,母亲带着两个孩子爬上了木盆,用力向对岸划去,等到日军追来时,母子仨已经到达对岸。见追不上他们，有两三个日军便举枪射击，子弹嗖嗖地在他们的脚边钻入泥土里。母亲的双手不知道哪来的力气，一手提着一个孩子，迅速地翻过对岸的堤坝。子弹又从头顶呼啸飞过，母子仨趴卧在堤坝的后面，急切地呼吸着，心脏急速地跳动，感觉都要从嗓子眼里蹦出来了，身体完全被堤坝遮掩。对岸的日军疯狂地射击了一会儿，面对冰冷的河水，见没有渡河工具，只能无奈地返回。母子仨等到日军走远之后，才慌张地跑回家里，惊险地逃过了日军的追杀。这母子仨是三位壮汉其中一位的媳妇和孩子，听到他们惊险的遭遇，牙齿咬得咯吱吱响，仇恨布满了眼眶。

新四军第四支队第八团，1938年3月由河南经湖北挺进安徽敌后，该团二营与巢湖民众抗日游击大队合并为一大队，于1939年3月东进和县。蛰伏在家快一年的三位壮汉，兴奋不已，主动与新四军取得了联系。一大队布置给他们收集辖区内情报的任务。他们利用木匠身份作掩护，走街串村，将和县境内的日伪军兵力布防情况摸得一清二楚，向一大队进行了汇报，有力地支援了新四军的抗战活动。特别是1944年10月28日至31日，日军400余人和伪军警卫第二师两个营，在飞机掩护下对和县、含山县进行"扫荡"。日伪军准备"扫荡"调动集结部队时，他们三人发现有些异常，利用给伪军营房修理门窗家具的机会，进一步摸清了情况。因为报告及时，使新四军避免了重大损失，并做好积极准备，有力地打击了"扫荡"的日伪军。三位壮汉受到了新四军的表彰，当时物资匮乏，奖品只是三条白毛巾和三块洗衣肥皂。三个人将白毛巾挂在脖子上，脸上洋溢着自豪而快乐的笑容，三块洗衣服的肥皂却始终放在家里，没舍得用。

他们冒险营救新四军小侦察员的英雄事迹，也在百姓中广为流传、广受称赞，新四军领导给予了表扬。

（四）

　　李吴氏非常操劳，常年一人带着孩子在家，家里还有两亩薄田，没有老人帮衬，生活的重担全靠自己一个人承担，既当爹又当妈，里里外外一把手。但是家里再穷，也会倾全家之力支持儿子上学读书。李老大的儿子读了两年私塾，就学起了木工活；李老二的儿子，读完了小学读初中，成绩始终是班上第一名。

　　同村有个严姓地主家的儿子和李老二儿子同班，整天油头粉面、比吃比穿，感觉到自己样样都行，就是老师教的文章从来都是一窍不通，学习成绩稳定在倒数第一名。但是他嫉妒心很强，看到李老二的儿子学习成绩非常好，每天都能受到老师的表扬，却穿着粗陋，鞋子都露出大脚趾，书包也是妈妈用粗布缝制的，于是便想方设法欺负他。突然抽板凳，在他的书包里放青蛙和蛇，偷偷拿他的作业本，故意折断他的铅笔……花样层出不穷，手段无奇不有。见对方一直容忍，不正面冲突，地主儿子便设计将老师教学用的三角尺，偷偷放在他的书包里面。在老师焦急寻找时，地主儿子主动揭发，让老师误解并用尺子打他手心来惩罚。后来事情败露，地主儿子被老师狠狠打了一戒尺。地主儿子怀恨在心，又拉拢了两个家庭富有的同学，结伙在放学的路上围殴他。地主儿子下手很重，一脚踹向倒在地上的他，一阵剧痛袭来，他脸煞白，头上豆大的汗粒冒出。地主儿子一看情况不好，带领同伴跑掉了。他被送到了医院，发现左侧一根肋骨断了。家里东拼西凑借来了钱，治疗了三个月才痊愈，但落下了雨天隐隐作痛的毛病。母亲带他上门讨要说法，结果被对方派人打了出来。没有钱打官司，就是有钱也打不赢官司，李家人只好忍气吞声，李老二的儿子被迫辍学了。

　　第二年的夏天，天气异常炎热，李吴氏偶感风寒，但是为了抢种抢收，全然不顾，几天里没日没夜地在地里忙活，有一天劳作时突然一口鲜血喷出，累昏倒在田里。找来的大夫一把脉，就连连摇头叹息不语。李吴氏为这个家庭操劳过度，不幸早逝。

进入冬天,解放军进驻和县。因为李老二的儿子根正苗红又有文化,所以被选调进土改工作队。严姓地主带着儿子,趁着黑夜登门道歉,小推车上摆放了一大堆的米面和肉蛋,但被坚决拒绝了。严姓地主欺强凌弱、作恶多端,犯下许多罪行,激起民怨,土改运动中作为重点批斗对象被严惩,他家的土地和房屋被平均分配给贫苦百姓了。

大戴界那户戴姓夫妇,一直对李木匠家心存好感,儿女大了,就主动请媒人上门说亲。1947年的春天,戴家二儿子迎娶了李老二家女儿,喜结良缘。开展土改运动第三年的春天,李老二家儿子与戴家大姑娘喜结秦晋之好,成为夫妻。

土改工作结束后,李老二的儿子因为工作积极、好学肯干,被推荐进房管局工作,成了一名学徒工。也因为他聪明伶俐,肯钻研、能吃苦、有文化,很快就被单位列为建筑工程师培养对象。南京西郊的跳伞塔,就是他后来主持设计并带领施工的,成为南京二十世纪五六十年代的一个标志性建筑。

"李木匠"兄弟三人中的老二是我爷爷,后来的李木匠是我的父辈和我的兄弟。

也许因为骨子里就有祖辈的基因,我在谈对象的时候,给女朋友家装纱门,三下五除二就做好了,很是像模像样,当然也是很牢固的。女朋友当时看向我的眼神,感情满满,既有惊喜,也有赞赏,更有幸福。

二十世纪七十年代末,大表哥结婚的时候,我70多岁的爷爷带着我父亲用一周的时间,赶做了一张雕花大床,古色古香又坚固牢实。大床上雕刻的有《红楼梦》的故事、《西厢记》的故事,还有《天仙配》的故事,更有许多的荷花、祥云、福字纹,大表哥大表嫂欢喜得不得了,后来也生了一儿一女。

记得小的时候,逢年过节,村子里非常热闹,家家张灯结彩,很有年味儿。我爷爷也就是李老二,七八十岁的人了,吃年夜饭时,

心灵窗纸

会喝上两杯酒,和我们讲一讲他年轻时候的故事,神情严肃,又饱含深情。饭后还会乘兴,打上一套拳脚,再找一根碗口粗的木棍,呼呼地舞弄起来。他自己做了一根近10斤重的铁链,上下左右翻飞、前后高低闪动,动作快的时候只能听到呜呜的呼啸声,看不到人影。爷爷喊我们向他泼水,我们泼出去的水都被击打了回来,根本泼不进去。舞链结束,爷爷呼吸均匀,做一个收势,额头上微微出汗。

在我们一群年少的孩子们眼里,爷爷一辈"李木匠"身上发生的故事,是个传奇的存在,对"李木匠""吃苦耐劳、侠肝义胆、正直诚实、为国为民"的情怀推崇至极,"李木匠"身上流淌的血和骨子里留存的精神将会代代相传。

疗效与副作用
——事物都有两面性

疗效的释义是,药物或者医疗方法治疗疾病的效果,某种药物针对某种病的治疗所具有的确定的疗效。副作用是指,应用治疗量的药物后,所出现的治疗目的以外的药理作用,患者出现和治疗效果相反或无关的反应,类指随着主要作用而附带发生的不好。

延伸到生活中,疗效与副作用,应该指某种方法或者方式、行为、措施等,对某些特定人群或人物的发展和进步、健康和快乐所具有的确定的效果,以及附带发生的不好。

医疗界讲,是药三分毒。社会上说,良药苦口利于病,忠言逆耳利于行;祸兮福之所倚,福兮祸之所伏。

凡事都有两面性,就像硬币一样,一面是正面,一面是反面。

《史记》云:智者千虑,必有一失;愚者千虑,必有一得。正所谓,尺有所短,寸有所长;物有所不及,智有所不明;三个臭皮匠,抵个诸葛亮。

凡大乱,必有人出世戡平。孙膑、庞涓、苏秦、张仪等,先后传下兵法、纵横术,可惜了这些为了和平而出的谋术,最后却都因战争而闻名。

帝王将相,位居九鼎,人极一时,但却是争权夺利,上位者寡,同时也是危机四伏,战战兢兢。从秦始皇嬴政开始,到清朝末代皇帝溥仪退位,中国经历了2000多年的帝制社会,有400余位皇帝,集权势和举国的资源于一身,应该是随心所欲、至尊至极,不会动辄劳累困苦,不会轻易疾病缠身,锦衣玉食,风雨无忧,然却大多孤独一生,英年早逝,得善终者极少。

武功盖世者,孤独求败;棋艺高超者,不逢对手;技艺超群者,难觅知音;心高气傲者,和调者疏。许多人一生,求知己,求益友,求棋逢对手,求将遇良才,然得偿所愿者稀。

《古诗二首·其二》云:甘瓜抱苦蒂,美枣生荆棘。

如柑橘果肉甘甜,但性温热,多吃会引起胃肠不适,易上火。而柑橘皮则性凉,冲泡的茶水可去火、调中开胃、消炎、泻火降气、去燥湿。用柑橘皮制作的陈皮,功效更是神奇:健脾理气,润燥,祛痰,养颜。"陈皮多喝好,胜过冬虫与夏草。"

又如热带水果香蕉,果肉甜糯可口,营养高、热量低,然香蕉皮苦涩难食,连不会言语的幼儿都能分辨出来,动物园里的小猴子也会剥皮吃肉。香蕉的功效和作用是降低血压,改善便秘,而食用过多可能导致消化不良、便秘。香蕉皮的功效和作用是舒缓情绪,缓解瘙痒,过多摄取会导致消化不良,引起皮肤过敏。

有许多水果,只能吃瓤,而不能吃外皮(壳);还有许多水果,只能吃外皮,而不能吃内核,完整全食者少,葡萄算一种。葡萄不仅果肉可以食用,葡萄皮和葡萄籽也具有很高的营养价值。但,吃葡萄不吐葡萄皮,还能连核一起吃掉的,还是极其少的。

夏天,浸泡过水的毛巾拉直了,水分完全挥发完毕后,干干的毛巾硬硬的,再用水冲一下,毛巾立马就软和了。冬天,浸泡过水的毛巾拉直了,放在室外,很快就冻得硬硬的,再用水冲一下,毛巾立马就软和了。给予水不同的条件,它将产生"水能载舟,亦能覆舟"的神奇作用。

没去过陕西的人,可能也会知道陕北流传一句话:"米脂的婆姨,绥德的汉。"说的是,米脂县女人大多是娴熟漂亮、温和可人的,绥德县的男人多粗犷豪放、强壮有力。然而历史上,陕北最强壮豪迈、孔武有力的男人却是米脂县的李自成,人称"闯王",揭竿而起,推翻了明朝的统治,建立了大顺政权,虽然只持续了短短的42天,但也不失为惊天动地、轰轰烈烈。

一个金发碧眼的美女对智者说:"如果咱俩结婚,咱俩的孩子就会拥有无敌的美貌和超级的大脑。"智者却说:"除此之外,还有50%的可能,那就是孩子不幸地遗传了我的外貌和你的大脑。"

美丽与智慧共存,美女与野兽同生,是个永恒的话题。

现实中,健康与美貌,学历与身高,经历和财富,智慧和权力,总是不能够十全十美。

父母为儿女可以奉献一切,皆是望子成龙,望女成凤。然而,父母往往从希望儿女平安顺利、健康成长的初心,逐渐因为外界环境的诱惑变化,对子女的期望值也不断增加,到要求学这学那,不能输在起跑线上。于是在学习上、智力上、技能上,都对孩子提出了很高的要求,总是"邻居家的孩子好,自家的孩子不争气",总是恨铁不成钢,不自觉地陷入各种压力中。当孩子顶不住压力出现各类问题时,才后悔莫及、悔不当初,把对孩子的希望从考上清华、北大成为一流人才,又回归到只要平安顺利、健康成长的初心之上,复归原点。

作家梁晓声说,孩子若是平凡之辈,那就承欢膝下;若是出类拔萃,那就让其展翅高飞。是啊,月有阴晴圆缺,人有悲欢离合;自古忠孝两难全,不负如来不负卿。

有人打趣说:"小偷这个'行业',不是警察消灭的,而是被手机打败的。"有人感叹说:"坚固的堡垒,往往不是被外界攻破的,反而是从内部破灭的。"看似不相干的事物,也显示出了偶然和绝对的两面性。

在别人眼里,男才女貌是绝世标配,可是双方却不来电,而别人不看好的姻缘,鲜花插在牛粪上,有的却能恩爱长久。世间姻缘皆有因,只是凡人看不清。

老鹰的寿命通常在20～70年,在40岁左右时,其喙、爪子和羽毛会开始老化,影响其捕猎和飞翔。为了继续生存,老鹰需要经历一个痛苦的过程来更新这些身体部分。老鹰会用喙敲击岩石,直到喙完全脱落,然后等待新喙长出。接着,老鹰会用新喙拔掉老化的爪子,最后拔掉旧羽毛,让新的羽毛长出。老鹰获得重生后,可以再活30年,这是一个涅槃重生的励志故事,峰回路转,绝处逢生。

北大"扫地僧"、数学界天才、"韦神"韦东奕,据说他的智商高达160,对生活无欲无求,只要能解渴喝白开水就行,只要能保暖穿什么衣服都行,只要能吃饱肚子吃青菜豆腐都行,他的全部精力都放在数学研究上,心无旁骛,所以才取得了傲人的成绩。人的精力是有限的,分配不当将一事无成。

美国的对华芯片制裁,给中国的科技发展带来严峻挑战,也激发了中国自主研发、自力更生的决心。"龙芯之母"黄令仪,退休之后再次挺身而出,向芯片研究发起了挑战。她说:"我这一辈子最大的心愿,就是匍匐在地,擦干祖国身上的耻辱。"她每天工作十几个小时,所有数据亲自审核,终于在2018年成功研制出"龙芯3号",让复兴号、歼-20等核心领域都用上了"中国芯",每年为中国省下了20000亿元,中国从此不再受制于人。

2015年美国国家安全档案馆一份秘密文件被曝光:20世纪50年代,美国计划用870枚导弹覆盖中国117个城市,就连每个城市的导弹投放数量都做了详细标注,想要一举消灭中国的有生力量。钱学森、邓稼先等"两弹一星"元勋,奋发图强,将中国第一颗原子弹和第一枚氢弹的成功爆炸提前了几十年,消除了国家面临的核威胁。

他们从无视你、歧视你,甚至想吞并你,再到现在的惧怕;我们从屈辱至极到傲视群雄,这一切都离不开"国之脊梁"。我们知道:

哪有岁月静好，都是无数英雄前辈抛头颅洒热血，牺牲自己换来的。抗美援朝战争，打得一拳开、免得百拳来，从此挺直了新中国的脊梁。用恫吓、威胁、制裁、封锁等手段来打压排挤中国、限制中国的发展，阻挠中国人谋求幸福生活的，从事物的两面性来看，反而彻底地打消了中国人所抱的所有幻想，激发起中国人自力更生、自主创新的干劲和斗志，造出了许许多多的"国之大器"，实现了中国人在多个领域的"弯道超车"，甚至可能实现"换道赛车"，把坏事变成了好事。一切反对中国发展、见不得中国壮大的敌对势力，想给中国人"下猛药"、扼杀中华民族的，却意想不到地带来了中国人自强不息地壮大起来的"副作用"，有力地促进了中国的发展和进步。哪里有压迫，哪里就有反抗。弹簧受压就会反弹，压力越大反弹就越大。山重水复疑无路，柳暗花明又一村；知耻而后勇，触底会反弹。

从哲学上来说，世界上没有十全十美的事物。因为事物存在优点，就把它看得完美无缺，是不全面的；因为事物存在缺点，就把它看得一无是处，也是不全面的。

世界和人生都是平衡的，没有十全十美，没有绝对完美。有位哲人说：当上帝关上你的门的时候，一定会为你打开一扇窗。时间都是相对的，相对于观察者的运动状态和参考系的变化而变化。天才和疯子只是一线之隔，而我们只是夹在中间的普通人，物极必反，否极泰来。三十年河东，三十年河西，所谓风水轮流转。

事物具有两面性，正与反、善与恶、成功与失败等都是相对的，唯物辩证关系在自然界和人类社会中随处可见，例如昼夜交替、四季更替、生物的生存和死亡等，都是正与反的辩证关系的体现。人类社会的发展也充满了正与反的辩证关系，比如经济发展与环境污染，科技进步与社会问题，等等。我们不能一味地指责别人，因为每个人都有其阳光面和阴暗面。人生也是如此，有得必有舍，有所为有所不为。我们应该善于把正反两个阶段的某些特点或积极因素，在新的或者更高的基础上统一起来。

　　智者从正反两面看问题，愚者只看到自己想看的一面，正反之间，智慧与愚昧并存。要养成由反面、里面，甚至相反的一面来观察事物的态度。

　　世间安得两全法，鱼和熊掌不可兼得也。面对选择时，应该有所取舍，不能贪心不足，我们在面对利益冲突时，要学会放弃次要的，以顾全重要的。

　　居安必思危，未雨先绸缪；时势造英雄，英雄亦适时。

☆已刊登于2024年10月29日《扬子晚报》紫牛新闻，有改动。

老妈，我爱您

老妈结婚很多年后，才生下我们兄弟三人。本以为一家子可以团团圆圆、相守乐居的，不想赶上国家号召城市居民下放支援农村。因为老爸是市住建公司的领导，干部要带头，于是老妈带着两个孩子回到了和县乡下老家，开始了农耕生活。老妈性格要强不服输、乐于助人能吃苦、很有人缘口碑好，所以成了大队妇女主任，还入了党。

老妈对我们兄弟三人总是和颜悦色，从不打骂，遇到我们犯错时，也是开导说教。记得有一次，我们兄弟相互争东西，后来打了起来，老妈劝不住时，就顺手拿起了一根扁担，狠狠地敲了下去，却敲在了桌子上，桌上的玻璃都被敲碎了，却始终没有打到我们兄弟身上。

小的时候，夏天晚上困得不行，上下眼皮子打架，但床上有许多蚊子，应该是瞪着眼睛等着我们的。这时候，老妈就会一手用蒲扇扇走蚊子，一手麻利地放下蚊帐，我们就在老妈一摇一摆的扇声中安然入睡，十分幸福。

落实政策回城后，老妈当了居民委员会主任。老妈走在路上总是喜欢和别人拉家常，往往是听到讲话声却很久看不见身影。始终热心待人、热诚工作、热情做事的"戴主任"深受居民拥护，我们所在的铁管巷居委会一直是石鼓路街道的先进单位。我在家等待高考结果的两个月里,就被老妈拉去做了义务的"古建筑调查员"。直到我女儿出生时,过了退休年龄的老妈才不舍地退岗。

老妈烧得一手好菜,我们一家人都爱吃。我每次从部队回家探亲,返回时都会胖上几斤。至今,还会没出息地流着口水想念那百吃不厌的"面筋包揣肉""斩肉圆子菜秧汤""腌菜帮子排骨汤"……老妈总是让我们多吃,自己却吃得很少,担心儿孙们不够吃。

有一年,我们全家去马鞍山的亲戚家,亲戚给我和弟弟各拿了一个大苹果,上小学的我俩都吃不下。出门后,我们将啃了一半的苹果扔了出去。老妈看着我们认真地说:"你们小孩子吃不下,为什么不想着给我们大人吃呢?一家人要相互体贴才对呀。"我心里一震,似乎明白了许多道理。至今,还始终有着遇事替别人着想的习惯。

老妈离我们远去了,温暖的母爱离我们远去了,"妈妈的味道"离我们远去了,可是老妈的教诲仍然萦绕在我们的脑海里,老妈的爱仍然留在我们的心里。我们仍然能够感受到老妈的爱,那是细润甘甜的母爱!那是厚重温暖的母爱!

我爱您,老妈!

心有所悟

南宫一梦

  天空传来一个声音在耳旁萦绕,清晰又响亮:"来吧,进来吧,这里温柔甜蜜,无忧无虑,没有争斗,没有攀比,没有尔虞我诈。这里空气清新,这里音乐围绕,这里五光十色,一切的一切都是诱人的,使人迷恋,令人流连。"

  一个大门敞开着,建筑装饰得富丽堂皇,两旁开满了迎春花,两棵挺拔的松树,各自伸出来一枝强劲的树枝,"仙人指路"般地指向大门内。大门像一个巨大的虎口,吞噬着拥进的人们。随着这一声声的召唤,许许多多的人朝着指引的方向走去,我也随着大流而动。

  前方灯红酒绿,纸醉金迷。一进入,人就有轻飘飘的感觉,有些恍惚,有些懒散,有些无力,像是走在海绵之上,脑袋和身体不由自主地晃荡起来。走着走着,眼睛开始模糊,身边的人和物开始重叠,想掏出老花镜,可怎么也找不到了,人们就这样晃动着前行。

  感觉到自己的身体开始消弭融化了,皮肤上的褶皱、毛孔不见了,平滑得像一张纸,逐渐失去了血色。能够清晰地看见前面不远处,有个"时光断层",断层旁边立着一个耻辱柱。晃动到这个断层的人,皮肤和毛发立刻变成了齑粉,从上而下、由里至外一层一层地被吹落,有些科幻、有些动漫,就这样一点一点迅速地消融,然后消失,有些人发出了忏悔的惨叫声,所有人的姓名,无一例外地被刻在了耻辱柱上。

我猛然一震,虽然身体还在不由自主地向前晃动,但脑子里还留存着一点意识,在提醒着我:不能向前,不能再向前了,向前就是灭亡!

意识和身体在斗争,意识在指挥身体向后,但身体在那样的环境里,随波逐流、惯性使然,如果有一丁点儿松懈,身体就会向前移动。只有意识强大时,身体才能停住;只有意识强烈无比时,身体才会向后移动一丁点儿。

身前的人走了一批又一批,也有人不再移动,极少数的人向后挪动了。身后的人一个接一个晃动而来,像潮汐流水,像劲风呼啸,不断地绕越我而前行,又不断地消失了。

身体里人性的本能在爆发,推我向前的力量始终很强,而清醒的意识似乎有些弱了,虽然我停在了原地,却要艰苦地斗争着。

我知道,前方极乐世界,静谧温馨,无风无雨,满足你的各种欲望,有着"幸福的温暖";后方出了这个门,就是喧闹繁杂,有许多不尽如人意,有恼人的秋风人多嘴杂,有刺骨的寒风人言可畏。可是我更清楚,向前虽然温柔温暖,但在它的尽头,人是会被消融消灭的。去到外面的世界,人有喜怒哀乐、柴米油盐,有幸运也有背运,有幸福也有苦恼,空气中不全是花香,眼睛里不仅是五彩斑斓,但仍然是有奔头的、有美好的、有希望的,至少不是过早地灭亡,不是毫无价值地消失,不是耻辱地灰飞烟灭。

空中另有一个低沉厚重的声音传来"慎独慎言慎行",像一条红线牵引着脑袋里有了意识已经停住不前的人们。

我挣扎着,我努力挣扎着。

我庆幸,借着红线牵引的力量,只要够坚定、够努力、够自律,我就能够向出口方向退去。终一时,便出来了,终于吸入清新的空气,重新回到灿烂的"人间"。回头看去,那些不自律的随性而行的人,最终无一幸免地被一个个吞噬灭亡,令人扼腕痛惜。

  猛然惊醒了,浑身汗透——这是一个梦,一个迷途知返的梦。因为夫人偶感风寒,提出让我改为头朝南睡觉,是故,此实为"南柯一梦"。

  前一段时间,又拾趣参与了一个查自己古代姓名的游戏,根据要求,我查到自己的古代姓名为"南宫萧武",那么,上述的梦权且称为"南宫一梦"吧。

☆已刊登于2024年4月18日《中国改革报》,有改动。

心灵窗纸

岁月的痕迹
——致敬逝去的青春

我所居住的大院子,东和北两面围墙是600多年前就已砌好了的明城墙,经城墙管理部门修葺成为景点,从城墙砖上能清晰地看到古老岁月的痕迹。

我所居住的地区,有明故宫、明孝陵、中山陵和总统府,曾经金碧辉煌、显赫一时,现在都是景点,供游人观览,从遗留的大殿基座、废墟场地和现存的建筑特色,能清晰地看到沧桑岁月的痕迹。

我所居住的城市,是六朝古都,曾经多少帝王将相、文人骚客,富贵荣华、巅峰一时;十里秦淮,歌舞升平、繁华之极,留给现代人的,确有不少记忆,而影响后来人的似乎又极少。

历史的车轮飞速向前运转,时间如白驹过隙,世界发生了翻天覆地的变化,曾经的荣耀和辉煌,只是过眼烟云,留下岁月的痕迹,成为记忆的一部分,淹没于时间的画轴之中。

有人说,这个世界上最公平的是时间,到了每年的1月1日,所有人都增加一岁,不论贫富贵贱,无关高矮胖瘦,即使有职务高低、男女老幼之分,有智商、情商和人情练达之异,都不好使,愿不愿意、情不情愿都得长一岁,公平公正公开,概莫能外。

一眨眼的工夫,我曾经青春洋溢的脸盘上,已经刻画了逾越半百的年轮,青葱岁月、朝气蓬勃已成回忆,无畏无知、冲动莽撞业已成为过眼云烟。岁月像流沙,沉淀着、磨砺着;年龄像劲风,从不停步,匆匆而行。

从军36载,奉献36年,留下了青春岁月的痕迹,留下了奋斗奉献的痕迹,没有碌碌无为,没有虚度年华,自忖既对得起组织、对得起良心,也对得起家人、对得起自己,无怨无悔。自决心转入地方工作,人生又遇转折路口,没有回头路,只有向前进,"雄关漫道真如铁,而今迈步从头越",从头越!

经历青春,有苦涩、有甘甜,有担当、有热爱,有烦恼也有欢愉,精力充沛、天马行空、色彩斑斓、美好无比。

每个人都会经历青春、拥有青春,只是有的人正在经历,有的人曾经拥有。经历的,正在经历美好;曾经拥有的,拥有过曾经的美好。

现如今,经历了青春,没有了惋惜感伤,没有了沮丧懊悔,只有坦然面对,只有坦荡前行,只在老友欢聚时,持樽而谈、追忆感怀,只在梦中幸福地流着口水、笑靥如花。

曾经逝去的青春,当作美好回忆,当作前进的资本,当作自己思绪的温馨的港湾。

啥也别想了,利用到新岗位报到之前短暂的空档,携妻游览祖国大好河山去喽,我,似乎又年轻了!

致敬,曾经经历,已成过往的,无悔的——青春!

致敬,曾经拥有,已经逝去的,美好的——青春!

☆已刊登于2024年8月3日《金陵作家》,有改动。

心灵窗纸

拖鞋里有一把汤勺

　　家里有扫地机器人,夫人通常会设置为我们上班离家以后开始清扫,所以我上班之后,脱下来的拖鞋都会被放在门后的鞋架上,回到家时再取下来穿上。有一天,在单位写了一天文章返回家的我,略感疲乏,推开家门,却发现拖鞋已经放在了门边,一只向东一只向西。我弯腰想归拢一下,忽然见到一只拖鞋里,有一把白色的喝汤的勺子,顿感奇怪。我把勺子拿了出来,发现这不是我们通常用的喝汤的勺子,而是一只小小的薄薄的塑料勺。这时,一个稚嫩的童音传来:"'外外'(外公)好。"抬头看去,快两岁的小外孙女颠颠地跑了过来,扑在了我的怀里,孩童身上特有的清香气,立时充满了我的鼻腔肺腑。我迅速地张开双臂,将小可爱揽入怀里,顿感心情舒畅、神清气爽,一天的疲乏早已抛之九霄云外。

　　这个塑料做的小汤勺,是我家小外孙女最喜欢的"过家家"的玩具。一岁的时候,她就会学着大人,有模有样地烧菜烧汤,忙得不亦乐乎,也乐此不疲。

　　我每天上下班是很有规律的,可能是她估计到了我快下班的时间,所以就把我的拖鞋拿下来放好。我问她为什么把汤勺放在外公的鞋子里,她用不大顺溜的语言说:"好吃,'外外'吃。"

　　虽然我不太懂孩童的心思,但我估摸着我的小外孙女应该是

/ 210 /

刚做好了一锅她认为非常美味的"汤",我这个做外公的,在外忙活了一天,非常劳累,她要把她认为最好的美味拿来给我品尝,这是一个不到两岁孩童表达爱心的方式。

一股不可名状比较复杂的情绪涌上心来,暖暖的、柔柔的,还有些酸酸的、甜甜的,满满的幸福中掺杂着少许的不忍心。

都说现在的孩童获取信息的途径很多,获取知识的速度很快。你看,一个不到两岁的孩子,通过玩具,通过书本,也通过影视,通过观察,都已经掌握了很多的生活技能和常识,虽然还不能实际操作,但也不缺乏动手能力。在增长见识的同时,她的感情也更加丰富,智力水平提高也很快,当然还需要家长的健康引导。看到她的飞速成长,我们会发自内心地感到快乐和幸福,为她高兴,为她鼓掌。

得到儿孙的亲情拥抱,没有哪一个家人感觉不到暖心的、温柔的情感。特别是做了"爷爷辈"之后,相信没有一位能不因为孙辈的亲情举动而感到甜蜜蜜、美滋滋的。

通常我们认为,一个不到两岁的幼童,衣来伸手、饭来张口,生活还不能自理,不要说能完整地表达自己的需求,更不要说能准确地传达自己的感恩之情了。可当这个孩童,用她稚嫩的双手,用她简单的方式,用灿烂的笑容和温柔的拥抱向你表达爱时,你明白了她的意思,虽然有些奇特、有些别样,你是否会鼻子一酸,幸福感满满呢?同时也为一颗幼小柔弱的心灵里面,已经住进了亲情、感恩,而由衷地感到幸福知足、快乐满意。

这一酸,有些不忍心,担心幼小的她承担太多;这一酸,有些不自主,亲情亲密,血浓于水。

每一个孩童都是笑容纯真、声音清亮、眼神清澈的,在他们幼小的心灵里,世界是美好的,也是简单的;天空是蓝色的,也是纯洁的;人和人之间是友善的,也是直接的;表达感谢、感恩的方式,就应该是他们认为的直截了当的,不掺杂任何世俗的观念,当然也不会为了迎合成人约定俗成的方式,变得市侩而错综复杂、不尽如人意。

孩童因为简单而快乐,世界因为直接而简单。

因为一个孩童的简单举动,我懂得了她内心深处已经根植的亲情和感恩,知晓了中华民族优良传统已然得以传承和延续,这是令人欣慰的。

☆已刊登于2024年4月25日《南京日报》龙虎网,有改动。

心有所悟

我爱深蓝

上小学时,爸爸买了一件绿色的军大衣,我们兄弟三人疯抢着要穿。哥哥穿上说他是团长,弟弟穿上说他像参谋长,我穿上说:"我要像《英雄儿女》中的王政委,威严高大。"

刚上初中时,有家人在部队服现役的同学穿了一套65式的确良军装,挺括庄重又不失时尚大方,在服装以灰黑为主加少许紫红的校园里成了一道亮眼的景致。我也眼馋得不行,梦想着自己能拥有一套。直到初三时,我才从在空军部队任指导员的表姐夫那里得到了一顶军帽,宝贝似的形影不离,睡觉都不舍得脱。

高考那年,我被金华铁路运输学校专科录取。收到通知书后,妈妈开心地口误为被清华录取了。可是我却因为没有发挥好,不能被心仪的军校录取而遗憾不已。不久的一次同学相聚时,聊到今后打算,大家几句话就统一了意见——当兵入伍,实现少年梦想。

我们街道来了两拨接兵干部,北京军区空军和海军东海舰队都来家走访,我一眼就被东海舰队接兵干部那身海军蓝吸引住了,下定决心要去当海军。

我如愿以偿地来到了浙东营区。冬天异常地冷,训练中,许多战友手指冻伤、耳朵冻破,我也因为训练强度大、年纪小体质差而

/213/

晕倒过。最艰难的时候,苏小明唱的一首《军港之夜》激励着我们坚持了下去:"海风你轻轻地吹,海浪你轻轻地摇,年轻的水兵,头枕着波涛……"歌声抒情而惬意,婉约又温馨。接下来的训练,冷风再一次吹来时,想着是海风就有了暖意;雪花再一次落下来时,想着是浪花就有了温馨,所有的困难一扫而光了。胡宝善唱的那首《我爱这蓝色的海洋》,壮阔嘹亮,令人神往,优美的旋律久久地在我们的脑海里回荡。

军校毕业后,我登过海岛、踏过浪花,随舰出海、下连入营,始终是满眼的蔚蓝色、满腔的海军情。

海洋是人类生存发展的资源宝库、连通世界的广阔通道,也是可持续发展的战略空间、利益争夺的交汇点和敏感区域。国家安全屏障、经济发展命脉、主权争端焦点、持续发展空间、冲破战略挤压和封堵等,都与海洋密切相关,海洋连通着经济、政治、军事、文化等。

1953年,毛泽东主席视察长江,为洛阳舰题词:"为了反对帝国主义的侵略,我们一定要建立强大的海军。"1979年,邓小平同志视察海军部队,为海军题词:"建立一支强大的具有现代战斗能力的海军。"2017年,习近平总书记视察海军机关、接见海军第十二次党代表大会代表时强调:"海军是战略性军种,在国家安全和发展全局中具有十分重要的地位。……加快转型建设,努力建设一支强大的现代化海军,为实现中国梦强军梦提供坚强力量支撑。"2018年,习近平主席明确发出"努力把人民海军全面建成世界一流海军"的伟大号召。习近平主席多次视察海军部队,多次强调要关心海洋、认识海洋、经略海洋,推动我国海洋强国建设不断取得新成就,坚信人民海军一定能够不辱使命,不负重托,在新时代不断创造出更加辉煌的业绩。

我国是海洋大国,海洋是我国走向世界、走向未来,实现中华民族伟大复兴梦的桥梁和大道,建设海洋强国是实现中国梦强军梦的必由之路。当前我国经济对海洋资源空间的依赖程度越来越高,海洋经济已发展成为国民经济的重要组成部分、深化改革开放新的增长点,从濒海近海走向远海大洋是提升我国能源资源接续能力、强化对外贸易安全的重要战略决策。现在海洋越来越不平静,热点问题越来越多,尤其是随着"一带一路"建设的推进,经略海洋、维护海权,海军任重道远,必须以国家战略利益为核心,在远洋护航、海上人道主义救援、国际维和等方面,为维护世界和平、建设和谐海洋提供坚强后盾和有力支撑。中华民族要实现伟大复兴,就必须坚持陆海统筹协调发展,义无反顾地走入海洋、经略海洋,以海富国、以海强国。建设海洋强国是时代赋予海军的历史任务,中华民族要想发展和振兴,必须要建设海军、发展海军,建设一支强大的现代化的人民海军,人民海军必须要走向深蓝、融进深蓝、经略深蓝、驾驭深蓝。世界一流海军,一定是也必须是深蓝海军。

30多年的海军生涯,我见证了人民海军从小艇到大舰、从黄水到蓝海的发展,经历了人民海军从近海防御到近海防卫、从浅蓝到深蓝的壮大,我为自己能成为人民海军的一员而感到无比骄傲,能为人民海军作些许贡献而感到无比自豪。虽然我已退出现役,但《人民海军向前进》那铿锵有力、高亢激昂,节奏鲜明、振奋人心的旋律,始终是我心中永远的爱,是我眼里永远的灯。

见证了人民海军的不断成长壮大,我深感欣慰;见识了人民海军的不断变蓝变深蓝,我欢欣鼓舞。

我爱中国,我爱中国人民,我更爱奋斗不止的自强不息的中国人民。

我爱深蓝,我爱人民海军,我更爱强大的深蓝色的人民海军。

☆已刊登于2023年4月26日《金陵作家》,有改动。

我亦闲中消日月

前一阶段,虽然已经官宣进入春天了,但是反反复复地受到冷空气南下和副热带气压增强相互博弈而引发的季节随意播放、春夏胡乱倒序影响,人人都有一种压抑不爽的感觉。寒冷的冬天想做而又不能做的一些事情,本想在春天到来之际,畅快淋漓地去做,却又不得不看天气的脸色,却又无可奈何地一次又一次地被压抑,情绪被收纳了起来。

清明时节,气温也逐渐稳定了下来,该到情绪放飞的时候了。春天的脚步,像潮水一样涌动,浸漫过映入眼帘的整个世界。春天的气息,像被打碎了又泼洒掉的七色染缸,铺盖过山川原野。春天的江南,百花争艳、芬芳绮丽,处处皆是景色,满眼都是春光。

小长假的最后一天,我和夫人难得一日清闲,商议着如何消磨时光又能不负春光。我提议到老城南去走街串巷,寻觅人间烟火气,追问儿时足迹,捡拾美好记忆。虽然已经物是人非,但未必没有许多惊喜,夫人欣然应允。

背上装有水、点心和小吃的双肩包,来了一个说走就走的小小旅行。

原来计划先去老门东的,在等公交车时,却见先来了一辆80路,我夫人突发奇想:"我们坐80路去20年前住过的茶南吧。"

我心底里的一块温柔立即被触及,没有犹豫就点头上了车。

往日萧瑟的茶南福园街头,马路变宽了,临街的门面鳞次栉比,颇有烟火气。我惊奇地看到,许多店前都排有长长的队伍,人声鼎沸、热闹非凡。走到近处一看,有糕团店、炸鸡店,还有南京的特产鸭子店,都是小吃特产。有一家鸭子店,橱窗里面挂着一块指路牌,上面写着:总要来趟南京斩只鸭子吧。蓝底白字,由东指西,熟悉中透着温馨。与路人一聊,排队的大多是南来北往的外地人,茶南的这几家小吃店,是外地人来宁必至的网红打卡点。夫人忙着拍摄,与女儿和闺蜜分享,而我却有一种味蕾上的冲动,也想买一点大快朵颐。只是见到长长的队伍始终不见缩短,有些怯了,只好作罢。不凑这个热闹了,等不是节假日的时候,人少了我再来品尝吧。

逛完茶南,再去老门东。老门东箍桶巷31号民居,被南京市人民政府2019年确立为"南京历史建筑",门前寂寥冷清,与近处老门东的张灯结彩、喧嚣热闹形成了鲜明的反差。门外一块踏脚石,雕刻成大铜钱形状,铜钱中间镂空,应该是门檐滴水漏水的地方,门框门槛都是石条。现在仍然住在里面的一个60多岁的大姐说,这个民居已有上百年历史,她的先生就出生在此处,原来是大户人家的房子。里面的门框、房梁、匾额,都是老物件,见证了历史变迁,如今已显"老态龙钟",落寞于喧嚣的尘世。这样的老民居还留存许多,随意地散落于老门东地区。

老门东现在已是一个热门的景点,人头攒动、熙熙攘攘。孩童们追逐嬉闹,游人们摩肩接踵。许许多多的年轻女子,略施粉黛,身着汉服和民国服装,婀娜多姿,袅袅婷婷,摇曳生姿。她们或穿梭往来于街巷楼亭,或驻足留影于花丛树下,成了老门东的一道风景,令人感到春风拂面,只是我和夫人有一种穿越的感觉,恍惚之中又多了几分惊喜。

于是,我们两人便加入了捕捉并欣赏这道风景的行动中,除了

心灵窗纸

驻足观赏，还拿起手机来拍摄。惊喜于被拍摄的所有人都没有反对，甚至其中有很多自信的姑娘，为了配合我们拍出好的景致，而摆出更加优雅美丽的姿势。当然，她们大多是有旅拍的专用摄影师的，我们只是在摄影师精心安排好了之后，才会举起手机，在专业相机快门的咔咔声中，随性地记录下养眼的一幕。手机相册里也因此多了几十张亮丽独特的风景照片。

迈动双腿前行，用探奇的目光寻觅着，一路上许多个之前不曾留意却又值得光顾的小景点，不时地跳入我们的眼帘，像是事先就知道我们两人悠闲的心思，相互约定好了一样出现了，带给我们不少惊喜，以飨我们偷得半日闲的美愿——老门东地区的秦（大士）状元府、南京越剧博物馆，还有李渔的芥子园、姚鼐的钟山书院，进入细品，感觉闹中取静、雅中有俗，如沐甘露、如食糕饴。大半日闲逛下来，走了一万多步，我和夫人并不觉得累，像是汲取了许多营养似的，倒是不觉之中颇感心旷神怡、舒适愉悦。

有智者说，清明节就是中国的感恩节，认知了清明，就懂得了人生！清明，清明：清楚，明白；清醒，明理。多好的节日名称！清明时节，春风拂面，春和日丽，唯有抬足而行，才能不负春光、不欺韶华。

也有文人将唐代李涉《题鹤林寺僧舍》诗中的"偷得浮生半日闲"和宋代苏轼《浣溪沙·细雨斜风作晓寒》词中的"人间有味是清欢"组成妙句，隐喻为放下沉重、减少欲望，清闲洒脱、轻松自在，淡定从容、心静雅适。

奋斗努力、操劳奔波之余，"淡看人间三千事，闲来轻笑两三声"。

尘世纷繁，浅行、慢渡、淡看；人间百味，随遇、随喜、随安。

偷得浮生半日闲，人间有味是清欢；

我亦闲中消日月，林幽深处听瀑喧。

☆已刊登于 2024 年 5 月 22 日《现代快报》，有改动。

向阳而生

暑假尾期,开车和夫人去了皖南石台牯牛降,意欲避避暑、洗洗肺。住在风景区里面的一家民宿,白天清风徐徐,白云悠悠,天空澄碧,满眼的翠绿;夜间满天星星,万籁俱静,枕着潺潺流水声而眠。大自然的美丽景色,犹如一首优美的乐章,让人心情愉悦,全身心地感受到放松和舒适。

每天早饭后,我和夫人都会走到一公里外的"四叠瀑布",拾一本书,静静地坐在观瀑亭里,享受着休闲时光。旁边电子显示屏显示,山谷里的温度比外面低了七八摄氏度,负氧离子含量达到每立方厘米6万个。瀑布奔腾而下,气势磅礴,飞扬洒脱,飘散的水汽,在阳光直射下斑驳陆离,时有彩虹呈现。游人们纷纷驻足,或摆姿弄态拍照留影,或赤足挽裤嬉戏于溪水之中,惬意而又满足。我和夫人就这样听着瀑布飞下的喧闹声和游人的嬉戏打闹声,看一会儿书,再抬起头来看看前方飞练似的瀑布,还有山上的郁郁葱葱;又低下头去,看看溪水里欢快游动的小鱼,还有相互追逐的蝴蝶。偶然会有一只翠鸟飞来,似乎是在寻找和捕捉美食,也似乎是在游览属于它的风景,殊不知它娇小的身躯、美丽的羽毛和矫健飞翔的身影,却是属于我们的风景。

瀑布流下来的水,清澈透明,经一个小峡谷,自西向东而出。

峡谷南侧是一座高高的山崖,挡住了峡谷中大片的阳光,所以山崖这一侧只长出几棵大树,更多的树木则是远离山崖而生。可是,我却见到两棵紧挨着的石楠,树根扎在山崖下,紧贴地面横着向外生长。最高的那棵,向外伸展出十一二米,见到阳光之后,才向上生长,整棵树枝叶茂盛、主干粗壮。而另外一棵,向外伸展出八九米,分成两个杈,再向上生长。两个枝杈,像舞者挥动的双臂,娇柔妩媚、灵动而行,虽不像粗壮的那棵,却也不失秀丽挺拔。如果不看它们在地表生长的树干部分,光是看它们向上挺立的身姿,只会以为它们和其他的树木一样普通,谁能想到它们还有着为了生存而表现出的顽强不屈。我停下脚步仔细观看,不由得心生赞叹。路过的一个游客,顺着我的眼光看过去,突发奇想,说这两棵树像夫妻俩,一棵粗壮,一棵纤细,一棵稳重扎实,一棵细腻柔美,相伴相生、相濡以沫,形影相随、恩爱有加,我内心一动,会心地点点头。

相距不远,有一个无名的亭子,供游人歇脚。一位当地的山民在卖山货,有野茶有黄精,有铁皮石斛还有灵芝。他的衣裤上都补满了补丁,大小不一,色差也很大,有些百衲衣的味道,但是他的眼神很纯净,脸上始终洋溢着灿烂的笑容。他不太会主动推销自己带来的物品,只是在你询问他的时候,才有些讷讷地陆续回答:"这些都是我从大山里背过来的,我们家住在大山深处,从这里爬山过去要走一个多小时……以前村庄里几十户人家都是猎户,后来国家禁止捕猎,之后又因为一次山体滑坡,政府部门就将我们村整体搬迁到山下来了。但是因为生活习惯等问题,现在仍然有几户人家还留在山上……我今年62岁了,家里的老奶奶活到106岁,父母亲早亡,两个孩子均已经大学毕业结婚生子搬离大山,现在还有一个姐姐和一个弟弟有痴呆症,要靠我养活。我也没有什么其他的技能,还能爬山越岭,靠着采一些山上的野茶野果,变卖后买些米面肉食,日子过得还可以……呵呵。"听到有人质疑他能否爬上陡峭的山壁,他脸上的表情立马严肃起来,眼神中透着坚决,随即走到山崖前,身手敏捷地爬上了一截,没了人影,一会儿又手脚并用隐约有点节奏步履稳健地折返回来,手里多了一株刚刚采的新鲜的野生黄精。众人对他乐观的生活态度和依然矫健的身手赞叹不已,纷纷购买他的产品。

陶渊明《归去来兮辞》曰:"木欣欣以向荣,泉涓涓而始流。"它描述了树木向着阳光生长的盛景,表达了树木坚韧顽强的生命力,蕴含着一种积极向上的生活态度,鼓励人们像草木一样向着阳光生长,像泉水一样不断地流动和进步。它不仅描述了自然景观的美,也寄寓了对生活的美好期望和积极向上的精神追求。

向阳而生,逐光而行,心有暖阳,何惧人生沧桑。60岁已经到了颐养天年知命耳顺的年龄,而这位老哥还在顽强地为生计奔波,坚强地为生活打拼,有些像那两棵石楠一样,坚决地走一条适合自己生长的道路,不轻言放弃,勇敢面对生活中的挑战和困难,对生活充满着希望,乐观向前,也成了这个风景区里一道别样的风景。

☆已刊登于2024年9月15日《金陵作家》,有改动。

心灵窗纸

向夜间劳作者致敬

我居住的院子处于中山门明城墙内,院内绿树成荫、鸟语花香,院外就是梅花山、前湖,钟山毓秀、风景怡人,是个宜居的好地方。

为了采光和通风的便利,我购买了最东侧的房子,我住的6层楼应该是高于城墙了。年过半百之人,起夜总是有的。夜深人静时能听到城墙外七八公里的绕城公路上汽车行驶的声音,不停息地轰轰隆隆,可以感觉到一辆辆大车在飞驰着,轮胎碾轧着路面,似万马奔腾在大草原上。曾经听公路运输管理部门的一位朋友说,许多跑长途运输的司机都喜欢选择在夜间开车。因为,相对于白天,夜间路上车辆明显减少,跑起来更加轻松快捷。春夏秋冬四季中,除了严寒的冬季,夜间都适合开长途车。特别是夏季,白天炎热,大车内像蒸笼,货物和车辆的重量加大了轮胎与地面的摩擦,容易出现爆胎现象,而夜间开车会更加舒爽和安全。这些跑长途运输的司机,白天睡觉夜间工作,时差颠倒、时空挪移,实属无奈、实属不易。近两年来,受疫情影响,许多跑长途运输的大货车司机以车为家,吃住都在车上,真是不容易。

有天夜里,我竟然听到了火车的鸣笛声,长长短短响了十来秒,似乎是有一双无形的手在用力撕破黑夜的幕布,魔咒般地钻入人们的耳朵里。我心一惊:遇到什么情况了吗?接下来的几天里,我关注新闻、浏览报纸、刷看视频,却都没有相关信息。

不久的一天夜里,我又一次听到了火车鸣笛声。这次是长长地鸣了十几秒,像一把利剑无情地划破长空,刺进人们的心腹,我心里生出了些许不悦,夜深人静何故扰梦?但忽然间,有一个念头冒了出来:应该是某个道口无人值守吧,司机是在例行地鸣笛提醒。这是个好司机,忠于职守,吃苦耐劳,真的不错呀。可能沿线受到打扰的人们,会生出许多埋怨甚至咒骂,但是为了沿路人员、车辆的安全,为了更好地完成任务、履行职责,虽然知道深夜鸣笛扰民,可火车司机仍然必须为之。我为稍遇不称心就生出嗔怪之心而感到羞愧,我也为随即生出的理解之意而感到宽慰。

有一次凌晨4点起夜时,听到楼下有轻微的电瓶车行驶和牛奶瓶相碰的声音,我知道这是送奶工在工作。他们必须把当天新鲜的牛奶送到每个住户门口,好让人们在清晨就能及时地喝到新鲜可口的牛奶。

难得有一天因为要出差,我很早起床,早上6点走在大街上,就见到有几个环卫工人已经将长长的马路清扫干净。他们一扫帚一扫帚地清扫,一条近千米的马路,应该得清扫一两个小时。如果他们负责两三条这样的马路清洁,凌晨两三点就得起床了吧?为了错开人们上班的时间,避开上班的车流和人流,让人们在早上上班之前就有个整洁干净的环境,这些城市美容师付出了太多太多。

夜幕降临之后,城市安静了下来,人们逐渐进入了甜美的梦乡,更阑人静,却有许多夜间劳作者,还在披星戴月辛勤劳作,还在勤勤恳恳忠于职守,还在为生活而奔波而努力。他们并不是喜欢熬夜,也并不是不留恋温暖的家庭,只是因为工作需要,只是为了拼搏人生,抑或只是为了养家糊口。生活着,就是一种美,真正的美好生活,只有靠不懈劳作去创造。

岁月静好,是因为有人在默默付出。正因为有了这许多夜间劳作者的辛勤付出，才有了人们安宁甜美的梦香；正因为有了这许多夜间劳作者的不懈努力，才有了人们新的一天美好的开始。

  没有在黑夜中孤独过的人，不会懂得黑夜。做完了一个美梦的人们，应当给予他们多一些理解和包容，应当给予他们多一些鼓励和支持。少一些抱怨，多一些理解吧，让我们一起为夜间劳作者点赞！向夜间劳作者致敬！

☆已刊登于 2022 年 7 月 25 日《现代快报》，有改动。

心灵窗纸

他和她,同一年退伍,分配到同一个单位,进进出出地很快就熟悉了。他内向,她张扬,性格迥异,但"见面心暖暖,分开想切切"的感觉,还是被时间的大手抹满了心房。只是一层窗户纸没被捅开,又没有遇到牵线红娘,相互间只好对着才遇就闪的眼神,听着说什么都心跳加快的声音,看着擦肩而过欲回头的背影,做着追逐嬉戏、相拥相吻的美梦。他和她当面含笑、腼腆,背后伤感、沮丧。漫长的半年中,他和她的家人都张罗着介绍对象,他和她言出一致:急什么急!

终于,她想了个借口找到他,他木讷地同她坐着,肩并肩。他听不清她说什么,但清晰地感觉到她急促的呼吸声和吹到他手臂上的那股使人暖洋洋、心痒痒的气息。那天他的心都快跳出来了,脑子里一片空白。她急促地说着却不时地说错,他紧张地听着却只偶尔应答一句。很快,事说完了,两人就这么不说话地坐着,都等对方再说点什么。静静地,彼此的心跳声都能听到,短短的半小时,就像过了半年。她起身时,有些气恼,但还是回了一下头,有些期盼。他站起身来,有些懊丧,手不知放哪里好,嘴里"哎"了一声,却连自己也听不清楚。

之后相遇,他和她又如以前。挺长的半年中,他和她的家人都施加了压力,他和她想法如一:见面再说!

  这之后,他和她都在和家人介绍的对象保持着不冷不热的联系,他和她仍然保持着不温不火的关系,两者之间感情的天平基本是平衡的。但是半年过后,天平就渐渐地向各自的对象倾斜。又很快过了半年,他和她都结婚了。两个人也时常见面,只是心中隐隐地多了一些酸楚。

  他和她曾有过心动,有过美梦,有情有义却无果,最终被怯懦打败,被现实俘虏。一层心灵的窗户纸,有时很薄,只需一点即破;有时很厚,需要积累足够的勇气才能捅破;有时很脆,一个良机就会揭开;有时很韧,需要时间和耐心去消磨。

☆已刊登于2001年11月6日《服务导报》,有改动。

一串吊坠

小的时候,最喜欢周末去板仓街的徐伯伯家。

徐伯伯是抗美援朝的老兵,立过战功,转业到南京动力高等专科学校。他为人和善,乐于助人,从不居功自傲,在学校里很是受人尊重。我们两家是世交,4个公鸡头(南京方言,男孩子)聚在一起,欢快得很,还有徐家妈妈烧的许多美食,每次都是大快朵颐,小肚子一个个都撑得溜圆。

高中毕业之后,我穿上了海军蓝,离开了南京,就很少去徐家了。时间如白驹过隙,一转眼,我们几个小萝卜头,都已经成了爷爷辈了,而我的父母和徐家伯伯均已仙逝多年,徐家妈妈的身体状况也每况愈下,吃到徐家妈妈烧的美味佳肴,只能成为过往记忆了。

这一天,徐家哥哥通知我们兄弟三人:徐家妈妈病重住院,生命体征虽然还算平稳,但已经不认识人了,主治医生说已经没有下床活动的可能了。徐家哥哥面色凝重,憔悴至极。于是,我们兄弟三人相约前往病房探望。

到了病区询问病房位置,值班护士问我们病人的姓名,我们全部愣住了。平常只知道叫徐妈妈(南京话读"麻麻",专门指与父母同辈,比父母年龄大的别家女性),却说不上姓名,心中惭愧得很。

心灵窗纸

当护士根据我们所描述的年龄和病情之后,说出了一个姓名,我们才感觉到耳熟,犹豫着点了点头。根据护士指的病床号,我们见到了躺在病床上插满了管子的垂垂老矣的徐家妈妈。一时心中感慨万分,一阵酸楚涌上心来:这就是那位一心为了儿女,为了晚辈,不辞辛苦地劳作奉献的伟大母亲,这就是曾经用一双巧手,变化出无数令我们垂涎欲滴美味饭菜的亲爱的妈妈(麻麻)。美好总是短暂的,容易失去的。在时间长河里,我们每一个人都是匆匆过客,如流星划空,只是一瞬间。

徐家哥哥在我们兄弟4人中间排行老二,所以我和弟弟都叫他"二哥"。二哥和朋友准备了几个菜,当天晚上请我们兄弟小酌。大家都心事重重,感叹不已。见二哥脖颈上,挂着一串金色的十字架吊坠,我有些好奇:"二哥,据我了解你平常是喜欢佛家的,怎么挂了一个耶稣吊坠呢?"二哥抬起眼来,没有看我们大家,眼神里柔柔的,有些空洞,直愣愣地看向远处:"老妈信基督教,近段时间老是昏迷,清醒的时候就一句话,感谢主。她让我也要信,我知道这是老妈的一个心愿,于是我赶紧买了一个十字架吊坠挂上,在她清醒的时候展示给她看,老妈看到后会露出开心的笑容。其实我什么也不信,就信共产党,为了老妈能够平安地开心地度过晚年,我会毫不犹豫地为她做任何事情。老妈的恩情,我一辈子还不了啊。"说到这里,二哥的两个眼睛已经红润,噙满了泪水。我沉重的心情,忽然有了一丝欣慰,赞许地点了点头。

古文中说道:"天与我民五常,使父义、母慈、兄友、弟恭、子孝。"它描述的是一种家庭关系中,长辈对晚辈的慈爱,以及晚辈对长辈的孝顺,体现了家庭中的和谐和尊重。孝顺,主要指的是对父母的尊敬和照顾,包括物质和精神上的满足。它强调对父母的尽心奉养和顺从。母慈子孝,是中华民族的优良传统,深植于中华儿女的骨髓。孝顺孝顺,有孝,更要有顺,哪怕是善意的谎言,从这一点来讲,二哥做得非常好。

在中国,各宗教地位平等和谐共处,信仰宗教与不信仰宗教的公民彼此尊重,团结和睦。

我以为,信仰宗教是自由的,无可非议,但无论是何种宗教宗派,做人做事的准则应该是一致的,为社会为家庭的责任应该是一致的,母慈子孝、兄友弟恭的道义应该是一致的,为世界和平、为社会友善、为家庭和睦、为事业顺畅、为身体健康的基准点,应该是一致的。

世界是友善的,宗教道义也必须是友善的,一切均要是为了有利于世界的文明发展和人类进步的。所以,所有的友善和友好都是应该坚持和提倡的,所有的不友善和不友好都是应该被抵制和摒弃的。

母慈子孝传家训,天伦之乐乐满心。

心灵窗纸

用心刻一枚印章

  这个月中旬小外孙女就要满周岁了,女儿女婿密集地发来了许多孩子近期的视频,以飨我和夫人关切的心意:有蹒跚前行,推着小鸭子车,左歪右倒却又乐此不疲的;有站立不稳,却还想着用一只脚将小足球踢出去,又将妈妈丢回来的足球用另一只脚勾回到自己身后,脸上露出得意笑容的;还有在池塘边上见到锦鲤时,不顾一切迈出脚伸出小手想和锦鲤相握的……帧帧都透着活泼可爱、欢快明朗。

  上个月底我们两口子和亲家夫妇一起去上海与三口小家庭拍了全家合影,女儿女婿也上网搜集了很多孩子过周的信息并选样准备着,扬州的庆周家宴酒店也已经订好……大家都在为孩子满周岁做着准备。

  我作为外公,喜悦中却又隐隐有一些压力:她人生的第一个生日,送一个什么样的礼物呢?这个礼物既要有深意,还要独特;既要历久,还能弥新。

  在我微信里每天早晨相互问候的人群中,有一位老战友,书法和篆刻造诣都很深。这一段时间的问候图片,出现了不少他的书法、绘画和篆刻作品,独有新奇,特有心意。我受到启发,灵机一动:何不刻一枚印章?将满满的心意,浓缩于方寸之间。"印里乾坤",有"示信"的作用,更有"明意"的功能,可以寓意,可以寄情。

虽然篆刻是一门小众艺术,与其他艺术表达的方式迥然有异,但传承久远,历久弥新。它新奇的表达方式以及方寸之间蕴含深意的精巧,还有制作过程特有的技能要求、印体材料的独特品质等,无不彰显其不凡的艺术魅力和不俗的现实价值。

我对篆刻的热爱已经持续了近30年,阅读过不少相关书籍,也参观了许多展览作品,其间也得到过不少资深人士的指导。凭着一种热爱、一腔热情,在学习中不断探索、不断实践,一直走到现在,自认为对篆刻艺术能够掌握一二。记得和夫人谈恋爱时,我为她刻了一枚私章,竟然使她眼睛一亮,生出许多感动。一枚"半山情"的作品,曾经获得所在单位60周年庆的奖励。这许多年下来,却因为没有得到过名师大家的指导,也因为日常工作烦琐冗杂,更因为自己专注于文学写作,分散了在篆刻上投入的精力,技艺始终没有得到提高,不能精进。所以,我很有自知之明:自己的篆刻能力和水平,是上不了大台面登不了大雅之堂的。

然而,发自内心的隔代亲情感终究还是战胜了因为技能不足生出的些许惭愧,心里聊以安慰地想的是给小外孙女留存一个饱含外公满满情怀深深厚爱的长久留恋,只在于能独特地表达自己关爱的心意,艺术上的要求就置于其次了。

小外孙女乳名叫"小可爱",又称"荔枝",特别爱笑,很是招人喜爱。于是,那张可爱的笑脸又浮上了我的脑海,在大人搀扶下蹒跚前行的可爱动作又出现在我的眼前,高兴时双手鼓掌上下挥舞的稚幼的肢体语言又映入我的眼帘。在认真酝酿两天之后,我画出了草稿;又在反复斟酌之中,几易其稿,最后确定了印样。这是一个古今结合、繁简兼容的"小可爱"阳刻章。小字如孩童的刘海,随性地飘落于脑门之上;"小可爱"爱笑,"可"字的一横似笑弯的眉毛,"口"在展开笑容;"爱"字借用"可"字最后一笔,突出一个"心",这颗红心是爱之心,也是称心如意的心,下方的"友"字如双手托着红心,这双手是爸妈的也是爷爷奶奶外公外婆的,"友"字的上部分似孩童欢快的双手惬意地舞动着,下部分两撇似孩童蹒跚学步,活泼可爱又憨态可掬。侧面铭文篆刻:小可爱·荔枝爱笑 招人喜爱 癸卯春。

自觉寓意深厚,设计精巧,很是满意。两位篆刻名士对印样的认可,更使我信心满怀、得意非凡。

选好了一枚椭圆形的青田石料,用风吹流泪的昏花老眼和皮肤有些松弛、握力渐弱的双手,完成了任务。

印章制作完成,就像是完成了一件有着特别意义的重大任务,心中的一块石头终于落了地。遂有些自豪地分享给了亲家和女儿女婿,以及身边的亲朋好友鉴赏,一时间赞誉声满耳,祝贺声一片。我成就感十足,开心不已。

李白有诗云:"会桃花之芳园,序天伦之乐事。"人生幸福如斯。

我期盼着小外孙女过周岁时的喜庆氛围,我期待着外孙女的茁壮成长。

我知道,我的用心一定是会得到充分理解的,我知道,我的用意也一定是会得到满满回馈的。

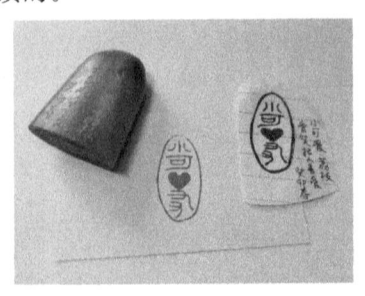

☆已刊登于 2023 年 3 月 13 日《江南时报》,有改动。

做一只自由飞翔的鸟

周末去江浦惠济寺,看三棵南京最古老的银杏树。进入初冬,高大宽阔的古树上缀满了黄色的叶子,好似满目黄金片在风中摇曳,撒落地上的黄金叶围着树干自然地铺满一地、围成一圈。蓝天白云之下,树干挺拔高耸,枝叶曼妙舒展,古刹老鸦,穿越千年的笃定,静谧中透着高雅,亮色中蕴含古朴,景色美不胜收、绝妙无比,令人赏心悦目、流连忘返。

这是三棵1500多岁的古银杏,耄耋老人经过,亦只是小孩。树活千岁,人活百年,人的生命,比起自然万物,渺若微尘。这里是网红打卡地,每天来打卡的人络绎不绝。古树下面,驻足观赏的赞不绝口,拍照留影的摆姿弄态。我却在想,从地上看已然是这么美丽,要是能够从空中看,那一定是绝妙无比了,可惜不能够啊。这时,几只小鸟从空中落到树枝上,嬉笑打闹中穿梭于树干之间,复又展翅飞走,毫无眷恋之情。我们眼中的风景在它们看来是司空见惯、不屑一顾的,它们眼中的风景一定要比我们眼见的更加精彩,只是人们不能够看到罢了。

在31楼的办公室里看书时,忽见一只白头翁落在窗台外,我忙合上书注目望去,它瞅了瞅窗户里面,没见到动静,就"啾啾"地叫了两声,好像是在试探,又好像是打招呼,脑袋像播放的卡通片人物似的一晃一晃地摆动,眼睛紧盯着窗内,很是好奇,又"啾啾"地叫了两声。我也学着啾了一声,小精灵调整了一下位置,回应了一下。我再次啾地发了一声,它却不动了,好像在揣摩这个室内人的意思,衡量着形势,思量着要交流一些什么。我们在相互注视着,无声地交流着。我睁大眼睛,嘴角上扬,朝着小鸟微微点着头,感谢这个小精灵的造访,感觉到了时光的停滞,感受着与小鸟交流的快乐。就这样大约有 10 秒钟,或许是站累了,或许是听到了同伴的召唤,小鸟啾的一声飞走了。我急忙跑到窗前,打开窗户,伸出头去,找寻小鸟。就见它矫健的身影,画着优美的弧线,飞翔在楼宇之间,忽而随意下行,忽而振翅上飞,忽而侧身转向,忽而收翅落在树上——好一个自由自在,好一个惬意随形!我的视线被带动着,我的心灵被牵引着,赞叹不已、羡慕不止,真想也能这样自由自在地飞翔。我挥了挥手,不舍地与它打了个招呼:再见,欢迎常来。

晚上做了个梦,自己双足一蹬四肢展开,竟然能够平展着滑翔,立马能穿越在楼宇与树木之间。就这样越过河流、跨过山丘、飞过花园、掠过房屋,见到彩云飘飘、瀑布飞溅,奇石异草、花团锦簇,"西塞山前白鹭飞,桃花流水鳜鱼肥",风景美丽、风光无限。我惊诧于自己的这个本领,惊叹于看到了许多寻常不能见到的风景,身心舒畅、开心不已。早晨醒来的时候,发现枕头上留下了一块哈喇子的印迹。

人们常做着飞翔的梦,希望能像鸟儿一样自由自在地飞越大山、飞过大海、飞上蓝天、飞入苍穹,没有路途曲折之忧,没有车堵人塞之虑;没有了路面坑洼积水、积雪视线不畅,没有了熙熙攘攘、摩肩接踵、前拥后推。欣赏美丽风景时,不受任何限制,可以随意地调节高低远近,多样的感受、真切的感悟,将美景尽收眼底。

有人说现在科技发达,可以使用高科技的无人机来进行拍摄和观赏。但,哪能像自由飞翔的鸟儿一样,随意又直接,清晰而全面,灵动且鲜活呢?

  平面像围城一样局限着人类的视界,禁锢着人类的思想,使人类产生许多忧愁和烦恼。"横看成岭侧成峰,远近高低各不同",做一只自由飞翔的鸟,改变我们观看世界的姿态,调整我们观察世界的视角,我们对于这个世界的思维方式和固有理念就会改变,一定会使我们看到更多精彩、更美风景,一定会给我们带来许多美好、许多惊喜。做一只自由飞翔的鸟——真好。

  如果我们的身体不能展翅高飞,那就让我们放飞心灵、放飞思想,一起去做一只自由飞翔的鸟吧。

☆已刊登于2022年11月10日《现代快报》,有改动。